タイムマシンのつくり方

広瀬　正

集英社文庫

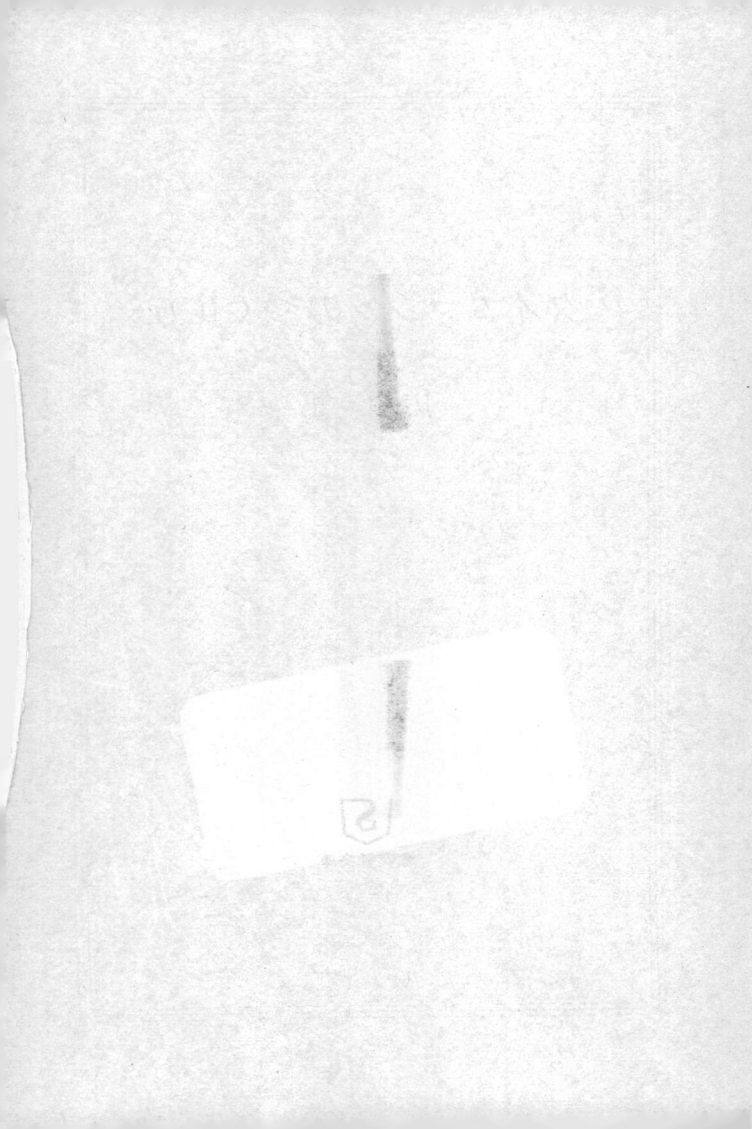

目次

タイムマシンのつくり方

ザ・タイムマシン

ムテン博士の演説はつづく。

「ここに、新聞の切り抜きが二枚あります。こっちのほうは、ごらんの通り真っ茶色に変色してしまっているので、よく読めませんが……あっ、いけねえ、やぶいちゃった……なにしろボロボロになっているものでして……年代は私の鑑定によると、一九七〇年前後のものです。この内容は、SF作家という商売の人たち数人が集まって公開討論会を行ったが、その中で、将来人類の科学がいくら進歩しても、タイムマシンだけはぜったいに実現しないだろうという結論に達した……そういう意味のことが書いてあります。将来、光波ロケットや重力場推進、あるいはスペース・ワープというようなものが実現するとしても、タイムマシンだけはぜったいに不可能、そういうことなんでしょうね。ええと、それからこっちは、まだ真新しい新聞ですので、はっきり読めます。日付けもはいっています。昭和四十五年……一九七〇年です。そう、前のと、ちょうど同じ年代ですね。サンケイ新聞という新聞の書評欄で、広瀬正という人の『マイナス・ゼロ』という小説……一度ぜひ手に入れて読んでみたいものですが、まあどうせたいした小説じゃないでしょう……その小説の批評なんですが、ここにこんなことが書いてあります。タイムマシンで過去の世界へ行って、その過去の人と話をするというのは、おかしい。タイムマシンというのは、過去を見るだけで、そこの人と話をすることはできないはずだ……」

場内に笑い声がわき起こった。

「みなさんは、お笑いになった。しかし、私は、これはある意味ではほんとうだと思う」

博士の一言で、場内はたちまち水を打ったようにしずまり返った。ムテン博士という人は、よほどえらい学者なのに違いない。

「ここでちょっと、たとえ話をしましょう。むかし、ある人が賢者のところへ行って、こうたずねました。『先生、ロボットは泣くでしょうか』賢者は答えました。『そのロボットが泣くようにつくられていれば、泣きます』ある人は、さらにたずねました。『では、ロボットはオナラをするでしょうか』賢者は答えました。『そのロボットがオナラをするようにつくられていれば、オナラをします』……」

ここで笑うべきかどうか、聴衆はムテン博士の顔色を窺《うかが》っているうちに、機を失してしまったようであった。

「もし、だれかが私のところへ来て、タイムマシンについて質問したら、私はいまの賢者と同じことを答えるでしょう。『先生、タイムマシンで過去の世界へ行ったら過去の人と話をすることができますか』『それはタイムマシンのできによりますね。そのタイムマシンが、ハッチを開いて降りられるようにできていれば、搭乗者はそとに出て、過去の世界の人と交渉を持つことができるでしょう。でも、そうできていなければ……』

そう、みなさん、初期のころの宇宙開発のことを思い出してください。一九五〇年代に打ち上げられたロケットは無人でした。無人で、月の写真を撮影してきたのです。それから十年ほどたって、人間をのせたアポロ8号が月を周回、つまり空中から観測だけを行いました。そして翌年、アポロ11号がはじめて月着陸をするという段階をたどったのです。

タイムマシンの場合も、おそらく最初のものは無人に違いありません。無人で過去または未来の世界へ行き、観測してくる。あるいは映像を送ってくる。いや、初期のものは、きっと過去だけでしょうな。……ですから、初期のタイムマシンは、現在にいながら過去の世界を見る装置、そういうものになることは、疑いありません」

聴衆の間に、ざわめきが起こった。十人に一組ぐらいのわりあいで、となり同士、ささやき合いはじめたのである。

「もう一つ」とムテン博士は人々を黙らせた。「ロボットの話をしましょう。このロボットという言葉は、もともと二十世紀初頭のチェコスロバキアの劇作家チャペックの作品の中に出てくる人造人間の名前でした。ところが、それが有名になって、ロボットは人造人間を意味する名詞として使われるようになりました。たくさんの物語の中にロボットが登場し、こども用のロボットのオモチャがつくられました。そして、一九五〇年代に自動制御による万能工作機械ができたとき、人々はちゅうちょなく、それを工業用ロボットと呼びました。ロボットといっても原始的も原始的、箱の上に腕が一本ついているだけのものでしたが、当時の人は早くもロボットと呼んだのです」

さっき、ささやき合った人たちは、また顔を見合わせた。

「みなさん、もうおわかりになっているようですね」とムテン博士は、ささやき合いを未然に防いだ。「みなさんは、あれのことを考えておられるのでしょう……パストビジョン。そう、われわれはすでに過去の世界を見る装置、パストビジョンを持っています。私のいまの論法からいえば、パストビジョンはタイムマシンの一種といっていいはずなのですが、ところがだれもパストビジョンのことをタイムマシンと呼んでいない。それはなぜでしょう……。

おもしろいことに、タイムマシンという言葉も、ロボットと同じで、作家が考えたものです。十九世紀末期のイギリスの作家H・G・ウェルズ。彼が『タイム・マシン』という小説の中に登場させたタイムマシンは……そう、ウェルズの場合も、最初は無人の、小さな模型で実験したんでしたっけね……彼のタイムマシンは、象牙《ぞうげ》やニッケルの部品を使い、しんちゅうの手すりのついた、一人乗りの物でした。その後、いろいろな作家が物語の中にタイムマシンを登場させましたが、材料や構造こそモダンになったものの、四次元の時空連続体の中の時間軸の上を移動するもの、あるいはその上の一点から他の一点へ飛び移るもの、という根本的な考え方は、ウェルズとまったく同じでした。

ですから、さっきの、このボロボロになった新聞の人たちも、タイムマシンというのは、重力場推進か何かで未来や過去へふっ飛んで行く乗り物と定義し、そういう物は将来といえども実現しないと考えたのでしょう。その考えが今日もずっとつづいているわけです。

ところが、われわれのパストビジョンというのは、たしかに過去を見る装置には違いないが、その原理は、これとまったく違う。時空連続体などとは、なんのかかわり合いもない。それが、パストビジョンのことを、だれもタイムマシンと呼ばない理由でしょうね。

みなさん、パストビジョンの原理は、ごぞんじですね……いや、もちろん、だいたいのことを知っておられれば、それでいいのです。二十世紀初頭の人に、写真やラジオのしくみをたずねても、専門家以外は答えられないでしょう。一九七〇年代の人にカラーテレビの原理をきいたって、同じことです。みなさんが、パストビジョンのこまかい機構を知らなくても、何も卑下なさる必要はありません。

そこで、パストビジョンの原理ですが……だいたい、タヌマ博士がパストビジョンを発明したのは、博士のうちのイヌが、二年前に一度だけ来たことのある人を匂いでかぎ分けたのがヒントでした。そこで博士は考えた。人間ならイヌよりずっと高級なことができるはずだ。博士は、さっそく考えを実行に移しました。ある場所に残っている痕跡《こんせき》、そのことに少しでも関係のあるすべての記録、それらを総合分析して過去を再現する装置、パストビジョンをつくり上げたのです。

開発の段階で、過去の記録の中には、かなりいい加減なものがあることがわかりました。まず政府の公式記録……ある大臣の発言を、後になって速記録から削除したり、法律を過去にさかのぼって発効させたりするという『過去の改変』を平気でやっています。それから、小説のみならず、ノンフィクションでも、筆者が勝手に過去のできごとに脚色を加えています。そういうのを、ぜんぶ元へ戻さねばならないのですから、パストビジョンもたいへんです。

というわけで、パストビジョンというのは結局、痕跡や記録から過去を再現する装置です。それで、多くの人はいうわけです。パストビジョンの映像はつくりものにすぎない、あれはほんとうの過去ではない、と。

しかし、はたして、そう断言できるでしょうか。現在のわれわれにとって、過去というものは痕跡、記録、記憶の中にあるものにすぎない。したがって、記録を忠実に再現したパストビジョンの映像は、われわれにとって『正しい過去』であるといえる……いや、いわざるを得ないのではないでしょうか。

いまかりに、ほんとうに時間軸の上をふっ飛んで行くタイムマシンが発明されたとして、それに乗って行って過去の世界を見た場合、場所と時点が同一であるかぎりそこに見える光景は、われわれにとって『正しい過去』であるパストビジョンの映像と同じものである……私はそういってかまわないと思います。両者の違いは、片方は乗り降りと往復の手間がかかり、片方は椅子に坐っていればいいということにすぎないのです。

私は、パストビジョンはタイムマシンの一種であると、ここではっきり、みなさんに断言します。

技術者の努力によって、パストビジョンの映像は、今後ますます正確なものになり、より遠い過去にさかのぼれるようになるでしょう。そして、現在は立体画像を見、音を聞くだけですが、やがて匂いもするようになり、手をふれることができるようになり、さらには過去の人と話ができるようになるかもしれない……いや、私はその可能性もあると思っています。

そして一方、同じ方法で、未来を見ることができるようになる……この可能性も充分あります。

多くの人は、過去というのはすでに確定した事実の集積であり、未来というのは何が起こるかわからない不確定なものだと思っています。はたしてそうでしょうか。

現在のわれわれにとって、過去というのは、さっきもいった通り、痕跡、記録、記憶の中にあるにすぎません。遠い過去になればなるほど、現在のわれわれにとって不明確なものになります。

未来も、これとまったく同じといえます。未来を考える場合、過去における記憶にあたるものは、われわれの予想です。記録にあたるものは予定です。そして、痕跡にあたるものは……これは少しむずかしい話になりますが、そう、ひらたくいうと、たとえば私がいまこの切り抜きを、こうして手からはなします。そうすると、途中で受け止めないかぎり、この通りヒラヒラと舞って一秒後には床に達することは最初からわかっている……そういうことなのです。

それらをパストビジョンの場合と同じように、総合分析して像を結ばせれば、未来を見ることができるはずです。そうでしょう。

ただ将来、未来を見るフューチャービジョンといったものができたとしても、その使用には、かなり制約が加えられるでしょう。現在、われわれがパストビジョンを見る場合でも、技術的なことのほかに、ごぞんじのいろいろな制約があります。公私を問わず建物の内部を見られるのは犯罪捜査、歴史研究、そのほか特別の理由がある場合に限られ、監督官庁の許可を得ねばなりません。そのほかにもいろいろ制約があるわけですが、フューチャービジョンの場合は、社会の混乱を防ぐために、おそらくパストビジョン以上の制約がなされるでしょう。というよりは、フューチャービジョンは、特に必要がある場合にかぎり、その使用が許可される、ということになるのではないかと思われます。で、未来のほうは、いろいろと余計な要素が介入してややこしくなるので、あとまわしにして、またパストビジョンに戻ってお話ししましょう。

パストビジョンの特許を出願する際、タヌマ博士は単に『過去を見る装置』というのではなく、非常に長ったらしい名称を使わねばなりませんでした。というのは、過去に起こったできごとを画面に再現して見せる装置というのでは、それまでにいろいろと試みがなされ、すでに公知のものであったからなのです。

人類は昔から、過去を見ようと努力してきました。過去を『見る』というより『知る』といったほうが、わかりやすいですね。そう、過去を知る……そのためには何等かの方法で過去が保存されていなければならない。そのもっとも原始的な方法は、われわれの記憶です。われわれは、原始時代から、過去体験を記憶として保持し、再生して生活に役立ててきました。

アダムという原始人が、ある日、野原でネコがネズミに食われている光景を目撃したとします。彼はその印象を記憶し、家に帰ってからも、おぼえています。だから夕食の席で、それを再生して、家族に話します。家族は話を聞いて、ネコがネズミに食われている光景を思い浮かべる……アダムの過去体験を、心像として見ることができるわけです。しかし、アダムが、ネコがネズミに食われたといっただけでは、イブは、大きなドブネズミが生まれたばかりの子ネコを食べている光景を思い浮かべるかもしれないし、むすこのカインは小さなネズミが大きな黒ネコを食べている光景を考えるかもしれない。ところが、アダムの記憶心像にあるのは、中ぐらいのネズミが中ぐらいの三毛ネコを食べている光景だとすれば、家族の見ているのは、かなり不正確な過去だということになります。それを正確にするためには、アダムは記憶にあることを、ことこまかに語らねばなりません。そして、カインによくわからせるため、地面に絵を書いて説明することになるでしょう。

原始人は、彼らの見たこと、聞いたことを仲間や子孫に伝えるため、絵にして記録しました。その一部が呪術と結びついて記号化され、文字になりました。

日本では、中国から文字がはいってくると、古代から語りつがれてきた物語を記録に残しました。中国の絵画の技法を取り入れて日本画、浮世絵が生まれました。

ヨーロッパでは、目で見た光景をできるだけ正確に再現しようとして透視図法、いわゆる遠近法が考案されました。立体を平面に記録するため、三面図法が編み出されました。ビルが老朽のためこわされてしまっても、三面図が残っていれば、建築家はそれを見て、ビルを正確に思い浮かべることができます。彼は、そのビルのありし日の姿を見ることができるのです。

人々はしかし、なんとかして目に映った光景を、もっと正確に、そしてかんたんに記録に残す方法はないかと研究をつづけました。そして、十九世紀にはいって、フランスのニエプスとダゲールにより、ついに偉大なる発明がなされました。オリバー・ホームズが、いみじくも『記憶を持った鏡』と呼んだ写真術『ダゲレオタイプ』の誕生です。ダゲレオタイプは一八三九年八月十九日に、フランスの科学学士院で公式発表され、たちまち全世界にひろまりました。

当時の写真撮影が、どのようにして行われたか、いまからパストビジョンで見てみることにしましょう。これは個人の仕事場を見ることになるのと、それからもう一つ、ちょっとしたことがあるのですが、すでに両方とも許可を得てあります」

ムテン博士は、うしろを向いた。

演壇のまうしろ、少し高い所に、四メートル四方ほどの、にぶい銀色に光る板がある。これがそのパストビジョンのスクリーンらしい。

博士はスクリーンの横のコントロール・パネルに近づいた。

「ええと、時点はグリニッジ・ミーン・タイムの一八四〇年四月十四日十三時十五分……視点は北緯四十八度五十一分三十二秒、東経二度二十九分十七秒、高さと角度はと……」

懐中から取り出したメモを見ながら、セットし終わると、博士はスイッチを入れた。パッとスクリーンに立体画像が現われた。下方に時点と視点を表わす数字が浮かび、時点の秒を示す数字がピッピッと変わっていく。

○　パストビジョン画面

アトリエ風の明るい部屋である。中央で、長い上着に幅広のネクタイをした男が、三脚の上に四角な箱を据えつけている。

その前方四メートルほどの所に長椅子があるが、まだ、だれも坐っていない。

ムテン博士の声「ここは花の都パリーはモンパルナス、写真師ルルブール氏のスタジオであります。ルルブール氏がいま準備していますのは、シュバリエ製のカメラ・オブスキュラ……これは十六世紀ごろからある、レンズと絞りを備えた写生用の道具です。多くの画家たちは、そのスリガラスに映った像を薄紙をあててなぞり、絵の下書きをつくってきました。このことから、必然的に遠近法が生まれたのです。……いま、このカメラ・オブスキュラには、スリガラスにかわってダゲレオタイプの原板、銀メッキした銅板に沃度《ヨード》の蒸気をあて、表面を沃化銀にしたものがセットされています」

中年の立派な紳士がはいってきて、長椅子の横に立つ。

博士の声「この紳士の肖像を撮影しようというのでしょうか。いや、そうではないようですね」

さらに、もう一人の人物がはいってくる。それはなんと、一糸まとわぬ全裸の美女……。

裸女は臆《おく》する色もなく、長椅子に近寄ると、その上に寝そべり、紳士の指図にしたがってポーズをとりはじめる。

博士の声「写真術が発明されたとたんに、もうヌード撮影なんかはじめる。男なんていつの世も同じだ……とみなさんは思うでしょう。ところが、この黎明期《れいめいき》の写真スタジオでヌード撮影が行われているのには、それなりの深い理由があるのです。まあ、ごらんください」

裸女のポーズをきめ終わった紳士は、長椅子からはなれ、ルルブール氏にうなずいてみせる。

ルルブール氏は、やおら懐中より金時計を取り出し、それを見ながらサッとレンズ・キャップをはずす。

……五秒、十秒、二十秒……三人とも彫像のように動かない。

とつぜん、ルルブール氏が時計を見ながら、裸女に向かって、何かどなりはじめた……。

そこで、パストビジョンの画面が消えてしまった。

ムテン博士は演壇に戻ると、

「エヘン」と聴衆を見まわした。「みなさん、もっとヌードをごらんになりたいでしょうが、なにしろパストビジョンは金がかかりますもので……。それに、このあと見ていても、えんえんと同じなのです。

いま最後に写真屋さんがわめいたフランス語を通訳しましょう。『三十秒たったぞ。いいか、ぜったいに動くなよ。あと二十九分三十秒だ。がんばれ！』彼はそうはげましたのです。

初期のダゲレオタイプの露光時間は、二十分から三十分。風景なら問題はありませんが、人物を撮影しようとする場合は、被写体の人物がその間、身動き一つしないでいなければならないわけで、とうていふつうの人ではつとまらない。そこで、何十分間もじっとしていられるという特技を持つ人たち……といえば、もうおわかりでしょう、画家のモデル、彼女たちが写真の被写体としてもピッタリということになったのです。

そして、いまモデルにポーズをつけていた紳士こそ、だれあろう、かの有名なロマン派の画家ユージェーヌ・ドラクロアその人なのです。同時代の画家のクールべやアングルもそうでしたが、ドラクロアはとくに写真の利用価値をみとめ、フルに活用しました。一日モデルをやとって、いろいろなポーズをさせて写真をとっておけば、向こう何年ぶんかのモデル代が浮くわけで、ドラクロアという人は、じつに頭がいい。

それから、もう一つ、いまのヌードモデルは、本職は淫売なのでして、自分のヌード写真が大勢の人の目にふれれば、商売の宣伝にもなるという……ヌード撮影は一石三鳥の名案なのでありました」

ムテン博士は、そこで一息入れ、水を飲んだ。聴衆は、ヌードのつぎは何が出るかと、熱心に待っている。

「しかし、感光剤とレンズが改良されて、露光時間はほどなく一分以内となり、衣服をつけた、しろうとの人の写真も写せるようになりました。そして、人間の動きの瞬間をとらえようという試みがマイブリッジなどによってなされ、一八八九年にイーストマン社が透明セルロイドをベースにした感光フィルムを発売すると、それが映画の誕生につながりました。

エジソンとフランスのリュミエール兄弟によって完成した活動写真は、さまざまなできごとを正確な記録として残すことになりました。日露戦争、第一次大戦、第二次大戦などの光景を、映画によって、後世の人も見ることができるのです。その現場にカメラがあるかぎり、そこで起こったできごとを後世に伝えることができるようになったわけです。

いや、映画が発明されると間もなく、現場にカメラのなかったできごとも、人々は見ることができるようになりました。なんのことだか、おわかりですか。それは劇映画です。映画制作者は、クレオパトラの記録をしらべて脚本をつくり、時代考証をし、セットをつくり、俳優に演技をさせて、スクリーンにクレオパトラを再現させました。ちょうどパストビジョンと同じようなことをやっていたわけですね。

そして、これは映画にはじまったことではなく、われわれは大昔から演劇によって、過去の世界の再現をやってきたのです。一七〇二年に赤穂浪士が亡君の仇討ちをしましたが、それから約四十年後の一七四八年に、大坂竹本座で人形浄瑠璃『仮名手本忠臣蔵』が初演されました。当局の干渉のため、時代や人物の名前を変え、実際の事件とはかなり違ったものになっています。しかし、観客は、それがつくりものであることを知りつつも、劇に引き込まれると、過去の世界へ行って、現実にその光景を見ている気分になるのです。

その演劇と映画が結びついたのが劇映画です。初期の劇映画がどんなものであったか、ここでまた、パストビジョンで見てみようではありませんか」

博士は、ふたたびコントロール・パネルの前へ行った。

「ええと、北緯三十五度三十二分四十一秒、東経百三十九度……」手早くセットを終えると、博士は聴衆のほうを向き、「これから、みなさんを昭和七年……一九三二年、東京浅草・電気館の新春特別興行にご案内いたします。一九三二年というと、すでにトーキー映画がつくられていましたが、このとき、ここで上映されていたのは、まだ無声映画です。三五ミリ幅の可燃性セルロイド・フィルムを用い、一秒間一六コマ。電気館の映写機はドイツのエルネマン社製、光源にはアーク灯を使用しています。上映中の映画は行友李風原作、岡山俊太郎監督、阪東妻三郎、田村初子主演の阪妻プロ作品『月形半平太』、説明は国井紫香氏であります」

○パストビジョン画面

真っ暗な館内、中央奥の、さして大きくないスクリーンに映画が映っている。手前のオーケストラボックスに、譜面台用の緑色のランプが数個。スクリーンの左に、画面からの反射光を受けて、弁士の顔が浮かび上がっている。

その画面——何十畳もありそうな広い座敷の中央に、ちょんまげ姿のバンツマが一人ぽつねんと坐っている。

カタカタという映写機の音が絶え間なくつづき、それを圧して弁士の声が響く。

弁士「妖雲《ようらん》低迷なして、嵐の前の静けさ……そこには同志の者一人とてなく、なにかしら無気味な風が仏間の灯を消す……」

ムテン博士の声「つまりバンツマの命は風前のともしびっていうことですな」

弁士「突！ 月形の背後に白刃一閃《はくじんいっせん》！」

画面、はたして大勢の侍《さむらい》がしのび寄る。

弁士「晨鶏《しんけい》ふたたび鳴いて残月薄《あわ》く、征馬しきりにいなないて行人出《い》ず……」

博士の声「ああ、なんという名文句……だけど、どういう意味かな？」

弁士「一波立って万波を巻き起こす。殺陣殺調の幕は開かれた！」

M 和洋合奏のチャンバラ音楽。

弁士「獅子奮迅の勇を鼓して、あたるを幸い縦横無尽、斬って斬って斬りまくり……」

博士の声「あっ、あぶない！ うーん、やられた……」

弁士「衆寡敵せず致命の痛手、さすが智勇兼備の月形も、いまはこれまでと、腹かっ割《さ》き、したたる血潮わしづかみ、かたえの襖《ふすま》に『死して護国の鬼とならん』としたため終われば、莞爾《かんじ》と微笑《ほほえ》み、死んでいく……」

M もの悲しき笛。

観客（電気館の観客である）の間に、おえつの声がもれる。

弁士「ああ天下の勇士月形よ、なんじ死すともその名は死せず。おお偉大なり、なんじの名は皇国のいしずえとなった……」

M　笛止まる。

弁士「維新を飾る回天の志士、月形半平太……全巻の終わりであります」

観客は万雷の拍手。

場内が明るくなり、中折帽のだんなや、日本髪の娘さんが見えてくる。

声「ええ、おせんにキャラメル、アンパンにミカン……」

パストビジョンが消え、ムテン博士は演壇に戻った。

「みなさん、いかがでしたか。おもしろかったですね。いまの月形半平太というのは、行友李風が創作した架空の人物です。名前は、福岡藩の志士月形洗蔵と、土佐藩勤王派の首領武市半平太をまぜ合わせ、お話のほうは、祇園《ぎおん》の芸者とのくだりは桂小五郎、壮烈な最期の場面は坂本竜馬という、いわばノリとハサミでこしらえられた人間でありま す。ところが、昭和初期の映画ファンのほとんどは、そんなこととはつゆ知らず、月形半平太は過去の実在の人物だと思っていた。彼らは、正しくない過去を植えつけられてしまったわけです。そして、この月形半平太と、中里介山の小説『大菩薩峠』の主人公机竜之助をまぜ合わせて、映画スター月形竜之介が誕生し、その月形竜之介がまた『月形半平太』に主演したというのだから、話はますます混沌としてくるのであります。

というわけで、映画は実写で正確な過去の記録を残す一方、劇映画でまやかしの過去をつくり出しました。しかし、こういうまやかし、演出、誇張といったことは、観客に感銘を与えるために、必要なことでした。私も、それを認めるのにやぶさかでありません。

このあと、映画はさらに進歩し、テレビが誕生し、両者あいまって、無数の架空の人物、物語を生み出し、無数のまやかしの過去をつくり出してきました。

そして、われわれはいま、はじめてパストビジョンによって、正しい過去の世界だけを見ることができるようになったのです。これは非常に重要なことです。

さて、それでは、これから先はどうなるのでしょうか。

さっき、私は将来パストビジョンが進歩すると、過去の世界の人と話をすることができるかもしれない、また未来を見るフューチャービジョンもできるかもしれない、と申し上げました。私はここで、もう一つ、つけ加えたい。それに乗って過去または未来の世界へ行ける乗り物式のタイムマシンも、いつかは実現するに違いない、と。

いま私は『将来』ではなく『いつかは』といい、『実現』という言葉を使いました。乗り物式タイムマシンは、ずっと先の未来で発明されるかもしれない。また、この広い宇宙のどこかで、すでに過去に発明されているかもしれない。いずれにしろ、乗り物式タイムマシンができれば、それは時間軸上のどこへでも行けることになりますから、当然、いつどこへ、そのタイムマシンが現われるか、わからないのです。だから私は、いつかは実現するだろう、と申し上げたのです。

さて、ところでみなさん、あすこをごらんください」

博士はステージの左手を指さした。聴衆は一斉に、そこへ目をやった。

そこに、黒塗りの、ロッカーとも金庫ともつかない物体があった。さっきは、そこにそんなものはなかったような気もするが、きっと真ん中に大きなパストビジョンがあるので、目にはいらなかったのだろう。

「じつは、なにをかくそう、これはタイムマシンの一種なのです」

博士は、聴衆の反応をたしかめるように、見まわしてから、

「といっても、これは未来や過去へふっ飛んで行く、あるいはパッと消えて、先方へパッと現われるタイムマシンではありません。物語に出てくる名称を借りればタイムトンネル……この中にはいると、未来や過去の世界へ出られる機械なのです」

博士は機械の横へ行くと、いつくしむように、それを見まわしながら、

「これがパストビジョンの方式を発展させたものなのか、あるいはぜんぜんべつの発想にもとづくものなのか。そして、発明したのはだれなのか。そういうことは、この際あとまわしにして、とりあえず、この機械を実際に使用して、未来と過去へ行く実験を行ってみたいと思います」

聴衆がざわめき、博士はそれを手で制した。

「さっそくはじめたいのですが、それには、だれかが、この中へはいらねばなりません。いかがですか、どなたか……」

博士は腰をかがめて、前のほうの聴衆を見まわした。

人々は一斉に、腕が急にかゆくなったり、床に何か落としたふりをした。それはそうだろう、あんな見たこともない機械に入れられて、どんな目にあうか、わかったものではない。

「ご希望の方はありませんか。そうですか。それでは、しかたがない、私が実験台になることにします」

前のほうの人たちの安堵《あんど》のためいきが一つになり、かなり大きな音になった。

「それでは、まず、未来の世界へ行ってみることにします。そう、これは時間に関係のある実験なのですから、その前に時計を合わせましょう。時計をお持ちの方は、合わせてください。……いいですか。では二時十分に合わせましょう。十秒前から申し上げます。……十秒前……五秒、四、三、二、一、いま！……よろしいですね。では私は十二分ちょうどにこれにはいり、二分後の未来へ行くことにします。おい！」

博士はステージの袖へ呼びかけた。

声に応じて、一人の若者が出てきた。

「私の助手です」

博士に紹介され、聴衆に向かって、ならんであいさつした二人の助手は、おどろくほど瓜二つの顔立ちをしていた。フタゴなのに違いない。

「きみたちは、このマシンのドアを二時十一分三十秒にあけてくれ。私は、その前に立つ。そして、きみたちは十二分ちょうどに私をこの中に入れる。いいね」

「わかりました」

二人は同時にいい、時計を見ながら、マシンの両側に立った。

「あっ」と右側の助手がいった。「うっかりして時計を合わせるのを忘れました」

「ぼくもです」

と、もう一人がいった。

「しょうがないな。それじゃ、もう一度時間を合わせよう。みなさんも、もう一度時計をたしかめてください」博士は、前と同じ方法で二時十一分の時報をやったのち、マシンの横へ行って、何か操作した。「これでよし、と。では十二分三十秒にドアをあけて、私は十三分に中にはいる」

二人の助手は、ドアの両側に立った。

二時十二分三十秒……二人は観音開きのドアをさっと引きあけた。マシンの中は、まっくらだった。中がどうなっているのか、何も見えない。

ムテン博士が、その前に立った。博士は聴衆に向かって、「では、二分後に行きます。さいなら」と手をふったのち、むこうを向いた。

その両側で、助手がユニゾンで秒読みを開始した。

「十秒前……五秒、四、三、二、一、いま！」

二人は力のかぎり、ムテン博士をつき飛ばした。

マシンの奥行きは、せいぜい一メートル半である。いかに鼻の低い博士でも、こうつき飛ばされては、奥の壁で鼻柱をいやというほど打ったに違いないが、ふしぎなことに、「アイテッ」などという声は聞こえてこなかった。

いや、それよりもっとふしぎなことに、マシンにはいったとたん、ムテン博士の姿はかき消すように見えなくなってしまった。ドアの中はまっくらで、ムテン博士が黒っぽい服を着ているから、見えなくなったのか。それとも、ほんとうに消えてしまったのか。

ムテン博士消失の光景を息をのんで見つめていた聴衆は、やがて、それぞれの時計を見ながら、ささやき合い出した。「おい、二十秒たったぞ」「うん……もう二十五秒だ」三十秒、四十秒、……聴衆は時計とマシンを見くらべながら、となり同士、時間をたしかめ合っている。

時は刻々とすぎ、早くも一分三十秒になった。そして一分四十秒になると、聴衆はシーンとしずまり返った。時計とマシンを見くらべる首の動きさえ、音になって聞こえてくるほどだった。博士は二分後に行くといった。あと十数秒で、その二分後が来る。そのときに、いったい何が起こるのか……。

と、首を動かす音が止まってしまった。聴衆は自分の時計を見る必要がなくなったのである。二人の助手がカウントをはじめたのだ。

「十秒前……五秒、四、三、二、一、いま！」

パッとマシンから、黒いものがころがり出た。よく見ると、それは人間で、しかも余人ならぬムテン博士であった。

博士は身づくろいをし、聴衆に一礼すると、助手に、「いま何時だ？」とたずねた。

「二時十五分五秒です」

と二人は答える。

博士は自分の時計を見て、

「私のは、いま十三分八秒だ。うん」と満足そうにうなずき、「みなさん、私は二分後の未来へ行く実験に成功しました。私は二時十三分にこの中へはいり、すぐ出てきたのです。ごらんなさい、私の時計はいま十三分台をさしています」

博士は、前のほうの聴衆に、自分の時計を見せてまわった。それを、のび上がって、のぞきこんだ人々は感心してうなずいた。

「よろしい」と博士はいった。「それでは、つぎに過去へ行く実験をしましょう」

博士がいいも終わらぬうち、マシンの両側の助手が、とつぜん大声で、

「十秒前……」

をはじめた。

何がはじまったんだ……聴衆はわけのわからぬままに、博士と助手にならって、マシンの中央を見つめた。

「……五秒、四、三、二、一、いま！」

パッと人間が飛び出した。それは、こんどはムテン博士ではなかった。博士ではなく、二人の助手にそっくりな若い男だった。二人の助手が三人になったのである。

聴衆の気持ちを代表して、博士が、飛び出してきた男にたずねた。

「きみはだれだ？」

「ぼくは先生の助手です」

「きみは、いままでどこにいたのかね？」

この質問は、聴衆の心にあるものと、少し違っていた。

「ぼくは、いままで、そこにいました」

第三の助手は、そういって、マシンの右側に立っている助手の足もとを指さした。

「いままでというのを、具体的な時間でいうと？」

「二時十七分三十秒までです。それから、十八分ちょうどに、この中へはいりました」

「うん」博士は自分の時計を見て、「いまは十四分……いや、この時計は二分遅れているから、十六分二十一秒だ。よしわかった」

約一分後、マシンの横の何かを調整した博士の指図で、マシンから飛び出してきた、いまままた右側にいたという助手が、右側にいる助手と交替した。前に右側にいたといい、いままた右側に立った助手と、左側にずっといる助手がカウントを行い、十八分ちょうどに、三十秒ほど前まで右側にいて、そのあと、マシンから飛び出してきた男と交替してマシンの前に立った助手を、マシンの中につき入れたのだった。

そして、それからあとは、もう何も起こらなかった。

マシンの両側に、また二人に戻った助手がならび、その前にムテン博士が立っていた。

博士は、一歩前に出て、口を開いた。

「みなさん、いまごらんになったように、私は二つの実験を行いました。まず最初に未来に行く実験……私は二時十三分にマシンにはいり、十五分にマシンを出ました。しかし、マシンを出たとき、私の時計は十三分なにがしをさしていました。つまり、私にとって、十三分から十五分までの二分間の時間経過はなかった……私は瞬時に十三分から十五分へ転移することができたのです。そして、つぎに行った、二分過去へ行く実験……このときは、まず最初に、実験台の助手がマシンから飛び出しました。これは当然のことです。われわれは、過去から未来へ向かう時間軸の上にいるのですから、過去へ行く実験を行えば、まずその結果が先に現われるわけです。そのあとで、私は、飛び出してきた助手の、本人にとっての過去の姿である、前からいる助手を、マシンに入れ、原因をつくりました。みなさん、おかげさまで、実験は二つとも大成功でした。ありがとう」

博士は両手を大きく、ひろげてみせた。それがきっかけで拍手が起こり、やがてそれは万雷の拍手になった。

博士は、うれしげに何回か礼を返したのち、静かに立って、拍手のしずまるのを待った。

拍手は何十秒もつづいたのち、やっと小さくなり、そして止んだ。

すると、こんどはとつぜん、ムテン博士が爆発したように一人で笑い出した。

聴衆はキョトンとなった。

「みなさん」と博士は、なおも含み笑いしながら、いった。「みなさんは、まんまと私にだまされましたね。いまの実験は、ぜんぶ芝居だったのです。まやかしだったのです」

博士は大股にマシンに歩み寄り、それをたたいた。

「これは、タイムマシンでもなんでもありません。美女消失の奇術用の道具です。私は、この中にはいり、二分間待って出てきただけなのです。時計のこと? そう、私は二分間もこの中にいたんですからね。その間に時計を二分間遅らせることぐらい、かんたんです。

では、つぎの過去へ行く実験は、どういうペテンだったか、みなさんおわかりですか。あなた、いかがです？」

気の毒に、ムテン博士にいきなり指された聴衆の一人は、真っ赤になって首をふった。

「では説明しましょう。これは奇術の道具ですから、人間を消したり出したりするのは、かんたんです。しかし、さっき、あきらかに同じ人間が二人……いや三人になりました。これはどういうわけか……。

みなさんはおそらく、ここにいる私の助手二人が、フタゴだと思っておられたことでしょう。ところが、そうではないのです。この二人は、フタゴではありません。じつは、この連中は……」

博士は、おどけて、内緒話をするときのように口に手をあてて、声をひそめ、

「三つ子なのです」

博士の笑顔につられて、聴衆は笑い出した。まばらな拍手も起こった。

「第三の助手は、あすこでビールを飲んでいますよ」

博士は袖のほうを指さし、聴衆はまた、ひとしきり笑った。

「みなさん」と博士は真顔に戻った。「みなさんは私の暗示にかかり、だまされました。

じつをいいますと、あれは人間がいかに暗示にかかりやすいかという実験だったのです。そうして、私は、その実験に成功しました」

どっと笑い声が起こった。が、博士が笑わなかったので、例によって、場内はすぐ静かになった。

博士は、むずかしい顔でステージを二、三回往復したのち、中央で立ち止まって、聴衆を見わたした。

「みなさんは、どうも私の言葉をすぐ信じておしまいになる。さっき、私は未来と過去へ行く実験に成功したといった。そうすると、みなさんは拍手をなさった。そして、こんど私が、あの実験はペテンだったというと、みなさんはまたそれをうのみにしてしまった。しかし、さっきのもいまのも、同じこの私がいった言葉です。新しいほうの言葉が正しいと、どうしていえるでしょう」

博士は前列の聴衆を見まわし、人々はいそいで目をそらせた。

「さっきの実験はペテンではなく、ほんとうの実験だったかもしれないのです。私は、第三の助手があすこでビールを飲んでいるといいました。しかし、のぞいてごらんなさい。だれもあすこでビールなんか飲んでいないでしょう。やはり、この助手たちは三つ子ではなく、フタゴで、さっきほんとうに同じ人間が二人現われたのかもしれません。では、この物体を調べてみればいい、この物体がタイムマシンか、それとも美女消失機か……みなさんは、そうお思いになるでしょう。しかし、それで解決するでしょうか。いま、どなたかが、ここに上がって調べて、これが奇術の道具にすぎないことを発見したとしても、じつはさっきまでこれがタイムマシンであって、いま私がしゃべっている間に、中で部品をはずして、美女消失機に変えてしまったのかもしれない。また、いま調べて、これがほんとのタイムマシンであったとしても、さっきの実験がほんとうであったという証拠にはなりません。なぜなら、私がタイムマシンの機能を使わずに、単なる箱として、わざとペテンを行ったかもしれないからです。

要するに、現在この物体がタイムマシンであろうとなかろうと、それはさっきの実験の真偽にはかかわりのないことなのです。さっきの実験は、私たちにとって、すでに過去のできごとなのです。もう、いまさら、みなさんが真偽をたしかめることはできないのです。

しかし、いまこの会場の中に、実験の真偽を知っている者が、少なくとも二人います。そう、それは実験の当事者、私とこの右側の助手、そしてもしかすると第三の助手です。この左側の助手はかんけいありません。彼はずっとそこにつっ立って、秒読みと押し屋をやっていただけなのですから。

私は、じつはこのことをいいたかったのです。タイムマシン……いや、タイムマシンにかぎらず、すべての乗り物の実験をする場合、視点が二つあります。一つは乗り物の搭乗者の視点、もう一つは、そとからの観察者の視点です。この二つは厳密に区別されねばならず、決して混同してはなりません。そして、乗り物というのが乗るためにつくられた物である以上、二つのうち、搭乗者の視点のほうがより重要であることは申すまでもありません。

さっきの実験で、みなさんは二回とも、観察者の立場でした。第三者として、そとから実験を観察しました。ですから、あいまいもことした、どっちともいえない観察結果しか得られず、結局、搭乗者である私とこの助手の証言にたよるほかなかったのです。それ私が成功したといえば成功したと思うし、ペテンだったといえば、そうかと思う。それもしかたがなかったのです。

最初に私が、希望者はありませんかときいたときに、どなたか名乗り出ていれば、その方は搭乗者としての視点から実験を見て、ちゃんとした観察結果を得られたでしょうに、ほんとに惜しいことをしましたね。

もっとお話をつづけたいのですが、さっきからだいぶしゃべって、私はくたびれました。もう年ですかな。それで、ここで十五分ほど休憩させていただきたいと思います。休憩のあと、こんどは親殺しのパラドックスの問題を論じることにしましょう」

ムテン博士は、十五分の休憩と自分でいったのに、ものの五分とたたないうちに、ふたたび壇上に現われ、聴衆はいそいで自分の席に戻らねばならなかった。

控え室で栄養剤でも飲んできたのだろう、博士はすっかり血色がよくなり、何歳か若返ったようにさえ見えた。

博士は聴衆に一礼すると、手にしてきた紙片をちょっと見てから、ステージの袖のほうを向いて、「おい、きみ」と、さしまねいた。

出てきた助手と、博士は紙を見ながら、しばらくささやき合っていた。そして、助手がうなずいて引っ込むと、

「失礼しました」と聴衆に向かっていった。「ここで、親殺しのパラドックスのお話をすることになっていますが、その予定をちょっと変更させていただきます」

博士は、そこで、袖のほうをまたのぞいた。

「じつは、きょう私がここでタイムトラベルの話をすることを発表して以来、私のところにいろいろと問い合わせがあり、また大勢の方が私をたずねてこられました。中には非常に興味のあるお話を聞かせてくださった方もありました。そこで、私は、そのうちのいく人かの方にお願いして、きょうここへ来ていただきました。これから、みなさんとご一緒に、その方々のお話をうかがいたいと思うのですが、いかがでしょう？」

いい終わると、博士は聴衆が自分の意見に賛成してくれるのはあたりまえだとばかり、すぐ控え室のほうへ手で合図を送った。

聴衆の視線と拍手を浴びて、袖から現われたのは、十二、三歳の男の子だった。少年は年に似合わず落ち着きはらった態度で、ゆっくりと歩み、ムテン博士の横に立った。

「わざわざのお運び、いたみ入ります」と、博士はいんぎんに少年を迎え、「きのう、私の家でお話しくださったことを、もう一度、ここにいるみなさんにお話し願えませんか。つまり、あなたが、どこからどうしてこられたか。そうして、あなたはいまどういう状態にあるか、といったことです」

「よろしい」

少年は鷹揚《おうよう》にうなずき、聴衆に向かうと、

「諸君」

といった。

「わしがこのようなことをいうと、諸君は驚愕《きょうがく》せらるることと思うが、何をかくそう、このわしは、当年六十四歳なのである」

聴衆は、あきらかに驚愕したようであった。目をパチクリしている人もいる。

「おそらく諸君は、わしのことを、狂人だと思うであろう」

聴衆の心をちゃんと読むあたり、どうしてなかなかのものだ。

「諸君もごらんのとおり、わしは、一見十四、五歳の少年にしか見えん。しかし、わしは六十四歳なのである。なにゆえ六十四歳のわしが、かくも少年のからだをしているのか。わしには、ちゃんと説明できることなのである」少年は胸をそらして、聴衆をねめまわし、「じつは、何をかくそう、わしは五十年後の世界から来たのである。五十年後の世界から、時を飛んで、この世界へ来たのである。なぜ、わしにそのようなことができたか。それは、わしが永年にわたって苦心研究した結果、世界に比類なき航時術を編み出したからである。しからば、その航時術とは何か。それは、かの宮本武蔵が編纂《へんさん》なせし『五輪の書』に……」

「先生」とムテン博士がいった。「時間があまりありませんので、ひとつかんたんに……先生が航時術でここへ着いて、それから何が起こったかを」

「わかった、よろしい……わしは、わしの編み出した航時術を用いて、五十年の時間を飛び、この世界へ来た。来てみると、この世界は、わしの記憶に残っている、五十年前の、十四歳のみぎりの世界そのままであった。あたりの建物も道も、そしてわしの家も、すべて五十年前の姿であった。そして、わしは鏡を見て驚愕した。わしは愕然としたのである。なぜとなれば、鏡に映っているわし自身の姿まで、五十年前の、十四歳のみぎりの姿ではないか。これは、いったいぜんたい、どういうことであるか……だが、卓越せる頭脳の持ち主であるわしは、瞬時にしてすべてを理解した。わしは時間の中を五十年逆行した。したがって、わしの肉体も五十年逆行して、五十年ぶん若返ったのだ。わしの肉体は十四歳のときの状態に戻ってしまったのである」

少年はムテン博士の顔を見た。それで話はおしまいということらしい。

「ありがとうございました」ムテン博士は、少年に一礼して、「お話は、よくわかりました。それで、ちょっとおたずねしたいことがあるのですが、よろしいでしょうか」

「なんだね？　なんでもききなされ」

「はい。先生は、五十年後の世界から時を飛んで、この世界へおいでになった。そうですね」

「そうだ」

「で、お着きになってみると、ここは先生のご記憶にある、十四歳のときの世界そのままだった……」

「つまり、ここは先生が十四歳のときにおられた世界だったわけですね」

「その通り」

「いかにも」

「そうすると、この世界には、いま私の目の前におられる、からだは十四歳だがほんとうは六十四歳の先生のほかに、もう一人、十四歳のときの先生がおられるのではないですか」

「なに？　いまいっぺん、いうてみたまえ」

「はあ、ですから、この世界には、先生のほかにもう一人、十四歳の先生がいるのではないかと……」

「きみ、きみは頭が悪いね。同じ人間が二人、同時にいられるはずがないではないか。このわしのほかに、もう一人わしがいるなんて、バカバカしい……そんなことというと、笑われるよ」

「……はあ、すみません。では、おそれいりますがもう一つお教えください。あたくし、頭が悪いものでして」

「なんだね？　なんでもききなされ」

「ありがとうございます。それでは、お言葉に甘えまして……。ええと、先生は五十年飛んで、この世界へおいでになった。そうしますと、先生がいままでおられた世界は、私どもから見ますと、五十年後の未来の世界ということになりますですね」

「そうだ。きみはなかなか頭がいい」

「おそれいります。そうすると、先生は、五十年後の未来の世界でのできごとを、いろいろごぞんじでいらっしゃる」

「もちろん、よく知っておる。だが、わしは、それをきみたちに話すわけにいかない。なぜなら、この世の中の人たちが、そんな未来の世界のことを知ったら、社会に混乱がおこりかねないからだ」

「ごもっともで……。しかし、とにかく先生は、もとおられた世界のことを記憶していらっしゃる。それから、先生はいま六十四歳でいらっしゃるから、十年前の五十四歳のころのことも、もちろん記憶していらっしゃいますね。それから、四十四歳のころのことも……」

「もちろん、記憶しておるとも。わしは記憶力も、衆にぬきんでておるからな。だが、いまもいったように、わしはそれをきみたちに……」

「わかっております。いろいろ話したいのだが、世の中のために話すわけにいかない……先生のご苦衷《くちゅう》はお察しいたします。ところで、話は戻りますが、先生が六十四歳というお年にもかかわらず、少年のようなお姿をしておられるのは、五十年前に戻ったときに、肉体も五十年逆行したからでしたね」

「その通り」

「先生のからだは、生理的に時間を逆行して、五十年前の十四歳の少年時代に戻られた。骨格も筋肉も、皮膚も内臓も……」

「そうだ、筋肉も、皮膚も、内臓も、少年時代に戻ったのだ」

「そうして、副腎も、脳下垂体も……」

「ノーカ……」

「そうすると、あれですね。先生のその、卓越せる頭脳も、五十年前の少年時代に戻られた」

「脳幹も大脳皮質も十四歳の状態に戻られた。そうすると、先生の記憶も十四歳の少年のときの状態に戻るはずだと思うのですが」

「……………」

「……いや、それは……ええと……」

「ところで先生」ムテン博士は急に、ほがらかな声を出した。「先生は五十年も時を飛んでこられたのですから、さぞおつかれになったでしょう」

「うん、わしゃつかれたよ。だから、頭が少しぼんやりしておる」

「お休みになったほうがいい。先生、お眠いでしょう」

「うん、わしゃ眠いよ」

「そうですか」

ムテン博士は少年の顔をじっと見つめた。そして、静かに、ゆっくり語りかけた。

「あなたは、いま眠い、非常に眠い……眠くてたまらない……まぶたが、しだいに重くなってくる……」

少年のまぶたが下がりはじめた。

「あなたは眠る……眠る……」

少年の目は、ついに閉じられた。

ムテン博士は、なおも柔らかな声でつづける。

「あなたは眠ってしまった……あなたはいま、ぐっすりと眠っている……だが、私のいうことは、よく聞こえている……あなたは五十年前の世界に来たときに、肉体的にも五十歳若返って、十四歳の少年になった。だが、それなら同時に、あなたの記憶も十四歳の状態に戻っているはずだ。そうでしょう」

少年は、目を閉じたまま、こっくりとうなずいた。

「あなたは六十四歳のときのことを、おぼえているはずはない……あなたは、十四歳から六十四歳までの間のことを、ぜんぶ忘れてしまわなければいけない……さあ、ぜんぶ忘れましょう……忘れましたね……あなたはいま十四歳の少年です……さあ、私が三つかぞえたら、目をさましましょう……一、二、三！」

少年は、ゆっくり目を開いた。そして、キョロキョロ見まわしている。

「きみ、きみはことし、いくつだね？」

とムテン博士の態度が変わった。

少年は答えた。

「十四歳でーす」

博士はニッコリして、

「やあ、どうもごくろうさま。向こうへ行ってお菓子でも食べなさい」

少年は元気よく走って行った。袖から中年の婦人が出てきて迎え、少年の肩を抱いて一緒に控え室へ消えた。

博士は見送ったのち、聴衆に向かった。

「いまのご婦人は、あの少年のお母さんです。先日、私のところへ、むすこを精神病院へ入れたいが、どうしたものかと相談に見えられたのです。ちょっと失礼……」

博士は、何かメモしてあるらしい、さっきの紙に、しばらく目を走らせていた。それから顔を上げて、

「では、つぎの方をご紹介しましょう」

といい、袖のほうに合図しようとした。

そのとき、聴衆の一人が、勇敢にも、

「先生！」

と手を上げた。

「はい、なんでしょう」

男は立ち上がり、ステージの袖のほうを気にしながら、声を落として、

「いまの少年は、やはり頭がおかしかったのでしょうか。私は、ほんとうに未来から来たのではないかという気がするのですが……」

「なるほど。ええと……」

博士はまたメモに目をやり、

「さっき、視点のことについてお話ししましたね」

といった。博士も年は争えず、記憶力が減退したらしい。

「……いまの少年については、みなさんも私も、外部からの観察者にすぎません。あの少年がほんとうにタイムトラベルをしたかどうかということは結局、少年自身の問題なのです。ただ、少年のいうことに矛盾があったので、私はそれを直してやりました。少年は未来の記憶をぜんぶ失いました。タイムトラベルをした記憶もです。ですから、現在のあの少年にとっては、タイムトラベルなどしなかったことになるでしょう」

博士がそれきり何もいわないので、質問者はしばし立ち往生したのち、不承不承腰を下ろした。

「では……」

と一声、博士がさしまねくと、袖から、つぎなる人物が現われた。

こんどは二十四、五歳の青年で、背が高く、がっしりしたからだつきをしているが、なんとなく元気がないようだった。

青年は博士の横に来て、聴衆に一礼すると、そのまま視線を上げず、床の一点を見つめていた。

「じつは、この方も、未来の世界からタイムトラベルをしてこられたのです。いや、正確にいわないといけませんな。未来の世界から来た……とご本人はおっしゃっています。

そのことの説明を、ご本人にしていただくと、いちばんいいのですが、ちょっとした事情で、ご本人の口からはおっしゃりにくい点がありますので、私が代わってお話しすることにします。

この方は、ゆうべ遅く、私のところへ見えました。見えたといっても、玄関からたずねてこられたのではなく、書斎で調べものをしていた私の前へ、いきなりヌッと現われたのです。時刻は十一時四十五分ごろでした。そんな時間に、案内もこわず、ひとのうちにはいってくるのは、セールスマンのたぐいでないことは明らかです。そこで私は、『うちには金目のものは何もないよ』と機先を制して、いいました。すると、この人は、『金目のものなど欲しくありません。あなたの命が欲しいのです』といいました」

聴衆がざわめいた。殺し屋の危険からのがれようと、腰を浮かしかける人もいた。

「いや、みなさん、ご心配はいりません。この人がねらったのは私だけなのですし、それに、いまはもう、この人も私を殺す気はぜんぜんないのですから……。

しかし、ゆうべ、あなたの命が欲しいといわれたときは、私もびっくりしました。『私は、きみなど知らん。きみに命をねらわれるおぼえはない』

そういうと、彼は、

『ぼくは、あなたにうらみがあるわけではありません。でも、ぼくはどうしても、あなたを殺さねばならないのです』

彼は、自分の時計と壁の時計を見くらべ、

『時間がありませんので、かんたんにお話しします』

そういうと、ときどき時間を気にしながら、事情を話しました。

それによると、彼はいまから八百二十三年後の世界からタイムマシンに乗って、やってきたというのです。ただし、彼がここへ来たのは、歴史研究のためでも、観光のためでもなく、任務としてやってきた……。

彼のいた、その八百二十三年後の世界では、タイムマシンが普及していて、毎日大勢の人が過去の世界へ観光旅行に出かけて行く。そこで、政府としては、これはほうっておけんと考えた。タイムトラベラーたちが、過去へ行って、われわれが歴史上の事実として知っている過去のできごとに変更を加えるようなことがあったら、どうなるか。その過去の延長線上にある、この現在も変わってしまう。これはゆゆしきことであるから、タイムトラベラーが過去を変えないように監視する必要がある。……というわけで、タイムパトロールという監視員が設けられたのだそうです。

タイムパトロールは、命がけの危険な職業ですが、それだけに金になります。彼は志願して、検査に合格し、タイムパトロールになりました。

彼の担当時域は、ことしの前半でした。ですから、あと四、五日で任務が終わるわけです。任務が終わって元の世界へ帰ったら、彼は恋人と結婚することになっている……

いや、なっていたそうです。

きのうまで、彼は任務を忠実にはたしてきました。この時域は、たいした歴史上の事件もなく、タイムトラベラーに人気がないので、仕事はわりとらくだったそうです。

彼の第一の任務は、歴史上の重要人物の監視でした。歴史上の事件というのは、たいてい重要人物によって起こされるのですから、その人物の身の上に変化が起これば、歴史にも影響が及ぶわけです。たとえば、一九四三年に山本五十六《いそろく》元帥《げんすい》がソロモン上空で戦死したという歴史上の事実がある。無責任なタイムトラベラーが、気の毒だと思って、敵機の来襲を知らせ、元帥の命を助けたとする。元帥は長生きして連合艦隊司令長官の仕事をつづけ、そのために第二次世界大戦の様相が一変して、後世が、すっかり違ったものになってしまうかもしれない。そこで、一九四三年に配置されたタイムパトロールは、身を挺《てい》して、元帥の戦死にじゃまがはいるのを防ぐわけです。

さて、ところで、彼の話によると、彼が監視しなければならない、ことし前半の重要人物の一人に、なんとこの私、ムテンの名があるのです。後世の人に重要人物に指定されるなんて……私は、こそばゆい思いがしましたが、それにしても、なんで私が殺されねばならないのか。

彼はいいました。

『われわれの歴史によりますと、先生は、きょう事故でお亡くなりになったことになっているのです』

『えっ、きょう事故で？　へんだね、それは』

『へんです。ぼくは、けさからずっと表で見張っていたのですが、先生は、きょう一度も外出なさいませんでしたね』

『うん』

『でも、もしかすると、先生はきょう外出のご予定があったのではありませんか』

『え？……うん、そうだ、そういえば午後、クラシックカー・ショーを見にいくつもりだった』

私が、それを見に行くために外出しようとしたとき、さっきの少年が母親につれられて、やってきた。その話が長くなってしまったので、ショー行きはお流れになったのでした。

その話をすると、彼は、

『やっぱり』と、うなずきました。『少年が来たことはぼくもしっていました。ぼくは、あの少年がここへ来るのを妨害すべきだった。あの子はタイムトラベラーだったんですね。知らなかった……ほかの時代からのタイムトラベラーがいたとは……』

彼は、きっと私を見据え、

『しかし、先生には、どうしてもきょう中に死んでいただかねばならないのです。それが歴史上の事実なのですから』

彼はチラリと壁の掛時計に目をやりました。時計は十一時五十九分をさしていました。

『ぼくは先生に、なんのうらみもありません。それどころか、歴史上の偉人として、尊敬しています。その先生を殺さなければならないのは、まことに心苦しいことです。しかし、後世の大勢の人たちの幸福のために、しかたがないのです。失礼します』

彼は、なんというのか知りませんが、変な武器の銃口を私の胸に向け、引き金に指をかけました。

さあ、そのとき私がどうしたと思います？　この通り、私はいまピンピンしています。ゆうべ殺されなかったのです。

ジュウドウ？　たしかに、私は若いころ柔道を少しやりました。けれども、もうこの年では、さっきの少年にもかなわんでしょう。こんな強そうな相手では……。

まあ、お話をお聞きください。

彼は銃口を私の胸に向けて、せまりました。

ムテン博士の命は、いまや風前のともしび。ああ、博士の運命やいかに……。

だが、とつぜん、博士は、

『ワッハッハ』

と爆発したように笑い出しました。

彼はあっけにとられました。気の毒に、博士は恐怖のため、とうとう気が狂ってしまったのか……。

いや、そうではありませんでした。博士は、笑いをおさめると、こういいました。

『きみ、いま何時だか知っているかね?』

彼は壁の時計を見て、

『十一時五十九分三十一秒です』

『あの時計ではね』と私はいいました。『でも、きみの時計は何時になっているだろう?』

『え?』彼は、いぶかしげに自分の時計に目をやり、びっくりした声を出しました。

『あっ、これはいったい……』

『零時一分すぎになっているだろう。それがほんとうの時間なんだよ』

『……しかし、どうして……』

彼は腕時計と掛時計を見くらべます。

『ハハハ、そう、さっきはたしかに、きみの腕時計とあの時計は合っていた。それで、きみはあの時計を信用してしまった。ところで、知っての通り、私はタイムトラベルの研究をしている。だから、この家には時計がたくさんある。私は、それらをいちいち調整する手間をはぶくため、この通り、いつもポケットにリモートコントロール装置を持っている。さっき、きみが話に熱中している最中に、私はこれを使って、あの時計を一分半ほど遅らせたんだよ』

『………』

『きみは、私を二十五日中に殺さねばならなかった。しかし、いまはもう二十六日だ。いま、きみが私を殺しても、もうむだだ。きみには、もう、そのことはわかっているだろう。二十六日に私が死んだのでは、やはり歴史が変わってしまったことになるからね』

彼の落胆ぶりは、見るもあわれでした。彼は任務の遂行に失敗したのです。任務をはたせなかったのです。

と、彼はふいに、さっきまで私に向けていた銃口を、自分の胸に向けました。

『おいきみ、何をするんだ?』

私は、びっくりして、いいました。

『とめないでください。ぼくは任務をまっとうできませんでした。元の世界へ帰っても、罰則が待っているだけです。もう彼女とも結婚できません。ぼくはもうおしまいです。おたくの床をけがすことを、お許しください』

『まあ待ちなさい。早まるのは、まだ早い。何かまだ、解決策があるのではないかね?』

『いえ、もうぼくには……』
『きみは、タイムマシンを持っているのだろう?』
『ええ……』
『それなら、それを使って、なんとかできると思うがね。とにかく、きょうはもう遅い。きみもつかれているだろうから、もうやすみなさい。あす、いろいろ相談しようじゃないか』

彼はやっと納得し、私の与えたトランキライザーを飲んで、やすみました。さっき目をさまし、私と一緒に、まっすぐここへ来たのです」ムテン博士は、横の、首一つ違う青年を見上げ、それから聴衆に目を戻した。「ですから、私はいまここで、みなさんとご一緒に、彼がこれからどうしたらいいか、考えてみたいと思います。そこでまず、ゆうべのことを、彼の立場になって、考えてみましょう。彼のいままで知っていた歴史では、私はきのう死んだことになっていました。ところが、きのう私はとうとう死ななかった。つまり、彼にとって、過去の歴史が変わってしまったわけです。そうだね?」

「はい、そうです」

博士は青年を見上げた。

さすがタイムパトロール隊員らしく、青年は、キビキビした態度で答えた。

「きみにとって歴史が変わった。その歴史が変わったのは正確にいって、いつだね?」

「きょうの午前零時です」

「うん、そうだね。きょうの午前零時に、新しい歴史の幕が切って落とされた。そして、その延長線上にある、きみが元いた、八百二十三年後の世界も変わってしまう。そうだね」

「はい……いえ、もう変わってしまっているのです。いまごろ、向こうでは大さわぎしているでしょう。チェック係がいますからね」

「チェック係?」

「はい、タイムパトロールの長官の命令で、歴史の書物や古い記録を、つねにチェックしているのです。それらの本や書類にある、先生の死亡年月日が急に変わってしまったわけです。それだけでなく、先生のような偉い学者が長生きすることになったのですから、その影響は、いろいろと……」

「ちょっと」とムテン博士がさえぎった。「きみはいま、『いまごろ向こうでは』といったね。それはおかしい。向こうの世界というのは、いまから八百二十三年先の向こうで大さわぎが起こるとしても、それは、いまから八百二十三年後の話だ。いまごろではない。そうだろう」

「はあ……いや……」

「みなさん、ここで、さっきの視点の問題が登場します。この青年は、あきらかに二つの視点を混同しているのです。いまここにいる自分の視点と、八百二十三年後の世界の人々の視点……われわれはまず、この二つの視点を分けて考えることからはじめねばなりません。それでと……この青年の視点のほうはいいとして、八百二十三年後の世界の人々のほうは、複数だと話がまたややこしくなるから、だれか代表を一人出しましょう……きみは、いまタイムパトロールの長官とかいっていたね、そう、その長官にしよう。

パトロールの長官を第二の視点として、いま、長官の視点から考えてみます。長官は、無責任なタイムトラベラーによって過去が変えられるのを防ぐために……あ、きみ、このタイムパトロールという制度を考案したのは、どんな人なのかね。学者か」

「いえ、長官自身です。長官は、自分でタイムパトロールというのを考え、政府に申し入れて、パトロールを組織し、みずから長官になったのです」

「どこかで聞いたような話だな。まあ、それなら、ちょうどいい。長官は、みずからのアイデアにもとづき、過去を変えられるのを防ぐために、きみというタイムパトロールを、過去の世界へ向けて出発させた。長官の視点から見た、きみの行動は、とりあえず、その、出発したということだけだ。そうだろう。そして一方……一方だよ、きみの視点から見ると、きみはそのあと、八百二十三年前の世界に到着し、そこで過去が変わるのを防ぐことができず、過去が変わってしまった。それを今後、きみが過去を変えたと呼ぼう。同じことだからね。さて、そうすると、長官の視点にもどった場合、長官にとって過去が変わったのは、いつだろう？　きみ、どうかね？」

「それは、ぼくが過去を……変えたとたんです」

「トタン……ていつだね？」

「……あっ、いや六ヵ月後かな。ぼくはこっちへ来て六ヵ月後に過去を変えたんだから……」

「六ヵ月後って、いつから六ヵ月後かね？」

「ですから、ぼくが出発してからです」

「うーん、きみはまた視点を混同している。なるほど、きみにとっては、たしかに元の世界を出発したあとに、ここでの生活がつながり、ここへ来て六ヵ月後に過去を変えた。だが、長官にとっては、そうではない。長官にとって、ムテンがきのう死んだということは、八百二十三年前の歴史的事実だった。それが、ムテンが死ななかったということになれば、長官にとって、歴史が変わったのは八百二十三年前ということになりはせんかね？」

「……へんだな」

「きみ、長官はいくつだい？」

「ことし……いや、元の世界で五十七歳です」

「五十七というと、もちろん八百二十三よりは少ない。長官が生まれたとき、すでに歴史は変わっていたことになる」

「…………」

「最初から変わっていたなどということは、ありえない。つまり、長官にとって、歴史は変わっていないのさ」

「え？」

「長官の視点から見れば、あきらかに歴史は変わっていない。過去は変わっていないのだ。そして一方、きみの視点から見ると、これまたあきらかに過去が変わっている。これはいったい、どういうことなのか。そして、どう解決したらいいか」

「…………」

「さて、ところでみなさん」と、ムテン博士は聴衆のほうを向いた。「……じつはけさ、私の助手が、この問題について、おもしろい意見を聞かせてくれました。それを、ここで、みなさんにもご紹介したいと思います」

　博士が合図すると、待ちかまえていたらしく、さっきの助手の一人が出てきて、二人の横に立った。助手は、聴衆に一礼し、少しかたくなって自説をのべはじめた。

「ぼくは……あたくしは、パラレル・ワールドというものを考えてみたらいいと思います。パラレル・ワールドが存在するとか、存在しないとかいう論議は抜きにして、この問題を解決するためには、どうしてもパラレル・ワールドの概念を導入する必要があると思うのです」

　助手は、そういうと、ムテン博士の顔を見た。

「遠慮はいらんから、早く導入したまえ」

　と博士は、はげました。

「はい、ええと、ここに二つの世界が平行して存在するとします。ムテン先生がきのうおなくなりになったほうをAの世界、ムテン先生がきのうおなくなりにナリナリ……」

「いいから、敬語は、はぶきなさい」

「はい。では失礼します。ムテン博士が死んだほうをAの世界、博士が死ななかった、この人がいまいる、この世界をBの世界とします。そうすると、この人はけさの零時に、Aの世界からBの世界へ引っ越したことになります。この人はAの世界の長官に命じられて、過去へ行き、過去を変えた……つまりこの人の視点からいうと、Bの世界の過去へ移ったわけです。さて、ここで、この人がタイムマシンに乗って、未来へ戻ったら、どうなるでしょう? この人は、いまBの世界にいるのだから、この人の戻る未来は当然、Bの世界の未来です。Bの世界は、ムテン博士が、長生きしたほうの世界だから、この人は、B世界の長官に迎えられ『過去が変えられるのを防いだ』ということで、ほめられるでしょう。この人は任務をまっとうしたことになるのです。この人は報酬を受け、恋人と結婚して、めでたしめでたし……そういうことになると思います。ですから結局……」助手は、タイムパトロールの青年のほうを向き、「あなたは何も心配することとはないわけですよ。そうでしょう」

「ええ、でも……」

青年は、まだピンとこない様子である。

「何か、いまのぼくの話に、おかしいところがありますか」

「いえ、あなたのいった通りだと思います。でも……このBの世界では、ムテン博士が長生きするわけでしょう。そうすると、未来にも、その影響が……」

「たしかに、それはあります。ムテン博士は偉い学者ですから、長生きすれば、いろいろ功績を残すでしょう。このBの世界の未来は、あなたの元いたAの世界、ムテン博士が早死にした世界の未来とは、いくぶん違ったものになるでしょう。でも、博士がいくらがんばったところで、八百二十三年後の女性に変化が起こるなんてことには、ぜったいになりませんよ。ムテン博士という人は、もともと女性にはぜんぜん縁のない人なのです」

横で、ムテン博士が目をパチクリさせている。

「ぜったいにだいじょうぶです」と助手は青年にうけあった。「あなたの彼女は一つ目小僧なんかになっていませんよ。彼女はきっと前通りの美人です」

「そうですね。きっとそうだ……」

青年は、にわかに元気を取り戻したようだった。そして、元気になると同時に、頭もさえてきたらしい。

「いや、待ってくださいよ。ぼくはBの世界の未来へ帰って復命する。ということは、前にBの世界の未来から、Bの世界のぼく……もう一人のぼくが、タイムパトロールに出発していなければならない……」

「そうそう、その通りですよ」

「そのもう一人のぼくの任務は、ぼくと反対に、過去へ行って、ムテン博士が長生きするのを、だれにもじゃまされないようにすることなんだ。ところがです。きっと、何か彼の手に負えない事故が起こって、ムテン博士がきのう死んでしまう……あ、失礼」

「いいんです。敬語は、はぶいていいんです」

「博士が死んだので、もう一人のぼくにとって過去が変わり、彼はAの世界へ移る。そうして、彼はAの世界の未来に戻って復命する。つまり、二人がすれ違って、両方丸くおさまるわけですね、ハハハ……。とにかく、長官の視点から見れば、すべてのパトロールは、かならず任務をはたして帰ってくる。そりゃ当然だ、長官自身が出撃……いやパトロールに出るならともかく、長官室に坐ったままの長官にとって、過去が変わるなんてことはないからな。だから、タイムパトロールなんか出さなくたって、同じなんだ。過去が変わるというのは、タイムパトロール自身にとってだけなんですね。そして、過去が変わった場合、そのパトロールは、元いたのと別の未来へ帰ることになる。だから つまり、タイムパトロールというのは、自分が元の世界へ帰るためにパトロールしているわけだ!」

「その通りですよ」

「まったくナンセンスだ。タイムパトロールというのは、税金のムダ遣いですね。よけいな金を使って、パトロール隊員を危険な目にあわせているだけだ。向こうへ帰ったら、さっそく長官に、いまのことをくわしく話して、タイムパトロールを解散してもらいます。パトロールの報酬は前金でもらってあるんです。長官がおこったってかまいませんよ、ハハハ……」

聴衆もどっと笑い、それが、青年の問題解決を祝福し、助手の推理を称賛する盛大な拍手に変わった。

面目をほどこした助手は聴衆に一礼し、控え室に戻って行った。

なおもつづく拍手の中で、ムテン博士が青年に何かいった。青年はうなずき、何か考えこみはじめた。聴衆がそれを見て、拍手をやめると、青年が口の中で何かぶつぶついっているのが聞こえてきた。

「……ああなって、それからああなって、あっちのがああして……」

ムテン博士が、聴衆に説明した。

「なにしろ、彼にとっては重大問題ですから、もう一度、いまの推理にどこか間違いがないか、自分でよくたしかめるようにいったのです」

「あっ」と青年がいった。「先生……」

「なんだね」

「いいですか。ムテン博士が六月二十五日に死んだのがAの世界、死ななかったのがBの世界ですね」

「そのようだね」

「ぼくは、Aの世界の長官にタイムパトロールを命じられて、八百二十三年前へ来ました。だが与えられた任務をはたせず、先生は二十五日にお亡くなりになりませんでした。この場合、ぼくが、先生が死ななかったということを確認できるのは、二十五日の午後十二時です。それ以前ということは、ありません。だから、ぼくがBの世界へ移るのは、二十六日の零時にかぎられます、そうですね」

「うん、それで?」

「一方、もう一人のぼくは、Bの世界の長官の命令で過去へ行き、こちらはあべこべに、博士が殺されないように監視していたわけです。だのに、もう一人のぼくは、任務をはたすことができず、博士は殺されてしまった。だが、この場合、前のぼくの場合と違って、殺されるチャンスは二十五日の午前零時から午後十二時まで、二十四時間あるんです。博士は朝早く殺されたかもしれない。もし、そうだと、その場合、もう一人のぼくは朝のうちにAの世界へ移ることになります。ところが、そこには午後十二時まで、このぼくがまだいるのです。ぼくと、もう一人のぼくが一緒にAの世界にいることになってしまうんです」

「うん、おもしろい」博士は聴衆のほうを向き、「おもしろいですね。このパラドックス……」

「先生」と、青年が博士を自分のほうへ向かせた。「そういうことがありうるでしょうか」

「いや……じつは、さっきから、きみと助手の推理を聞いていたんだがね。なかなかいい線をいっているのだが、一つだけ、大きな間違いがある」

「え?」

青年はギクリとなった。

「ねえきみ、きみはAの世界の未来から過去へ来た。そうして、きみは任務をまっとうできず、私は二十五日いっぱい生きのびてしまった。そうだね」

「ええ……」

「きみの来た過去の世界で、結局私は死ななかった。ということは、その過去の世界は、最初からBの世界だったということになりはせんかね」

「え？……あっ」

「きみは、二十六日の午前零時に、急にAの世界からBの世界に引っ越したのではなく、最初からBの世界にいたことになる。きみがタイムマシンで到着したのは、私の死なない、Bの世界の過去だった……」

「そうだ、たしかにそうだ……どうもへんだな」

「うん、これは非常にへんだ。これがもし、親殺しが目的というようなことであれば、最初からべつの過去を目指したわけだから、Aの未来を出発してBの過去へ到着しても、おかしくない。だが、きみの場合、あくまでもムテンの死を達成しようとして、つまり正しい過去へ行こうとして、Aの未来を出発したところ、Bの過去……間違った過去へ到着してしまったことになる。これは大きな矛盾だ。どうして、こんな、へんなことになってしまったんだろう。きみ、わかるかね？」

「………」

「みなさん、ここでまたまた視点の問題が登場します。われわれは、またしても視点の混同をやってしまったのです。

　私の助手は、パラレル・ワールドの概念を導入し、AB二つの世界を設定して、論を進めました。ということは、二つの世界を同時に見られる絶対的な存在、神様のような目で見たことになります。いや、そのこと自体は、かまわないと思います。いけないのは、そこにこの青年の視点を混入させてしまったことです。

この青年の記憶にあるムテンの死は、二十五日に事故で死んだということだけです。したがって、ムテンの死には二十四時間の許容範囲がある。そこで、この青年にとって、過去が変わったのは二十六日午前零時ということになる。

しかし、全智全能の神様は、Bの世界のムテンが二十五日の何時何分にどういう事故で死に、その前にどういう行動をとったか、むろんぜんぶごぞんじのはずです。

結論は、こうなります。神様の視点から見た場合、この青年は、やはりAの過去からBの過去へ引っ越しをした。引っ越しは一定の時点に行われ、その瞬間、もう一人の彼と入れ替わった。……きみ、どうかね？」

「はあ……」

「なんだか、ふにおちない顔をしているね。そう、みなさん、この青年の問題は、たしかにいまの方法で説明することができますが、くわしく説明するとなると、いろいろな要素を考え、あらゆる場合を想定しなければなりませんから、とても一時間や二時間ではかたづかないでしょう。

こんなクイズがありますね。A市からB市へ向かう少年と、B市からA市へ向かう少年の間を、イヌが行ったり来たりしている。そのイヌの走行距離の合計はいくらか。二十世紀の有名な数学者ヨハン・フォン・ノイマン博士は、このクイズを出されたとき、無階級数の和として、計算して答えを出したそうです。たしかに、その方法でも答えは出せるでしょうが、何もそんなめんどくさいことをしなくても、イヌのスピードに、二人が出会うまでの時間をかければ、かんたんに答えが出せるのです。

この青年の問題の場合も、神様やホトケ様なんかの手を借りずに、もっとかんたんに解答を出す方法はないものでしょうか。

さあ、それでは、もう一度すべてを白紙の状態に戻して、考え直してみましょう。

こんどは、視点を、この青年一人に限定します。それも、現在の時点にいる彼に限ることにしましょう。

これは復習になりますが、ええと……現在のわれわれにとって、過去の世界というのは記憶、記録、痕跡等の中にあるにすぎない、そうでしたね。この青年の場合、その過去が変わってしまった。それをいいかえると、現在の彼にとって、このいまいる世界は、彼の記憶、彼の持っている記録等の中にある過去と、違ったものになっている。そういうことがいえます。

この場合、記録というのは、たとえば命令書が考えられますね。ムテンはことしの六月二十五日に死んだのだから、その死をだれにもさまたげられないようにせよ……もし、そういう命令書があるとしたら、まずその命令そのものが何かの間違いではなかったかと、疑ってかかる必要があります。きみ、命令書のたぐいを持っているかね」

「いいえ、タイムパトロールは、過去の世界の人に身分を知られてはまずいですから、証拠になるようなものは一切所持していません。ぜんぶ頭の中にはいっているのです」

「なるほど、それなら話はかんたんだ。みなさん、そうすると、さっきから、みんなで大さわぎしてきた、この青年の問題は、たった一言で解決がつくのです。すなわち、彼の『記憶違い』です。私は、ことしの六月二十五日に死ななかったのに、彼は何かの間違いでそう思いこんでしまった。それで、タイムパトロールとしてこの世界へ来ると、任務に忠実な彼は、記憶にある通りに、私を殺そうとした。が、結局、彼は私を殺すことができなかった。つまり、彼は過去を変えることができなかった。パラドックスは何も起こらなかった、ということなのです。だから、彼がこんど帰る未来で、彼を迎えてくれるのは、Bの長官でもBの彼女でもなく、元通りの長官と彼女なのです。そして、長官は彼が任務をはたしたことを称賛し、彼女は元通りの美しさで、彼の胸に飛びこんでくることでしょう。どうだね？　きみ」

「ええ、そういわれてみると……いえ、きっとそうですね」

「そう、きみ自身がそう信じないといけないんだ。……さあ、これでこんどこそ、めでたしめでたし……」

博士が拍手をしたが、聴衆はまだキョトンとしている。

「あっ、さっき、きみは、タイムパトロールなんてナンセンスだといったね。そのことも、もう一度検討してみる必要がある。もう一度ゆっくり、長官、タイムパトロール隊員、無責任なタイムトラベラーの、それぞれの視点から考えてみたまえ。これは宿題だ」

　博士は青年の耳もとでいい、青年は大きくうなずいた。

「じゃ、どうもごくろうさま」

　博士がまた拍手をすると、聴衆もやっとそれにならい、青年を控え室に送った。

「教訓」とムテン博士は聴衆を見まわした。「タイムトラベルを論じる場合は、かならず視点を一点に定めること。これを忘れないように。……では、つぎの人をご紹介しましょう」

　まだいるのかと、すっかり頭の体操をさせられてしまった聴衆は、げんなりした顔をした。

　博士はニヤリとして、「これで最後です」といった。

　だが、その最後の人が袖から現われた瞬間、全聴衆は思わず息を呑んでしまった。その人は、ムテン博士とまるでそっくり、瓜二つなのだ。ムテン博士が二人になったとしか思えない。

　その人が中央に来て、肩をならべると、博士も、

「私とそっくりでしょう」といった。「この人は私よりちょっとふけていますが、まる

で五つ違いのフタゴ……五つ違いのフタゴっていうのは、おかしいな、そう、まるで兄弟のようでしょう。でも、私たちは兄弟ではないのです。兄弟でなく、同一人物なのです。この人は、五年後の私、ムテンなのです」

「みなさん、こんにちは」と、年上のムテン博士がいった。「いや、こんにちはっていうのは、おかしいな……というのは、休憩の前にここでしゃべっていたのは私なのです」

「私が、いまの青年の世話で手が離せなかったので、この人に、かわりに前半を担当してもらったのです。それにこの人は、タイムマシン理論については、私より造詣《ぞうけい》が深い。自分でタイムマシンを完成したのですからね」

二人のムテン博士は微笑を交わし、

「さて」とユニゾンでいった。この二人は、非常に気が合うようである。「こうして、二人が同じことを一緒にしゃべっているのは、どうも能率が悪い。そこで、いまから、二人で手分けして、みなさんの半分ずつを担当することにします」

二人がいい終わったとき、助手がボタンを押したのだろう、天井から静かに、分厚い壁が降りてきた。壁は、二人のムテン博士の間、そしてその延長線上の、客席中央の通路に降り、ステージと客席を完全に二分してしまった。

「では、お話をつづけましょう」と年上のムテン博士がいった。「いま、もう一人の私は、私がタイムマシンを完成したといいました。しかし、ここで、そのタイムマシンを持ち出して実験したところで、さっきと同じように、みなさんは第三者の視点からの観察しかできず、トリックかもしれないということになってしまう。みなさん自身がタイムマシンに乗って、タイムトラベラーの視点から実験を観察しなければ、意味がないわけです。

そこで、私たちは相談のすえ、ここにいるみなさんぜんぶをタイムマシンにお乗せすることにしました。じつは、私の方式によって、すでに、この公会堂ぜんぶを、タイムマシンに改造してあるのです」


「では、お話をつづけましょう」と年下のムテン博士がいった。「いま、私は、もう一人の私がタイムマシンを完成したといいました。しかし、ここで、そのタイムマシンを持ち出して実験したところで、さっきと同じように、みなさんは第三者の視点からの観察しかできず、トリックかもしれないということになってしまう。みなさん自身がタイムマシンに乗って、タイムトラベラーの視点から実験を観察しなければ、意味がないわけです。

しかし、いくらなんでも、ここにいるみなさんぜんぶをタイムマシンにお乗せするわけにはいきません。もう一人の私だって、まさか、この公会堂ぜんぶをタイムマシンにすることはできませんからね」

ざわめきが起こった。

「この壁も、じつは時を飛ぶための補強なのです」

聴衆は、さらにざわめいた。

「では、さっそく、みなさんを過去の世界へご案内します。いや、ショックは何もありませんから、どうぞご心配なく」

場内は、にわかに、水を打ったようになった。

「では」と博士が袖へ合図を送ると、助手が何かを操作したのか、場内の明かりがホワッとフェイドして消え、数秒おいて、またホワッとついた。

聴衆が見つめる中で博士がいった。

「私たちは、いま過去の世界へ到着しました。ここは、紀元前三十万年、ミンデル・リス間氷期です。もっとも安全な時

笑い声が起こった。

「この壁は、よく反響しますね。にぎやかでいい」

聴衆は、またどっと笑った。

「では、タイムマシンのお話は、みなさん一人一人がマシンに乗れる日が来るまで、おあずけにすることにしましょう」

笑い声にまじって、まばらな拍手が起こった。

「ええと……」と博士が何かいいかけたとき、どうしたことか、場内の明かりがホワッとフェイドして消え、数秒おいて、またホワッとついた。

聴衆がざわめく中で、博士がいった。

「停電でしたね。いまどき停電なんて、めずらしいですね。ええと、いま私は何をいおうと……あ、そうだ。みなさん、

点ということで、ここを選びました。さあ、みなさん、そこのハッチからそとへ出て、ご自分の目でおたしかめください。ただし、外出時間は一分以内、入口から半径一〇メートル以上遠くへ行ってはいけません。危険ですからね」

人々は、しばらくはシーンとなって、顔を見合わせていた。が、一人の男が勇敢に立ち上がったのをきっかけに、つぎつぎと席を離れた。みんな、最初の男がしたのにならい、さっきまで非常口と思われていたドアに近づくと、まずおそるおそるのぞいたのち、そとに出る。あとのほうの人になればなるほど動作が早くなり、結局全員がハッチから出て行ってしまった。

数分後、人々は全員、元の席に戻って

トイレに行きたい方がおありではないですか。さっきの休憩も、短かったですし……。こちら側にはトイレがありませんが、なに、かまいませんから、その非常口のそとで適当に……。さあ、行きたい方は、どうぞご遠慮なく」

博士がいい終わったとたん二、三人が立ち上がった。と見る間に、聴衆はつぎつぎと立ち上がり、われ先にと非常口に殺到した。非常口は小さいし、通路もせまい。人々がおし合いへし合いするさまは、関東大震災のときもかくやと思われた。こうなると、客席に残っていた人たちも落ち着いた気持ちでいられなくなる。結局、聴衆全員が非常口から出て行ってしまった。

数分後、聴衆は全員、元の席に戻って

いた。みんな、緊張した表情で、おしだまっている。

「さあ、もう心配いりません。私たちは元の世界へ無事帰って来ました。みなさん、過去の世界の感想はいかがでした。……おや、あなた、何かお持ちですね。それは？　石？　ああ、過去の世界へ行った記念に……。あ、こちらの方も、こちらも……。うーん、まずいな、これはまずい……。

みなさん、お気づきになりませんか。みなさんは、たいへんなことをしてしまったのです。過去を変えてしまったのです。持ってきた石の下に、植物や微生物がいたかもしれない。それが、石をどけられることにより、べつの成長の道をたどることになる。なにしろ三十万年も前

いた。みんな、せいせいした表情で話を待っている。

博士が聴衆を見まわし、口を開こうとしたとき、また明かりが消え、そしてついた。

「また停電ですか。きょうは、どうしてこう停電が多いんでしょうね。みなさん、用を足してきて、さっぱりなすったでしょう。そとは晴れていましたか……。え？　用足しに気をとられて、気がつかなかった？　ハハハ、そうですか、ハハハ……。

ええと、それでは、まだ少し時間がありますので、オヤコドンブリについてお話ししましょう。

オヤコドンブリというのは、ご承知のように、昔からある、ニワトリの肉と卵

のことです。ごくわずかな変化でも、三十万年の間にその影響がつぎつぎとひろがっていって、この現在の世界に大きな変化を与えることになるでしょう。

みなさんは、自分の手で過去を変え、その延長線上の前とはべつの現在へ帰ってきてしまったのです。

この場合、記憶違いではすみません。みなさんのした行動は、人を殺さなかったなどという消極的なものでなく、現実に石を取り、いまそれを手に持っているのですから。

もう一度、さっき行った世界の少し手前の時点へ行って、石を戻してくる？　しかし、みなさんは、石のあった位置を正確におぼえていますか。そんなことをしても、よけい過去に変化を与えるばかか

を使った料理です。トリ肉とタマネギを煮汁で煮て、卵を割りこみ、切りミツバを入れる。これをドンブリごはんの上にのせ、日本酒をふりかけ、もみノリをちらし、ふたをしてむらせば、でき上がりです。材料のいろいろな香りが生かされ、日本の大衆料理の中でも傑出した物の一つといえるでしょう。

いまもいいましたように、現在では材料にタマネギが用いられていますが、もう一人の私の調査によると、一九二〇年ごろまでは、タマネギではなく、日本ネギが使われていたことが判明しました。菊池寛がはじめて上京したとき、オヤコドンブリを食べて、『こんなうまい物があったのか』と感嘆したというのは、この日本ネギ入りの物なんです。

りです。
もう、こうなっては、観念するよりほかありません。
さあ、早くそとへ出て、そとの世界がどのくらい変化したか、たしかめてみましょう。私の話は、とりあえずこれで打ち切りにします」

これは、パストビジョンの資料にもはいっていない、新しい情報です。みなさんも、ぜひ一度、日本ネギを使ったオヤコドンブリをおためしください。そして、もしおいしかったら、それは、もう一人の私がタイムマシンを発明したことの、何よりの証拠になるでしょう。
結論が出ましたので、本日のお話はこれで終わりにします。ご静聴を感謝いたします」

壁がスルスルと上がり、両方の客席が一緒になった。光線のかげんか、年上のムテン博士の側の人たちは、少し青い顔をしているように見えた。

青い顔をした人たちのほうが、先に立ち上がり、入口に急いだ。

「あっ……」

人々は、入口を出たところで、ぎょう然とたたずんだ。青い顔を、さらに真っ青にして、あたりを見まわしている……。

そこへ、あとの人たちが、ぞろぞろと出てきた。血色のいい人たちは、青い顔の人たちの様子を、ふしぎそうに横目で見、元気よく四方へ散って行った。

Once Upon A Time Machine

不意の来客というのは、いやなものである。私みたいなひま人でさえ、静かに読書しているところを、不意の来客にさまたげられたりすると、何とはなしにいらだたしくなる。まして、それが未知の人である場合、余計な気苦労も加わってくる。

そして往々にして、不意の来客というのは、とんでもない、いやな用件をもって、やって来るものである。

「僕はあなたの子孫です」

その男は、そう名乗った。

だが、私の脳細胞は、別に何の反応も示さなかった。というのは、この男のあまりにも唐突な出現ぶりに、すでに、すっかりどぎもをぬかれていたからである。

広くもない、アパートの部屋で、ぼんやりと彼女の事なんか考えていた私の目の前へ、妙な乗り物にのったその男は、いきなりパッと忍術使いの如く現われたのだった。仰天した私は、これはてっきり夢を見ているに違いないと思い、しばし茫然《ぼうぜん》としていた。だから、子孫ですと名乗られて、私はただ無意識に、

「ああ、そう」

と答えた。

男は、私の返事がもの足りないらしく、つづけて、

「僕の父は、あなたの孫にあたるのです。ですから僕はあなたの曾孫《ヒコ》になる訳です。つまり、僕はあなたの四代目の子孫です」

しきりに、子孫がっていた。

その間に私の心は少し落ち着きをとりもどした。どうも夢ではないらしい。

私は、彼の乗って来た妙な物体を見て、ふと、ある事に思いあたって、つぶやいた。

「もしかすると……これはタイムマシンじゃないかな」

すると、彼の方が驚いたらしい。

「えっ、よくお分かりですね。その通り、これはタイムマシンです。僕が最近やっと完成したのです」

そういえば、よく見ると、彼の着ている服は、私がこれまで見た事もないような物質

で出来ているし、第一縫い目が全然なかった。彼が自分でいったように、彼は私の子孫であり、未来の世界から来た事は間違いないらしかった。

「やはりそうか。未来の世界から、タイムマシンに乗って、はるばると、先祖である私をたずねてくれた訳か。これは珍客だ」

私は、とりあえず彼に椅子をすすめ、とっておきのウィスキーをだして、歓待することにした。

「これは上物ですね。僕達の世界の酒よりずっといい」

彼は一口飲むと、そういった。まんざら、お世辞でもなさそうだ。

「よかったら、勝手にどんどんやってくれ給え」

彼にウィスキーのびんをあてがっておいて、私はタイムマシンに近づき、中をのぞきこんだ。科学小説等にはよく出て来るが、実際に見るのは無論はじめてである。

外観がのっぺら棒の金属の箱であるのにひきかえ、中は複雑な装置がいっぱいで、どういうしかけになっているのか、私には皆目見当がつかなかった。ただ、真ん中にある赤いレザーをはった二つのシートが、いかにも乗り心地よさそうに見えた。

「中のレバーにさわらないで下さい。あぶないですよ」

ウィスキー・グラスを手にして、彼が寄って来た。

「これを君が作ったのかい？　大したものだな」

「ええ、僕の住んでいる時代では、タイムトラベルの理論は、すでに常識になっています。だが、実際にタイムマシンを作るとなると、色々な技術的障碍《しょうがい》があり、まだ誰も製作に成功していません。私は長い間かかって、それらの障碍を一つ一つ克服していったのです。やっと完成した時は、うれしくて、丸二日間のみつづけました」

「そりゃそうだろうな……とにかく、タイムマシンがあったら面白いだろうね。だいぶ方々へ行ったかい？」

「まだ作って間もないですから……ほんの二、三回ばかり過去の世界へ行って来ました。未来の方は、どうも刺激が強そうなので、まだ行っていません」

「成程ね。しかし、過去の世界だけにしても、色々な事があるだろうな。歴史上の人物にあったり、こうして先祖をたずねたり……そうだ。こんな話があったな。過去の世界へ行って、結婚前の自分の父親を殺したら、どうなるか。このタイムマシンがあれば、この問題の答えも出せるわけだ」

「はあ、その話を御存知でしたか。弱ったな」

「何が？」

「いや、こうなったら仕方がない。全部お話ししてしまいましょう。実は、今日おうかがいしたのはですね」彼はウィスキーのグラスをテーブルにおくと、改まって切り出した。「僕はタイムマシンを完成すると、すぐ今のお話の事を考えました。結婚前の父親を殺したら自分はどうなるか……これは実に興味のある問題です。僕は実際にやってみたくなりました。しかし、現実に自分の父親を殺すなんて事は、僕には出来そうもありません。何しろ、家族としてなが年一緒に暮らしてきた人なのですから。若いころの父に会ったところで、おそらく情がうつってしまい、とても殺すなんて。そこで僕は考えました。この問題の解決は、何も父に限った事はない。要するに、自分の先祖なら誰でもいいわけです。だから、情がうつらないように、少し時代をさかのぼって、四代前位ならまああだと思い、あなたに目星をつけて……」

「何だって?」

私はあわてた。何がまああだ。とんだ目星をつけられたものだ。そう簡単に殺されてはたまらない。

私がもし女だったら、芸術の為、全裸のモデルに、位の注文には応じてもいいが、いかに学術の為でも、殺されるのはまっぴらである。

「君、いくら私がひとりものだといったって、これでも死ねば、泣く女の子がいるんだし……」

私はやっきになって抗弁した。

彼は私を手で制し、

「分かっています。あなたにすてきな彼女がいる事は知っています……それに、僕は、少し考え違いしていたようです。

僕は一九六〇年代の人は原子爆弾を使って戦争したりして、随分野蛮な人達だと思っていたのです。だから、一人や二人殺したって何て事はない。僕はあなたに会ったら、子孫だと名乗って……フェアでいかなければ……子孫だと名乗って相手が驚いていると ころを、いきなり、と思ったのですが……実際にあなたにお会いしてみると、すぐタイムマシンである事を見抜かれるし、ウィスキーはごちそうになるし……今更、あなたを殺す事なんて出来ませんよ」

「そうか。じゃあ、私を殺すのはやめたんだね」

「はい、やめました」

やれやれである。私は胸をなでおろした。

全く人さわがせな男だ。いきなりタイムマシンで乗りつけるかと思うと、今度は殺しときた。

「あんまり人をびっくりさせるもんじゃないぜ」

「どうも」

彼は頭をかきながら、てれくさそうに笑った。そのどこか私に似た所のある顔を見ていると、私はおこる気にもなれなかった。

「まあ、いいさ……それじゃ、あらためて一つ、仲直りの盃とゆくか」

「はあ、でも、そうもしていられないのです」

「…………」

「私はあなたを殺すのはやめましたが、計画そのものをあきらめた訳ではありません。また別の世界へ行って他の人を……そうだ。今更こういうのもなんですが、どうです。あなたも一緒に行ってみませんか。別に忙しいこともないんでしょう」

「そうだな」

私は考えた。殺される当事者になるのでなければ、面白い問題である。タイムマシンにも乗ってみたいし……。

「ただ、これだけはおことわりしておきます。先祖を殺した場合、もしかすると、子孫の我々はこの世から消滅するという結果が出ないとも限りません。その覚悟はしていただかないと」

そら、おいでなすった。又、脅迫的言辞だ。しかし、消滅するかもしれないといわれて、かえって私は何かスリルを感じた。刺激のない生活にあきている私にとって恰好《かっこう》の冒険かもしれない。

「よかろう。どんな結果が出てもいい。一緒にやろう」

私は、彼に手をさしのべ、握手した。急転直下、昨日の敵は今日の友であった。

さて、一味徒党に加わったからには、一応細目の打ち合わせをしておかねばなるまいと感じた。

「ところで、君はいったいどうやって殺人を行うつもりなんだい？」

「ええ、それが僕にとって、一番の難関だったのです。僕の時代の世界は平和で、戦争も人殺しも全然ありません。だから殺人の道具なんか何もないのです。私は百方探しまわったすえ、一九三〇年代の古道具屋で、やっとこれを手に入れました」

彼が差し出したのを見ると、おそろしく旧式なピストルだった。

「ほう、だいぶさびているな。性能の方は大丈夫かい？」

「いえ、まだいっぺんもうった事はありません。ピストルというのは、引き金をひけばいいんでしょう」

「驚いたな。うった事はないのかい。そりゃ無茶だ。しろうとじゃ至近距離からうっても、中々あたらないものだ」

「そうですか。すると、あなたはピストルはお上手ですか」

「いや、私もからきしだめさ」

彼はがっかりした様子だった。

「それじゃ、あなたや僕がこのピストルを使って先祖を殺そうとしても、失敗するおそれがありますね。僕等の古い先祖というと、代々サムライだから、下手すると返り討ちにあってしまう……こまったたな」

「だからさ、何か他の方法を考えよう」私は、ここでいいアイデアを出して、先祖の威厳を示そうと思った。「要するに二人とも人殺しにはむいていないようだから、まず他の人に頼むことにしよう」

「ああ、あなたの時代の本に出て来る殺し屋というやつをやとうのですね」

「いや、殺し屋は金を払わなければならないし、あとくされがあっていけない。第一、この問題に第三者の介入は好ましくないな。そうだ。いっそのこと、我々の先祖の中から腕の立つ人を選んで、その人に更に他の先祖を殺させたらどうだろう」

「ははあ、こりゃいい考えだ。その場合なら、返り討ちにあってもいい訳ですよね。どっち道、先祖が死ぬ事に変わりはないんだから」

「うん。だが、問題はそういう事を引き受けてくれそうな適当な先祖を、どうやって探し出すかだ」

「それなら、まかしといて下さい」彼はポケットから、トランジスター・ラジオのような物をとり出した。「ポケット型の電子頭脳です」

彼は、それに人さし指をあてて、ガチャガチャやり出した。

「これには、古今東西のあらゆる書物のほか、僕が過去へ行ってあつめて来た、我が家の先祖に関する資料が、すべて記憶させてあります。……ああ、さっき僕があなたの時代を野蛮な時代といった事ですか。僕は甘く考えましてね。この電子頭脳を使うまでもないと、早のみこみをして、ここへ飛んで来ちまったんです。この電子頭脳を使えば、たいていの事は分かります。何か答えを出してみましょうか。そうだ、あなたは何でタイムマシンの事を知っていたんだろうな……ああ、答えが出ました。ふん、成程、一八九五年にH・G・ウェルズという人が既に小説に書いていたんですね。驚いたな。科学者じゃなくて、小説家なのか……僕はあなたの時代の科学者はタイムマシンに関しては何もいっていないから、てっきり……」

「そう、それはいいから肝心の方をやってくれ」

私はせかした。

「分かりました。ちょっとお待ち下さい」彼はしばらくの間、無言で、せわしく指を動かしていたが、「出ましたよ。ちょうどいい人が」

「ほう、どんな人だい？」

「北辰一刀流免許皆伝」

「…………」

「若いころに両親を失い、しばらくして浪人して、裏長屋でごろごろしていた事があるそうです。そこへ行って頼めば、多分やってくれるでしょう。さっぱりした気性の人らしいですから」

「もう一人の相手はどうするね？」

「そこへ行ってから考えましょう。その先祖の様子を見てから」

「そうか。では、ゼンは急げだな」

「早速出かけましょう」彼は出がけに、机の上にかざってある写真をちらりと見て、いった。

「このきれいな人は、あなたの恋人ですね。僕は、この人を知ってますよ」

私は彼の次の言葉を待った。

「僕のひいおばあさんです」

曾孫《ヒコ》と私は、先祖の住む裏長屋から少し離れた所で、タイムマシンを降りた。いきなりタイムマシンで、先祖の目の前へ乗りつけたら、相手がびっくりして、「切支丹ばてれんの妖術、いざ、一刀のもとに」てなことになりかねないからである。

私達はタイムマシンを草むらにかくして、裏長屋に近づいた。我々の世界のと変わりない月が、雲間から顔を出して、長屋を照らしていた。長屋のはずれには木戸があり、その向こうにはつるべの井戸が見える。まるで時代物の映画を見ているようだった。

私はヒコにささやいた。

「今、ここは何時ごろだい?」

「五つ半です。つまり九時」

「もう、皆寝てしまっているようだな」

「昔の人は早寝ですよ。電気がないですからね」

長屋の一番奥でヒコが立ち止まった。

「ここです。まだ、おきてるらしい」

所々やぶれている油障子の向こうに、ほのかに明かりがゆらいでいた。

ヒコは障子に近づくと、

「こんばんは」

中に向かって、よびかけた。

ガサガサと音がしたと思うと、

「どなたでござるか」

よく透る声がひびき、障子がガラリとあいた。

センゾが立っていた。さかやきはのび、身なりは粗末だが、色浅黒く精悍《せいかん》な顔付きの偉丈夫であった。

私達は、その雄姿に圧倒されながら、おそるおそる、お願いしたい事があって来た、と来意をつげた。

センゾは、文字通り時代ばなれのした、二人の異様な風体に目を見張っていたが、

「まず、上がられよ」

とかいって、その辺にちらかっている、手内職のカサハリの道具かなんかを片づけて、私達を請じ入れてくれた。

遠慮なく上がりこんで、やぶれ畳の上に坐り、二人は来た目的をセンゾに話した。勿論、いきなりタイムマシンなんていったって、分かりはしまいから、適当にはしょって説明した。

相手に調子を合わせて話しているうちに、結局、私達が未来から来たという事は、とうとう分かってもらえず、あべこべに過去から来た先祖の霊の亡霊だという事にされてしまった。それで行きがかり上、面倒くさいから、その先祖の霊の中に一人、とんでもない悪霊がいるので、それを退治するのに力をかしてくれという事にしてしまった。過去の世界の人がうんぬんという事になれば、まともに幽霊の存在を信じている時代の人のことだから、かえって一九〇〇年代の人よりも、のみこみは早い。

それに、あなたのお腕前を見込んでといったのが、すっかりお気にめしたらしく、

「相分かった。いかにも拙者、一臂《いっぴ》の力をおかし申すでござろう」

わりと気安く引き受けてくれた。

「して、その相手の名は？」

そういわれて、二人はハタと困ってしまった。まさか、まだきめていない。先祖なら誰でもいい、ともいえない。

ヒコはセンゾの口調につられながら、

「それはでござる。ええと、そうだ。お宅にですね。あのう……先祖の、ケ、系図はありませんか……でござる」

「系図でござるか。いかにも所持致す。しばらく、待たれい」

センゾは立ち上がって、神棚のうしろから何か出して来た。浪人してはいても、さすがは侍、紫の袱紗《ふくさ》に包まれた立派な系図だった。

「この中の一人が拙者の相手でござるな」

いいながら、ヒコにそれを渡した。

ヒコは、それをひらくと、早速例の電子頭脳を出して、ガチャガチャやりはじめた。

「ほほう、変わったそろばんでござるな」

私はヒコと顔を見合わせた。

——このセンゾ、中々カンがいいぞ。

「では、そろばんを入れている間、一つ、いかがかな」

センゾは、貧乏徳利と湯呑茶碗を持ち出して来た。いい酒だった。このセンゾも酒には中々うるさいと見える。どうも、私の血筋には酒のみがそろっているらしい。

「君は、まだタイムマシンを運転するのだから、あまりのまないほうがいいぜ」

私はヒコに注意した。

「大丈夫です……ええと、出ましたよ」

「もっと古い時代の人かね」

「もう五代ばかり前です」

「大センゾだな」

「そうですね。その大センゾは、結婚前の若いころ、はなれの部屋で一人で生活していた事があります。そばに誰かいては、まずいですからね」

「そうか。その大センゾの寝込みでも、おそうかね」

「そうです。さあ、行きましょう」

浪人の方のセンゾは、それまでちびちびやりながらちんぷんかんぷんの顔をしていたが、行きましょうといわれると、

「心得た」

すっくと立ち上がると、かたわらの大小を腰にたばさみ、颯爽《さっそう》と先に立って表へ出た。

何とも頼もしい限りであった。
四、五歩行ってから、センゾは、ふと足をとめた。
「歩いてまいるのかな?」

ヒコが答えた。

「いいえ、カゴで行くのでござる」

何しろ、定員二名の所へ、三人乗りこんだので、きゅうくつこの上もなかった。ヒコの運転の邪魔にならないように体をよければ、センゾの刀のこじりでひざをこづかれるし、やっと大センゾの住むはなれの庭の木立に着いて、降りた時は、全くホッとした。

私達は敵の様子をうかがった。木立の向こうに見える目的の家は、はなれといっても、相当大きな建物である。さすが大身の武家だけのことはある。母屋とも、だいぶ離れていて、私達には好都合だった。

三人は足音をしのばせて庭を横切り、そっと縁先にしのび寄った。

まず、私が障子に舌をあてて穴をあけた。妙に無骨な四角ばった障子だった。私は穴からのぞいた。広い座敷の真ん中に、問題の大センゾは、立派な夜具にくるまって寝ていた。これから起こる事も知らず、軽い寝息をたてて、天下泰平であった。

別に異状がないのを確かめると、私はセンゾと場所を交代した。センゾは長い間かかって、中の様子を詳しく調べていた。

つづいてのぞいたヒコは、一目見ると、すぐに目をはなし、センゾに向かって大きくうなずいて見せた。

俄然《がぜん》、センゾは行動をおこした。すばやく障子をあけて中に入りこむと、やにわに寝ている大センゾの枕をけとばした。

「仔細あって、お命頂戴致したく、参上つかまつった。いざ、尋常に勝負されよ」

低い声でいい、刀を抜いた。勇ましくも堂々の勝負をいどんだのである。

大センゾも、そこは侍、ガバとはねおきると、「心得た」とばかり、床の間の刀をとって抜きはなった。
二、三合、丁々発止と渡り合ったが、やはり免許皆伝とねぼけまなこでは勝負にならなかった。
「えい」

真っ向からふりかぶって切り込んだセンゾの刀に、大センゾは袈裟《けさ》がけに切られ、血しぶきを上げて、どうと其の場に倒れた。

私とヒコは、すぐに出ていって生死をたしかめようとした。だが、その時、外の方から足音が聞こえてきた。やっと物音を聞きつけたのだろう。だいぶ大勢のようだった。

私とヒコは、センゾの手をひいて、あわてて物かげに身をひそめた。

私は小声でセンゾにきいた。

「相手は死んだかな?」

「手ごたえがござった。万が一にも命をとりとめる様な事はござるまい」

私達は、そっとのぞいて見た。大センゾは気の毒に、断末魔の苦悶《くもん》の形相でのたうちまわっていた。

いよいよ、かねての命題の答えが出る時が近づいた。私とヒコは緊張して、見まもりつづけた。

人々がどやどやと入って来て、大センゾのまわりをとりかこんだ。

「傷は浅《あそ》うござる。しっかりなされ」

「何奴《なにやつ》の仕業でござるか。ものとりか。遺恨か」

口々にいっている。

「曲者《くせもの》を追え」

一人が叫んだ。私はギクリとした。捕まったら大変だ。人々が曲者を追うべく散りかけた時、又誰かが叫んだ。

「しずまれ。しずまれ。何か申されておる」

人々はシーンとなった。

私達の耳にも、苦しい息の下からの大センゾの言葉が聞こえてきた。

「……不覚であった……曲者は、追うな……家名の事を考えよ……今宵の事は、外にもらさぬ様……はからえ。我なき後は……ただちに、弟に我が名をつがせ……我が許嫁《いいなずけ》をめあわせて、家名を……つがせよ……」

大センゾの声はとだえた。

ヒコが私の顔を見て、ささやいた。

「命題の答えが出ましたね」

「うん、大センゾに弟があったとはね。系図にはのっていなかったな」

「違いますよ。大センゾには……曲者に殺された兄があったのです」

化石の街

私は、この三日間に体験した不思議な出来事を、ここに書きしるしておこうと思う。現在の私の環境から見て、この手記が私の懐かしい友人たちの手に渡る可能性はほとんどないといっていいだろう。しかし、それが何億分の一の確率であるにせよ、誰かがこれを手に入れて読んでいる時の驚きにみちた顔を想像すると、私はどうしてもこれを書かずにはいられないのである。

いままでに誰も経験しなかったこと、と断言できる。もしこれを本にして出すとしたら、その辺の本のカバーに書いてあるどんな強烈な惹句《じゃっく》を使っても、内容のごくひかえめな表現にしかならないだろう。いま私が一番残念なのは、友人たちに自分の口からこの話をしてやれないことだ。

私は先を急がねばならない。すでに私の食糧はつきてしまっている。いや、食糧も水も私の周囲にいくらでもあるのだが、私はそれらを手にとって食べ、飲むことができないのだ。私は、あといく日生きられるか。その間に、ぜひ、この手記を書き終えたいものである。

私はジョー・スティルマン。二十六歳、南部のある大学の物理学講師である。まだ独身、両親はすでにこの世にいない。そして、私が失踪《しっそう》した場合――もうすでに失踪してしまったともいえるのだが――悲しんでくれる恋人もいない、とここに書かねばならないのは、いささかさびしい気がする。

さて、話はまず六日前のことからはじまる。その日の朝、私は絵の道具と食糧のはいった袋を肩にして、ネイバーフッドの町で列車を降りた。

この夏の休暇にはいると、絵をかくことの好きな私は写生旅行を思いたった。一人でキャンプしながら山野を歩きまわり、自然の風物を思うさま描いてみたかったのである。旅行は三日の予定だったが、念のため食糧は一週間分用意していたし（この食糧は後になって、じつに役立つことになった）荷物は相当重かった。私は駅の前で、折よく通りかかった雑貨屋のジープをつかまえ、町はずれまで乗せてもらった。

雑貨屋のおやじに一ドル札をにぎらせて車を降りると、そこにはもう峡谷の見える雄大な景色が私を待ちかまえていた。それは予想以上にすばらしい眺めだった。私は早速山道にはいり、スケッチをはじめた。少しずつ場所を変えながら、何枚もかいた。われながら傑作だと思うような作品が次々とできていった。

一日を絵をかくことのみに費やし、夜は丘の上の木こり小屋に泊めてもらった。小屋のじいさんに無理にラム酒を飲まされ、前後不覚で眠った。

次の日は谷間におりた。そこの景色もまた、私の制作欲をそそるに充分だった。私は終日写生を楽しんだのち、その夜は岩陰にキャンプした。

三日目の朝、私は最後の作品をかきあげた。そして荷物をまとめ、谷間の流れにそって歩き出した。そのまま歩いてネイバーフッドの町へもどり、夕方の列車に乗るつもりだった。私はすっかり満足していた。うちに帰ったらスケッチの何枚かをもとにしてすばらしい作品を仕上げよう。それを秋の展覧会に出品して……もし入選したら、その賞金で……口笛を谷間にこだまさせながら、私の空想は際限なかった。

いい気持ちで歩きつづけていた私は、途中でふと足をとめた。もうとうに幹線道路に出ていていいはずなのだ。たしか地図の通りにわき道にはいったつもりだったが、私は道を間違えてしまったらしい。

いままでにこういう経験のない私は、すっかりあわてててしまった。いそいでもとの流れの所まで引き返し、ほかの道を探した。すぐ、それは見つかり、私はそこにはいって行った。だが、その道も幹線道路には通じていなかった。そして今度は、なんと、もとの流れの所へもどれなくなってしまったのである。そうなると、私はただもうがむしゃらに歩きまわるばかりだった。

午後四時頃までに、一五マイルも歩いたろうか。ヘトヘトになった私は、木陰でひと休みしながら、これは下手すると幹線道路に出る前に日が暮れてしまう、と思った。

私はついに決心した。食糧と水筒、一枚の毛布だけを残して、あとのものを紐《ひも》でゆわえ、木の根かたにおいた。折角の作品を残して行くにはしのびなかったが、この際仕方がない。あとで取りにくる時のために、ナイフで木の幹に目印をつけ、後髪ひかれる思いでそこをはなれた。

荷物が減ったので、私の足はだいぶ軽くなった。私は又、何マイルも歩きつづけた。そして、やっと別の小径に出た。そのあたりの地形と地図を照らし合わせた結果、この道をずっと行けば幹線道路に出られるという確信を得た。

しかし、その時はもうデイライトセーヴィングタイムの七時近かった。そして、とうとう道路に出る前に日が暮れてしまった。道に迷った時に夜道を歩くのは厳禁だといわれている。私は、とある大木の根もとに腰をおろし、そこで一夜を明かすことにした。

一回分の食糧をとり出して、それをたいらげてしまうと、毛布をひろげて横になった。一日中歩きまわった疲労がどっと押しよせ、私はすぐ泥のように眠ってしまった。

翌朝、目をさました時、太陽はもう中天高く輝いていた。私はとび起きて、腕時計を見た。正午に近かった。私はいそいで荷物をまとめて立ち上がった。

木陰からそとへ出ると、真昼の陽射しが目に痛かった。この日照りの中を又、何マイルも歩くのかと思うと、うんざりした。

しかし、何にしても早く幹線道路に出なければならない。私は小径をいそいだ。

左手の岩石が露出した山肌にそって半マイルも行ったところ、道は急に左に折れた。その角を曲がって、前方に目をやった瞬間、私は思わず喜びの声をあげた。

そこに幹線道路が見えたのではなかった。一マイルほど先に、褐色にかすんだ小さな町が見えたのである。

——こんな近くに町があるのだったら、きのう、もう少し足をのばせばよかった。そうすれば、やわらかいベッドに寝られたのに……。

それが何という町なのか、私には分からなかった。が、別に地図を調べる必要もなかった。とにかく、あの町に行きさえすれば、もう心配ない。うまい食物もあるだろうし、うちに帰る方策もたてられるというものだ。

——あの町に一度落ち着いてから、例のおいてきた絵を取りに行くことにしよう。

私は心も軽く、その町に向かった。

私は、ほとんどかけるようにして、町の入口をはいった。

小さな町である。が、中央の通りの両側にならんだ店や家々は、いかにも活気にみちた感じがし、窓やドアのガラスが陽をうけてギラギラ輝いていた。

私は早く誰かに話しかけてみたかったが、強い陽射しをさけているのか、遠くの方に二、三人の人影が見えるだけで、その辺には人の姿はなかった。

通りを進んで行くうち、私は左手に、きれいな色の玉の看板がさがっているドラッグ・ストアを見つけた。

――やっと、冷たい飲み物にありつける。

私は心の中で歓声をあげながら、その店にかけよった。

開いたままになっているドアから中にはいろうとして、私はそこに立っている少年に、あやうくぶつかりそうになった。

「ごめんよ」

私は、そういって少年に笑いかけた。

そのデニムのパンツをはいた十ぐらいの少年は、しかし片手でドアを引きあけた姿勢のまま、いじわるく通せんぼしている。

「きみ、ちょっと通らせてくれよ」

私は少なからずいらいらして、大声を出した。が、少年は、なおも知らん顔で立ちふさがっている。

「おい、きみ……」

私は少年の肩に手をかけて、ゆさぶろうとした。そしてギクリとして、その手をひっこめた。どうしたことだろう。少年の体は石のようにかたいのだ。硬直してしまっている。ぶつかりそうになった時の姿勢のまま、まばたき一つしていない。私は少年の目の前で、てのひらを左右に動かしてみた。反応はなかった。

私は助けを求めて、店の中をのぞいた。カウンターの所に客が二人と、その向こうに店のおやじがいた。

「この坊や、どうかしたらしいですよ」

私は、大声で呼びかけた。

しかし、誰もふりむかない。私は身をちぢめて少年のわきをすりぬけ、中にはいってカウンターに近づいた。

「ねえ、あの坊やの様子が……」

そういいかけて、私は言葉を呑みこんでしまった。

おやじは笑いながら飲み物のグラスを客の方にさし出している。だが、グラスを宙に浮かせた姿勢のまま、化石になったように、動いていないのだ。カウンターの止まり木に腰をおろした男女の客も同様だった。微動だに……いや、明らかに死んでいるのだ。この店にいる四人が四人とも、いっせいにどうかしてしまったらしい。何かの中毒に違いない、と私は思った。

とにかく、誰かにしらせなければ……。私は、ふたたび少年のわきを通って表へ出た。

となりの家へ行き、ドアをたたきながら、さけんだ。

「もしもし、おとなりが大変です。出てきて下さい」

中から答えはなかった。私は次の店へ行った。

そこは理髪店で、店の主人が一人の客のひげを剃っているところだった。私は呼びかけた。が、ガラスごしで聞こえないのか、床屋はふりむこうともしない。

私は、ふと床屋の剃刀《かみそり》を持つ手もとに目をやった。石鹸《せっけん》の泡に埋まった客の頬の上で、その手は、一秒、二秒、三秒……十秒……そして二十秒……いつまで待っても動かなかった！

私は、その時はじめて、背すじが寒くなるのを覚えた。私の目の中で床屋の、黒い毛が甲に密生した手が十倍ぐらいにふくらんだように見えた。しかし、じっさいには、床屋の手はさっきから百分の一ミリほども動いていないのだ。

私はガラスの前にある真鍮《しんちゅう》のハンドレールにかけていた手を、ぶるっとふるわしながらひっこめた。ハンドレールまで屍臭《ししゅう》がしみついているような気がしたのだ。手の先をズボンでふきながら、私はしばらくハンドレールを見つめていた。

ハンドレールのはしのノブの向こうが、白ペンキを塗った鉱山会社か何かの事務所の建物になっている。その中にいる事務員たちも、おそらく床屋の主人と同じ運命になっていることであろうことは推測できた。しかし、私はたしかめずにはいられなかった。私は、その建物の前へ行き、ドアの横の半開きになった窓から首をつっこんだ。ほんの数秒で、私は首をひっこめた。それから、私は通りをかけめぐった。大声で呼んでみた。

誰も返事しなかった。

誰も動かなかった。

皆、何かの動作の途中で凍ってしまっていた。

あるものは豆をのせたフォークを口にはこびかけたまま、

あるものは馬のあぶみに片足をかけたまま、

そして、その馬さえも……。

何が、この町に起こったのだろう。疫病だろうか。それとも、どこかの国の攻撃をうけたのだろうか。殺人光線か。毒ガスか。とにかく一瞬のうちにやられてしまったのに相違ない。

しかし、死体の状況から見て、死後それほどたっていないことは、医学の知識がない私にも分かることだった。とすれば、あるいはどこかにまだ一人や二人は生き残っているかもしれない。私は、さっきのドラッグ・ストアに救急《ファースト・エイド》箱があったことを思い出した。電話もあった。

私は自分の両肩に責任が重くのしかかるのを感じながら、もう一度、町の中を歩きまわった。時々、私は、「誰か生き残っているものはいないか。いたら返事しろ」とさけび、耳をすましてみた。

そうしている間に、私は一つのことに気がついた。ドアに鍵をかけている家が非常に多いのである。この町に何かが起こったのは、ドラッグ・ストアの人たちの様子からして、昼間と思われる。それなのに多くの人が家にとじこもって鍵をかけていたのは、彼等がその何かが起こるのをあらかじめ知っていたからではないだろうか。この発見が私をふるいたたせた。

しかし、私はドアをやぶって家の中にはいることはしなかった。

それよりも、どこかに彼等が危険を予知していた証拠があるに違いない、それを探そうと思ったのである。それで、すべてがはっきりするかもしれないのだ。

私は保安官事務所の前へ行ってみた。それから電報局へも行った。私は保安官事務所の掲示板に、陸軍の募兵ポスターを見つけただけだった。そのほかに掲示のようなものは、どこにも見当たらなかった。

このころには、すでに生残者が一人もいないことを、私も認めないわけにはいかなかった。正確な数は分からないが、およそ二百人のこの町の住民全部が死体となっているのだ……。私は、もとのドラッグ・ストアにいそいだ。

電話機はカウンターの右手の壁にあった。私は二人の客の死体に体がふれないようにして、そこへ行き、その旧式な電話機の細長い受話器に手をかけた。

私は州警察を呼び出すつもりだった。が、私は、この町の交換手が死んでしまっていることに気づく前に、その電話機が使いものにならないことを知った。……受話器が掛け金からはずれない。

私は反動でつんのめり、電話機の木製の本体にもう少しで額を打ちつけてしまうところだった。私は立ち直ると、すぐ掛け金をしらべてみた。それは、べつに針金でしばりつけられてはいなかった。掛け金のニッケルメッキの表面にサビが浮いているが、受話器はベークライト製だから、サビついているということも考えられなかった。

電話機の右側に、呼び出し用の手動ハンドルがついている。私は、それに手をのばした。……今度は気をつけていたので、私はつんのめらなかった。しかし、私はその電話機が町の人たちと同じ状態におちいっていることを知ったのである。

電話機は凍ってしまっている……つまり、電話機も死んでいるのだ。私はとっさに、方々の家のドアがなぜあかなかったか理解できた。鍵がかかっていたのではなかった。ドアが……家が死んでしまっていたのだ。

町ぐるみ全部が死んでいる。有機物のみか、無機物まで化石になってしまっている。

……その中で、この私一人だけが生きている異端者なのだ。

その時私の感じたショックは、子供のころ人間がいつかは必ず死なねばならないということを知ったときのそれに似ていた。しかし大きさはその何十倍かだった。ただ、子供のときのはそれから逃れる方法がなかったが、今回はそれがあった。私はドラッグ・ストアのそとへとび出した。

町の入口まで五、六〇ヤードの距離が一マイルにも感じられた。私はよほど途中で重い靴をぬぎすててしまおうか、と思った。しかし、そのために立ち止まるということが私にはできなかった。

町のそとへ出て少し行った所で、私はやっと足をとめた。それから、おもむろにふり返った。町の入口が正面に見えていた。町の名を書いた標識が右側に立っている。そのペンキのはげた標識が、私には墓標の十字架以外のものには見えなかった。私の全身をぞくりと何かが走った。私は廻れ右をして夢中で走り出した。途中何度もつまずいて、ころんだ。そのたびに、私は、さらに自分をせきたてた。

足がほとんどいうことをきかなくなったころ、私はゆうべ一夜を明かした所に来ているのに気づいた。ここからは町が見えないはずだ、そう思うと、私は木の根かたに崩れるように坐りこんだ。と、ベルトにさげた水筒が腰につかえた。私は、それにむしゃぶりついた。なまあたたかい水をたてつづけにのどに流しこんだのち、ぐったりと木によりかかった。

私は目だけを動かして、自分の体を見まわした。ズボンが破れ、そこからのぞいた膝《ひざ》頭《がしら》に、すりむき傷ができて血がにじんでいる。傷はヒリヒリと痛んだが、私は手当する気も起こらなかった。

私は疲れきっていた。あの町がどうしてあんなことになったか考える前に、まず町の位置をたしかめようと思うのだが、地図をポケットから出すのさえ、おっくうだった。私は何時間も、ただぼんやりしていた。食事をすることも、水を飲むことも忘れてしまっていた。

私は日が暮れたのを覚えていない。そのままの恰好《かっこう》で、いつの間にか眠ってしまったのである。

私は一晩中、悪夢にうなされていたように思う。どんな夢だったか記憶していないが、おそらくあのドラッグ・ストアの少年たちに追いかけられている夢か何かだったに違いない。

目をさました時、私は夢のことはおろか、何で自分がこんな木の根っこに寝ているのかさえ、急には思い出せなかった。

日はもう高かった。私は立ち上がってのびをした。すると、体のふしぶしがしめつけられるように痛み、思わず声を出した。瞬間、私は現実に帰った。昨日あの町で経験したことの記憶が、なまなましく甦《よみがえ》ってきた。あの町で大変なことが起こったのだ……。

とりあえず、私は何をしたらいいだろう。ネイバーフッドの町へもどって、人々にあの町のことをしらせるか。「あそこにある小さな町で……」そういえば、町の名さえ私はまだ知らないのだ。「なに？　町中の人が化石になっているって？　あんた、頭を冷やした方がいいな。日射病だよ、きっと」ネイバーフッドの保安官は、おそらくそういうに違いない。

医者や学者からなる調査団をあの町へ呼びよせるためには、鶏泥棒の際の金網をやぶった痕跡《こんせき》にあたるものを保安官に見せる必要がある。

だが、私の知っていることといえば、町中の人が日常生活の途中で蠟人形《ろうにんぎょう》のように動かなくなっている、ということだけなのだ。「たしかに私はこの目ではっきり見たのです」と私は熱心に訴える。しかし保安官は、「幻さ」というだろう。「……水に飢えた人が、よく砂漠で幻の泉を見るという。あんたはそれを見たのさ。道に迷って人恋しさのあまり、野原のまん中にその町を自分で作りあげた……幻だよ」

まぼろし……私はふと、その自分の頭の中の保安官の言葉に耳をかす気になった。

――もしかすると、あれは幻だったのかもしれない。

そう思うと、私は急に気が軽くなった。私は小径を曲がり角の方へ歩き出した。

角を曲がりながら、私はすでにその先にあの町なぞなく、はてしなくつづく荒野だけが見えるということを、ほとんど確信していた。

だから、角を曲がり終わって、褐色にかすんだ町の遠景が視界にとびこんできた瞬間、私は思わずうめいてしまった。

私は念のため、片目をつぶってみた。そのものが幻であった場合、片目をつぶると見えなくなるという話を聞いたことがあるのだ。しかし、真夏の陽射しを浴びた町の遠景は、両目をつぶって眼底に残像が残るほど、はっきりしていた。

私は十分ほど、町を眺めていた。それから、あの町へもう一度行く必要があると思った。何が起こったか、くわしく調べなければならない。

だが、この気持ちは自分に対するいいわけのようなものだった。私の心の中では、そんな学術的な調査のことより、あの蠟人形のような連中をもう一度見たいという単純な、そしていくぶん残忍な好奇心の方がずっと大きな位置をしめていた。ドラッグ・ストアの人たち、ことにカウンターにいた若い女性の、生きながら硬直してしまった体を、そばへよってよく……そう考えるだけで私は全身が鳥肌立つような興奮を覚えたのである。

あのように人間ばかりか無機物まで化石のようになっていることは、医学よりも、むしろ私の専門である物理学の領分だから、と私はさらに自分にいいきかせ、町に向かった。

私は自分の身に対する危険は、ほとんど考えていなかった。それは、きのう恐ろしくて逃げ出した時も同じだった。細菌や放射能といった現実的な危険を感じさせるには、あの人たちの姿があまりにもいきいきとしていたせいだろうか。

さすがに、私は、町の入口でためらった。このまま町へはいったら、私もあの人たちと同じになってしまうのではあるまいか、そんな思いが頭をかすめた。しかし、私はやはり引き返す気にはなれなかった。ちょっとはいってみて、もし様子がおかしかったら、すぐ逃げ出そう。そう決心して、私は町に足をふみ入れた。

町の光景は、昨日と全く同じだった。通りの両側にならんだ家や店は、外見だけはいかにも活気にみち、真昼の陽射しが照りつけている通りには、遠くに二、三の人影が見えるほか、人通りは全然ない。そして、深海の底のような静寂が町をつつんでいた。

私はドラッグ・ストアを目指した。

入口のドアの所に例の少年がいた。明るい表情でドアを引き、そとに出ようとしている姿勢である。つやつやとした、リンゴのような頬の色は、昨日と少しも変わっていない。この夏のさ中に丸一日たっているのに、死体はちっとも腐敗が進行した様子が見えなかった。

私はおそるおそる近より、鳥肌立つのを覚えながら、思いきって少年の頬に指をふれてみた。腐爛《ふらん》した肉の中に指がグニャリとはいるのを予想して、加減しながら押してみた。が、次第に指に力を入れても、頬は一向にへこまなかった。ひどくかたいのである。ゴムマリを液体酸素に漬けて凍らすとコチコチになるが、丁度あんな感じだった。ひょっとすると、蠟人形なのではあるまいか。いや、少年の皮膚にある毛穴、金色に光るうぶ毛……絶対に作り物ではない。

私は店の中にはいって、他の人たちを見ようと思った。そして、少年の横をすりぬけようとして、私はアッとさけんでしまった。どうしたのだろう。少年の体がじゃまになって、中にはいれないのだ。

――おかしい、きのうはたしか……。

私は少し後にさがって、少年の体を見まわした。そして、何か昨日と様子が違うことに気づいた。

私は昨日の記憶をたどってみた。昨日、少年は片手でドアを引きこれからそとへ出ようという体勢だった。そして、私がわきを通りぬける空間が充分あった。

それがいま見ると、少年は足を一歩表の方へふみ出している。だから、少年の体は丁度しきいの上にあり、私が通りぬけようとしても空間がほとんどないのである。

昨日と今日の少年の姿勢が違う。これは何を意味するのか。

死後硬直というものが、どういう理由で、どんな具合に起こるものか、私はよく知らない。しかし、この場合、ほかに考えようがあるだろうか。

私は少年の体を、もう一度見まわした。それから両足のふんばり具合……私はとつぜん、アッパーカットをくらったような気がした。その少年の姿勢が完全にある事に符合していることに思い当たったからである。

もし、その時誰かに、「その、ある事って何だね?」ときかれたら、私は言葉を濁してしまっただろう。私はその考えに自信がなかった。それに、あまりにも唐突な考えだった。

私は、その自分の考えを裏付ける証拠が欲しかった。そのためには、どうしてもドラッグ・ストアにはいる必要があった。

私は体をできる限り入口の柱におしつけ、少年のわきを通りぬけようとした。少年のコチコチの腕が私の腹部にふれた時、私の全神経は電気にかけられたようにふるえ上がった。心臓はいまにも破裂しそうに高鳴っていた。が、どうにか私はドラッグ・ストアの中にはいることができた。

おやじも男女二人の客も、昨日の通り、そこにいた。三人の姿勢が昨日と違っているかどうか、私には分からなかった。私はしかし、三人の様子をくわしく観察しはじめたのである。

私はまずおやじを見た。ワイシャツ姿にボウタイ、でっぷりと太ったハゲ頭のおやじは、お世辞笑いを浮かべながら、飲み物のはいったグラスを女客の前におこうとしている。そのおやじの持ったグラスの位置を、私は心にとめることにした。グラスの底は、リノリューム張りのカウンターの上、五インチほどの所にある。水平位置は、女がカウンターにのせている手から約一フィート離れていた。

私は次に客の方を見た。花模様のアロハを着た、やせぎすの青年は、口にキングサイズの煙草をくわえ、手にしたライターで火をつけようとしている。煙草とライターの口火の所の距離は四分の三インチ。ライターにあてた親指には力がこめられ、いままさに押されようとしている。

私は、そのとなりにいる、若い女性に目を移した。店の中にはいったときから、私はその十八歳位のブロンドの女がかなりの美人であることに気がついていた。そして、彼女の身につけているものといえば、両肩を丸出しにした、丈の短い真っ赤なサマー・ウェアの一枚きりであった。私は目の前にある、彼女の小麦色に日焼けした背中の肌に、唇をおしあてたい衝動をおさえるのに苦労した。そうしたところでコチコチな感触があるばかりだ、と私は自分にいいきかせ、調査の仕事にもどった。

見たところ、彼女はべつに何の動作もしていなかった。ただ、多くの女性がそうであるように、口だけが開かれていた。うすく口紅を塗った唇はSEEと発音しているような恰好をしていた。

最後に、私は一番大事なものを調べなければならない。私は三人の体を見まわして、アロハの青年の右手首に目的の物を発見した。

それは大きな中三針の腕時計だった。私はそれに目を近づけ、時間を見た。一時十五分だった。そして秒針は、長針の二目盛りさき、つまり十七秒を指していた。私は、そこで一応自分の腕時計を見た。私のカレンダー付き腕時計は、七月二十一日十時三十二分だった。

私は以上のことを深く頭にきざみつけてから、店の中を見まわした。

カウンターの向こう側には、グラスや皿の棚と大きな冷蔵庫、オーブン。客席の方のしみだらけの壁には、水着美人がポーズしている清涼飲料のポスターが貼ってある。そして、入口のそばのジュークボックスとキャンデーの自動販売機。反対側に電話と救急箱。もう調べるものはなさそうだった。

私は、又、入口の柱にへばりつき、いくばくかのスリルを味わってから、そとへ出た。他の場所へ行ってみる気はしなかった。あることが分かりかけていたにせよ、いぜんとしてうす気味悪さに変わりなかった。私は、そのまま町を出た。さっき来た道をたどり、例の木陰にもどった。

私はすでに平静な気持ちにもどっていた。朝からまだ食事をしていなかったことを思い出し、急に空腹を覚えた。食糧をとり出して腹ごしらえした。缶詰の豆とベーコン、それに好物の胡瓜《きゅうり》のピックルスもあけた。

私のすることは、あとはただ待つことだけだった。このところ、あまり食事をしなかったので、食糧はまだ充分ある。私はもう一日ここにいて、自分の考えが正しいかどうか、たしかめることにしたのである。

その日の午後を、私は地図の裏を使って、ある種の計算をして過ごした。そして、昨日の疲れがまだとれていない私は、早めに、日の高いうちに寝ることにした。

翌朝、私はわりと早く目をさました。腕時計を見ると午前七時だった。

木陰から出ると、まぶしい光が私の目を射た。太陽はすでに中天高く昇っていたのである。

私は腕時計を見直した。が、やはり七時八分だった。そして、秒針は正確に動きつづけていた。

はげしい動悸《どうき》が私をおそった。

——やはり私の考えた通り……。

いや、結論を出すのはまだ早い、と私は思った。腕時計は一度止まってから、又動き出したのかもしれないのだ。町へ行って調べてみるまでは、何ともいえない。

とにかく、早く町へ行って見ることである。私は昨日の残り物で手ばやく食事をすませ、身支度をととのえた。

しばらくして、私は町の通りを歩いていた。

しずまり返った町の光景は、昨日と同じだった。活気にみちた家々、そして遠くの方に二、三の人影が見えるほかは……いや、そうではなかった。今日は通りに人が一人いるのだ。

ドラッグ・ストアの前に少年が出ていた。少年は、かけ足をする恰好で右足を少し曲げ、うしろに流れた左足は地面から浮いていた。丁度、映画のフィルムの一コマを見ているような感じだった。

そして、それは昨日の姿勢のコマの次のコマなのだ。少年は昨日から今日にかけて、又一挙動だけ動いたのである。

私は自分の考えが的中したらしいのを感じた。私の胸は期待に大きくときめいた。

――すると、店の中の人たちは、どうなっているだろう?

少年の体は完全にドアのそとに出ているので、引きあけられたままになっているドアと少年の間には充分な空間があった。私は、今日は楽に店の中にはいることができた。中にいる三人の男女は、一見、昨日と同じような姿勢をしていた。しかし、私は昨日心にとめておいたことを一つ一つ思い返しながら、三人の様子を詳細にしらべはじめた。

まず、おやじの手を見た。昨日、おやじの手はカウンターの上、五インチほどの空中にあった。それが、今日は違っていた。おやじの手はおろされ、グラスの底はリノリュームの表面に密着していた。おやじは、グラスを女の前においたのである！

アロハの青年はどうか。ライターにかけた親指は、下までいっぱいに押されていた。そしてライターには火がついていた（私は、その火に手をふれて調べてみれば、何か興味ある事実が発見できたかもしれない。が、その時は、とてもそこまで気がまわらなかったのである）。

私は次にブロンド美人を見た。彼女は、昨日開いた唇を、いまは閉じていた。

どうやら、全部私の予期していた通りだった。このドラッグ・ストアの中の人たちは、少年と同じように、皆、昨日とは僅《わず》かばかり違った姿勢をしている。それが何を意味するのか、私にはもう大体分かっていた。

私は乾いた唇をなめながら、青年の腕時計に目をやった。

短針と長針は、昨日と同じく一時十五分を指していた。だが、秒針は違っていた。昨日は十七秒を指していた。それが、今日は十八秒を指しているのである（私は、その時、自分の時計を見ている。私のは八時ちょっと前だった）。

もちろん、普通の腕時計の秒針が連続的に動かないことを、私は知っている。秒針は何分の一秒かごとに、間歇的《かんけってき》に進むようにできている。しかし、多少のずれがあるにせよ、昨日の午前十時半から今日の午前八時までの約二十二時間の間に、青年の時計ではほぼ一秒の時間が経過したのである。

私の考えは全く正しかったのだ。つまり、この町の人々は死んだのではなく、現在、皆生きて動いているのだ。ただ、この町では時間の経過が非常に遅いだけなのである。

私にとっての一日が経過する間に、この町では、やっと一秒だけ時間がたった。その一秒間に、おやじは手にしたグラスを客の前においた。青年はライターの火をつけ、ブロンドの美人は次の言葉を発音するため、唇を閉じた。そして、その一秒間に、少年はそとに向かってかけだす第一歩をふみ出したのである。

一日が一秒……この割合でいくと、この町の人々の種々の動作に要する時間は、すべて天文学的な数字になってしまう。じつは、昨日私は色々な場合を予想して、計算してみたのだが、これはその中で最も比率の大きなものだった。

あの少年はドラッグ・ストアから、かけ足でそとに出た。うちへ帰るのかもしれない。うちまで、我々の世界なら五分ぐらいで行く距離とすると、この世界では少年がうちに帰るのに、何と三百日……十カ月もかかるのだ。

アロハの青年は何日もかかってライターをしまい、キングサイズの煙草を吸い終わるまでには一年近くもかかるだろう。又、その一年の間に、ブロンドの女は、タイプすれば百語にもならない、短い会話をやっとすませる。

そして、何年もたってから、二人は出て行く、おやじは次の客を、じっと何年も待ちつづけるだろう。

さらに何十年もたったころ、この世界にやっと夜がおとずれる。百年以上もつづく夜が。

この世界では、人間も、自然現象も、すべて私たちの世界の約十万倍のおそさに動いているのである。

この世界は、私が三日前までいた、もとの世界とは全然別の世界なのだ。私は異次元の世界にまよいこんでしまったのだ。

私は、あらためて、ドラッグ・ストアの中にいる三人の人たちを見まわした。この人たちは生きているのだ、と思うと、私は昨日までの恐怖とは違った、異様な気味悪さと、そしてごくわずかの親しみの入りまじった、複雑な気持ちになった。

それと、私はその時、ハッと気がついたことがあった。私は一昨日からずっと、この人たちの目の前で勝手なことをしてきた。頰にさわってみたり、手もとをのぞきこんでみたり……。その私の動作は、この人たちの網膜に映ったに違いない。私は皆に見られていたのだ！

私は頰が火照《ほて》るのを覚え、両目をギュッと閉じた……。

しばらくして目をあけると、丁度私の目の前に、おやじの顔があった。おやじの目は、真正面から私を見ている。口もとに浮かんだ微笑は、「いまごろ、気がついたのかね」といっているようだった。

次の瞬間、私は半開きのドアから、そとへ走り出していた。そこで、又、少年にぶつかりそうになった。私はあわてて体をよけてから、ふり返ってみた。少年の青い目が、じっと私を見つめていた。

私は一目散に走った。町を出るまで夢中だった。

町を出て、なおしばらく走ってから、私はやっと立ちどまり、胸の動悸をしずめることにした。彼等が追いかけてくることは絶対にない、と自分にいいきかせ、道ばたに腰をおろした。

動悸がおさまるにつれ、私は冷静に考えることができた。

彼等は、はたして私の存在を意識しているだろうか。たしかに、彼等の網膜には私の姿が映ったに違いない。しかし、私がドラッグ・ストアの中にいたのは、一昨日からの三回とも、数分間にすぎない。それは彼等にしてみれば、一秒の何千分の一かの短い時間なのである。しかもその間、私は絶えず体をあちこちと動かしていた。だから、おそらく、私の姿は、彼等の目にとまらなかったに違いない。

私は全身の力がぬけていくのを感じた。

私は彼等をずっと見てきた。しかし、彼等の方は、まだ私の存在にすら気がついていないのだ。彼等の世界では、私は虫ケラほどの価値もないのだ。

いや……私は考えた。彼等に私の存在をしらせることは、必ずしも不可能とはいえまい。私が彼等の目の前で丸一日じっとしていれば、彼等は一秒間だけ私を見たことになる。又、意思を伝えようとするなら、紙に字を書いて、彼等の目の前においておけばいい。

しかし、そんなことをしたところで、いったい何になるというのだ。彼等は私の存在に気づくかもしれない。手紙も読んでくれるだろう。だが、手紙を読み終わるまでに何十日もかかるだろうし、その返事をくれるにしてもさらに何日もかかるわけだ。おそらく、私と二、三の問答をするだけで、彼等の世界の何十分間、つまり私の世界の何年間がたってしまうだろう。そして、私の現在の境遇を完全に理解してもらうためには、一生涯をかけても足りないかもしれない。

しょせん、彼等は私とは異なった次元の生物なのだ。彼等の世界と私のもといた世界とは、いままでもそうであったように、今後もまったく没交渉なのだ。ただ私一人が、いまこの世界にまよいこんでしまっている。私は、この世界にたった一人の異種の生物なのだ。

ここまで分かった以上、もう永居は無用だった。できれば、このことを友人たちに話すときのために何か証拠を持って帰りたかったが、カメラはないし、どうしようもなかった。もっとも、よく考えてみると、カメラがあったところで、スチール写真でタイム・スケールの違いを証拠立てることはできないわけだが。

私は立ちあがり、例の木陰に向かった。私には分かっていた。三日前道に迷った時、何かのはずみで次元断層を越えてしまったのだ。だから、もとの世界にもどるためには、反対の手順をふめばいい。つまり、あの時の道を逆にたどって行けばいいわけである。私は楽観していた。

木陰の所につくと、私はそこで一夜を明かすことにした日のことを思い出しながら、行動を開始した。

まず、さっきの町からそこを通ってずっとのびている小径は、あの日私が地図と照らし合わせた道だったはずである。私はその道を、慎重に時々立ちどまってあたりの景色をたしかめながら進んで行った。

何マイルか歩いているうちに、私は人間の記憶というものが非常に不確かなものであることを知った。あの日、どこか他の道からその小径にはいってきたのだが、それがどの道だったか思い出せないのである。どの道もそれらしく思え、又、そうでないようにも思える。私は何回も小径を行ったり来たりした。そして、すっかり混乱してしまった。

そうすると、私はあの道に迷った時と同じに、ただ夢中で歩きまわった。適当にわき道を見つけて、はいって行く。いい加減行ってから、もとの小径にもどる。そして、他の道をさがす。それを何度もくり返すばかりだった。

私がまだもとの世界へもどっていないことは、はっきりしていた。腕時計が午後四時をすぎても、太陽はまだ中天高く輝いているのである。それは私の世界の太陽ではないのだ。

私はヘトヘトになっていた。だが、なおも重い足をひきずって、半ば無意識に歩きつづけた。

ふと気がつくと、私は例の木陰に立っていた。強い陽射しが小径を照りつけ、頭上の木の葉はそよとも動かない。

私は完全な静寂というものがどんなものか、この世界へ来て、はじめて知った。それは、気違いになりそうな、などという生やさしいものではない。むしろ本当に気違いになってしまった方が、どれほど楽か分からなかった。気が狂ってしまえば、もとの世界に帰ったと思いこんで、その幻想を見ることもできる。隣町の大学とのフットボールの対抗試合の天地をゆるがすような大歓声と口笛。それから、下宿の隣室に住む、一日中喧嘩ばかりしている若夫婦のこと……。

——読書のじゃまになるからといって、隣の夫婦にあんなに苦情をいわなければよかった。

そう思ってから、私は自分がもとの世界へ帰ることをほとんどあきらめかけていることに気づいた。

智恵の環を弄《もてあそ》んでいるとき、何かのはずみでひょいとはずれることがある。しかし、それをもと通りはめることは中々むずかしい。私は何かのはずみで次元断層を越えてこの世界へ迷いこんでしまったが、もとの世界へもどることは、あるいは不可能かもしれないのだ。

そのとき私の心の中に起こったのは、しかし絶望ではなく、別の感情だった。

——では、私はもう一生動きのあるものを見ることができないのか……。

もとの世界へもどれなくてもいい。だが、一目でいいから何か動くものを見たい。

私の心はそうさけんでいた。

僅か三日間この化石の世界にいただけなのに、私は動きというものに飢えきっていた。それがかなえられそうもないと思うだけに、一層その願望は強まった。

まてよ、と私は思った。この世界は、化石になっているわけではない。非常に遅いが、動いていることは動いているのだ。だから、もし物すごい高速度で動くものがあれば、それは私の目にもきっと動いて見えるはずだ。

この思いつきは、私を狂喜させた。

私は必死に考えた。物すごいスピードのもの、それは何だろう。私の目に動いて見えるためには、回転するものだったら、数秒間に一回転ぐらいのものでなければ……いや、大きなものなら、数分間に一回転ぐらいでも、動いてみえるに違いない。そうすると、一日つまりこの世界の一秒に二、三百回転するものがあればいいわけだ。

一秒に二、三百回転というと、まずドラッグ・ストアにあったジュークボックスはどうだ。いや、あれは45RPMだから、一秒間に一回転もしていない。では、そのほかに何があるだろう。小さな町だから、特殊用途の高速度遠心分離機もないだろうし、高速度撮影のカメラもないだろう。

私は、もうあきらめかけていた。が、その時ふと町の通りの遠くの方にいた二人の男のことを思い出した。二人は自動車のボンネットをあけ、エンジンの調整をやっていたのである。

そうだ、自動車のエンジンは五〇〇〇RPMぐらいはあるはずだ。冷却ファンが動いて見えるに違いない。

私は、それ以上考えるいとまもなく、町に向かってかけ出した。

ドラッグ・ストアの前で会った少年は、さらに又、一歩道の中央へ足をふみ出しているようだった。が、もうそんなことに興味はなかった。私は、まっしぐらに自動車のわきの二人の男の所へ進んで行った。

うすよごれたライトバンが鍛冶屋の前にとまっている。そして、おそらく親子だろう、よく似た顔立ちの、年とった方は車のそばに立って若い方の手もとを見つめ、若い方はエンジンの上に身をのり出して、ドライバーでキャブレターの調整をやっていた。

私は息子とならんで身をのり出し、冷却ファンの羽根に目をやった。……それは動いていた！

もちろん、ごくかすかな、普通だったら決して動きとはいえないほどの動きである。しかし、ファンの羽根が、その向こうのラジエーターのこまかい網目を一つ一つ、おおいかくしていくのが、はっきり分かるのだ。私は大瀑布の壮観を見ている時以上の興奮を覚えた。そして、ジェットコースターに乗った時のめまいさえ感じるのだった。

私は我を忘れてファンの動きに見入っていた。四枚の羽根が、私にはあこがれのスターのように見えた。あるものは、はしが少し曲がり、あるものは黒い塗料の上にサビが浮いていた。ほら、はしまがりがラジエーターのふちにかかったぞ。網目の二つ目にかかった……三つ目、四つ目……あ、今度はサビが下から顔を出してきた。私はスターがラジエーターの所にかかるたびに、手をたたいて声援をおくった。

そして回転する数をかぞえることも、私は怠らなかった。

しかし、やがて私はあきてきた。

回転を二十回かぞえたころになると（三、四時間ぐらいはかかったと思われる）ファンの動きは、私にもようやく緩慢な、単調なものに思われてきた。

私の情熱はさめてしまった。そして最後には、ファンの動きも、私にはこの町の人々と同じく、動きのない、死んだ物体としか感じられなくなってしまった。

私は自動車のそばをはなれ、通りを歩き出した。

私は、やっと動きのある物体を見ることができた。しかし、満足感はなかった。死ぬほどの渇きにおそわれているところへ、スプーン一杯の水を与えられたにすぎない。なまじ水の味を思い出したばかりに、渇きはさらにはげしくなる一方だった。もっと動くものを、もっと早く動くものを、私は見たかった。

しかし、もしこの世界でほかに何か動くものを探し出すことができたとしても、結局それはスプーンの二杯目でしかないだろう。もとの世界と同じような、活気にみちた光景なぞ、ここでは望むべくもないのだ。

そのもとの世界へもどれたら、と思う。しかし、もう一度もとの世界へもどる道を探してみようという気力を、すでに私は失っていた。

もう、すべては終わりなのだ。

食糧はまだ少しある。だが、水筒の水は、もう一滴も残っていなかった。

食糧と水については、私は最初のうち安心していた。いざとなったら、この町から盗もうと思っていたのである。だが、よく考えてみると、この世界の物質はすべて私のもといた世界のとは異質のものなのだ。あの少年の頰にさわったときコチコチだったのを見ても分かるように、この世界の物質はすべて普通の十万倍の質量を持っているのだ。

それに気づかなかった私は何という馬鹿だろう。それに、こんな所で妙な好奇心を起こして三日間も道草など喰《く》っていなければ、いまごろは道を探しあてて、もとの世界に帰っていたかもしれないのだ。

ジョーの馬鹿、馬鹿、馬鹿……私は木陰にたどりつくと、髪の毛をかきむしってわめいた。

私はいま、もう役に立つこともなくなった地図の裏に、残り少ない力をふりしぼって、この手記を書いている。

最後の食事をしてから、丸五日たっている。その間、この手記を綴る一方、次元断層を越えるべく、何度か努力をしてみた。が、すべて無駄だったのである。

もう私には立ちあがる力もない。

鉛筆を動かすのもやっとである。目もほとんど見えなくなってしまった。

私は、この手記を書き終わったら、小さくたたんで水筒の中に入れておくつもりである。

かたく栓をしておけば、水筒の金属は中身を何十年間ももたせてくれるだろう。

いつかは、誰かが水筒を見つけ、中身に気がついてくれるかもしれない。

もし誰かが読んでくれた場合、内容を信じてくれなくてもいい。ただ、この広い宇宙のどこかにジョーという馬鹿者がいたことを知り、笑ってくれればいいのである。

＊

「何か分かったかね？　ドク」

　保安官がいった。

　木陰にかがみこんでしらべていた医者は、猪首《いくび》をねじ曲げて、ふりむいた。

「ああ、くわしいことは、大学にでも送って、よくしらべてもらわないと分からんが、とにかく……」医者は両手をはたきながら立ちあがって、保安官と肩をならべ、「これは明らかに白人だ。そして、死後かなりたっている……しかし、おかしいな。こんな雨ざらしの所で、よくこんなに原形を……いや、第一こんな道ばたにあったのになぜいままで見つからずにいたんだろう」

「いや、それについてはだな、ドク。この発見者のおっさんのいうにはだ」と保安官は、かたわらの老人の方にあごをしゃくり、「四日前に、ここに来た時には、こんなもの、なかったそうだ」

「そうなんでさ。あっしは、その時、ここでひと休みしたんですがね。そう、丁度その骸骨のある所へ腰をおろしましたよ」

　老人は進み出て、とくとくと説明した。

　しかし、医者は、ますます腑《ふ》に落ちんという顔付きである。

「じゃあ、ドク、いったい死後どのくらいたっているというんだ?」

「え? うん、そうさな、まず五百年というところか」

「五百年……」保安官は口笛を鳴らした。「おどろいたな、そんなにたっているのか。するると、なんだな。もし殺しだとしても、いまさら犯人をさがしても、到底間に合わんというわけか……」

保安官はニヤッと笑って、帽子をずり上げ、つづけた。

「とにかく、これは誰かのいたずらだろう。標本用の骸骨かなんかを、どっかから持ってきて……まったく人さわがせなことをしやがる。ええと、一応写真はとったし、と……じゃあ、何か箱へでもつめて運ぶとしよう。ドク、ちょっと手をかしてくれんか」

保安官はてきぱきと事件を処理していった。

やがて白骨死体はビールの空箱につめられて、車にのせられた。

「さあ、行くか」

保安官は、そういってから、もう一度骸骨のあった木陰を見まわした。一本の草も生えていない、そこの地面には、いま使ったシャベルのあとがいくすじかついているほか、何の痕跡も残っていなかった。

保安官は去りがけに、小石を一つ靴先で蹴《け》った。それはガラガラとにぶい音をたてころがった。石ではなかったのだ。何か腐敗した金属のかたまりらしかった。

保安官は、又、それを蹴った。
かたまりは、今度は飛んだ。くさむらの中にはいって、見えなくなった。
それは、あるいは、もとは水筒のようなものだったかもしれない。

計　画

酋長ハヤトは、人々の議論が一段落したのを見て、静かに口を開いた。

「もはや意見も出つくしたようである。この辺で、われわれは最後の決定をしようではないか」

一座は、にわかに厳粛な空気につつまれた。はなくそをほじくっていた者も、その手を止めて、酋長の顔に目をやった。

ハヤトは一同をひとまわり見わたした後、

「我々は長い間、この問題と取り組んできた。その間、諸君が終始熱心に討議をつづけてくれたことを、うれしく思う。又、賛成派の意見も反対派の意見も、共に国を思う真心から出たものであることを知り、感激にたえない次第である。だが、これ以上論議をつづけていても、いたずらに時日を空費するばかりである。討議はこれで打ち切るとしよう」

ハヤトは、そこで語調を変え、

「さて、わたしは今まで自分の意見をのべてこなかった。だが、ここでわたしははっきりいおう。わたしはこの計画を実施することに賛成である」

ざわめきが起こった。

「その理由は、賛成派の諸君のいわれたことと全く同じである。わたしには、この計画の実施によって、反対派の諸君のいわれる程の憂慮すべき事態が生ずるとは考えられぬ」

白髪の老人が、すっくと立ち上がった。彼は最初から強硬に反対論を主張していた一人である。彼は、目の前にある、酋長がもてなしに出した黄色の液体のかかった料理にも、まだ全然手をつけていなかった。老人は色をなして、酋長につめよった。

「すると、酋長は強引に計画を実施なさろうというおつもりか」

ハヤトはおだやかな顔を老人に向け、

「いや、わたしは諸君に自分の考えをおしつける気持ちなど毛頭ない。わたしはこの問題の解決を諸君の裁定にまかせるつもりでいたからこそ、今までだまって諸君の討論を聞いていたのだ……わたしは、ここで多数決によって事を決めたいと思う。いかがかな。それなら異存あるまい」

老人は心持ち青ざめたような顔でうなずき、腰を下ろした。

ハヤトは再び一同を見わたし、

「他の諸君、何かいいたいことがあるかな……そうか。それでは……この計画の実施に賛成の者は右手を、反対の者は左手をあげられたい」

手があがった。ハヤトはそれを数えた。右手をあげた者が三人、左手をあげた者が四人、手をあげないものが二人だった。

「棄権二、反対四、賛成はわたしを入れてやはり四……賛否同数であるな」

最後の決定は出来なかったのだ。一同の口からためいきがもれた。

しばらくしてハヤトがいった。

「この上は、長老の意見を聞くことにしたらどうだろう。長老の意見によって事を決しようではないか」

誰も異存はなかった。一同は、部屋の片隅で最初からだまって皆の討論するさまを見まもっていた長老バンボクの顔を見た。

「いざ、長老の御意見をお聞かせ下さい」

一人がいった。

バンボクは、急に責任がかかってきたので、うろたえた様子だった。

「いや、わしにはそのう……むずかしいことはよく分からぬ。賛成論も反対論も、それそれもっともなように思える……だから、わしは棄権じゃ」

皆ががっかりしたらしいのを見て、バンボクは又いった。

「こうしたらどうじゃ。皆で大長老の意見をききに行ったら……博識の大長老は必ずや明快な裁断を下されると思うが」

皆はかんしゃく持ちの大長老を思い出し、小学生が校長室によばれた時のような顔をした。だが、こうなっては大長老の裁定にまつより、解決の道はない。酋長をはじめ一同はうちそろって大長老をたずね、意見を求めた。

海辺に住む大長老シゲルは、例によって飴玉《あめだま》をしゃぶりながらいった。

「お答えしよう。おやんなさい。国の為になることだ。誰が反対しようとかまわない」

国は、富み、栄えていた。四面を海にかこまれた緑なす国土に、一億五千万の民が幸福に暮らしていた。

人々は皆富裕だった。彼等の中には、ぼろをまとった乞食や飢えに泣く貧乏人は、一人もいなかった。すべての人が一日のほとんどの時間を、狩りや魚釣りに興じ、町の市場に行ってうずたかくつまれたぜいたくな品物を買いあさることに費やしていた。彼等は一日の糧《かて》を得るためには、ごく僅《わず》か働きさえすればよかったのである。

この繁栄をもたらしたのは、十六年前のかちいくさだった。それまで東方の一島国にすぎなかったこの国は、戦勝によって厖大《ぼうだい》な領土と資源を獲得したのである。

その時の戦争を、人々はトーア戦争とよんでいる。丸四年の間、世界中の国々が二つにわかれて殺戮《さつりく》しあった悲惨な戦争だった。

その戦争を勝ちぬく為、人々はずい分苦労した。島国のこととて、海上輸送の道が敵にはばまれると、食糧をはじめあらゆる物資の不足になやまねばならなかった。

時の酋長ヒデキは、西の国のハインケル酋長によしみを通じて、同盟の契りを結んだ。そのことが人々を元気づけた。人々は、「負けられません、勝つまでは」を標語に、困苦欠乏にたえ、歯を喰《く》いしばって戦いをつづけたのだった。若者はすべて戦場におもむき、残った人達は武器の製作や食糧の生産に全力をあげた。

そして人々は戦いに勝つために、武器の研究もおこたらなかった。その結果、この戦争で武器類はかつて見られなかった程の進歩発達をとげた。今まで真っすぐだった剣は、そりをもたされ、片刃にされた。その方が、敵とわたり合う場合に便利であることが、研究の結果判明したのである。又、矢に鳥の羽根が付けられるようになったのも、この戦争の中期からである。発案者が、「矢は飛ぶものである。飛ぶものは鳥である。鳥は羽根で飛ぶ。だから矢に羽根を付けたら、もっとよく飛ぶにちがいない」という意見を発表した時、人々はその卓見に舌をまいた。そして、羽根を付けた新しい矢の優秀性は、すぐに戦場で立証されたのだった。

また、特筆しなければならないものに、エレファン鳥の品種改良がある。平時にはせいたくな乗り物としか考えられていなかったエレファン鳥が、戦力として欠くべからざるものであることが、緒戦におけるジュワン攻撃等の戦果によって明らかになった。一部の人々は前々からその日あるを予期し、大型の、飛翔距離の長いエレファン鳥を育成していた。そのエレファン鳥にうちまたがった戦士達は、ジュワンを急襲し、石火矢をもって敵の軍船をことごとく炎上沈没させた。又、他の戦士達はエレファン鳥にのって南方の敵地にまいおり、ここでも多大の戦果をおさめた。

だが、これらの結果を見て、敵方もあわててエレファン鳥の品種改良に力を入れ出した。敵の育成したグラマン種やビー25種は、中々優秀なものだった。敵方の戦士達は、それ等のエレファン鳥にのって反攻を開始した。為に、戦局は一進一退、にわかに予断を許さぬ状態となった。

そして四年目、戦いは利あらず、人々は、「一億死の玉だ」といい、すでに滅亡の覚悟さえしていた。

だが、そこに新兵器の登場を見たのである。

タイ・ムマ・シン……それが我が偉大なるムテン博士の発明した時間を転移する新兵器であった。

ここにおいて、勝敗の帰趨《きすう》は明らかとなった。タイ・ムマ・シンは直ちに使用され、大勝利がおさめられたのである。……いかなる方法によってタイ・ムマ・シンが使用されたか。それは、伝えられるところによるとこうである。

すなわち、タイ・ムマ・シンには大将軍が自らのりこんだ。計画は、きわめて大まかなものだった。タイ・ムマ・シンは昼夜兼行で急造されたものだし、最初の試みでもあったので、非常に不完全だった。多少の時間の誤差は勘弁してくれというのが、ムテン博士の指図で製作にあたった鍛冶屋《かじや》の意見だったそうだ。

大将軍は、いい加減な目盛りのついた把手《とって》を動かし、とにかく何でもいいから適当な未来の世界へ行けるように操作した。そして、これはあとで分かったのだが、三年後の世界へ行ったのだった。大将軍はそこで未来の自分と会見し、いかなる作戦で三年前のいくさに勝利をおさめたかをつぶさに聞いて帰った……大将軍がちゃんと元の時間に帰ったところをみると、そのタイ・ムマ・シンは復元装置だけは完全に出来ていたらしい。

大将軍は教わって来た通りの作戦を行った。敵の動きも、味方がどういう行動をしなければならないかも、すっかり分かっていた。

「あのような気楽な戦いは生まれてはじめてであった」

と大将軍は後に述懐している。

ネハダの広場には、万余の人々が集まっていた。いつもは海外行きのエレファン鳥の出発に使われているこの壮大な広場が、足の踏み場もない位の人出だった。

中央にわずかばかり人のいない所があった。そこに螺鈿《らでん》をちりばめた青銅作りのタイ・ムマ・シンがおかれ、甲冑《かっちゅう》に身をかためた衛士達がそのまわりをとりかこんでいた。

もみにもんだ計画が、ついに実施される時が来たのである。タイ・ムマ・シンの前に作られた壇の上にいる二人の男の顔は、感激に紅潮していた。一人は酋長ハヤト、そしてもう一人はタイ・ムマ・シンの発明者であり、この計画の立案者でもあるムテン博士だった。

ドラが鳴りひびいた。

壇の下にいる女性が五絃琴をひきはじめた。国歌「ワガキミ」の斉唱である。ガラクの調べをとり入れて作曲されたという「ワガキミ」の悠長なメロディが、どんよりとした曇り空に、にぶくこだました。

斉唱が終わると、酋長ハヤトが両手をあげ、えへんとせきばらいをした。それが彼の長広舌の前ぶれであることを知っている人々は、げんなりした顔をした。

「私は、ここに計画の実施をする日を迎えることが出来た事を欣快《きんかい》に思う。そして、この計画に対し各方面から絶大なる御援助、御協力をたまわったことを、深く感謝する次第である。私は、この大計画の実施に先立ち、少しく所懐をのべ、壮行の辞にかえたい。かえり見れば今より十六年前、我が国はトーア戦争に大勝利をおさめた。我が軍はタイムマシンのおかげで前もって敵の動きを知ることが出来、最も軽微なる損害を受けたのみで、敵の大軍を殲滅《せんめつ》することが出来た。実にタイムマシンこそは古今未曾有《みぞう》のすばらしい器械であった。我々は戦争が終わった時、ただちにタイムマシンの平和利用を考えた。タイムマシンは戦争よりも他にもっと活用することが出来るにちがいない。そして文化の発達に寄与することが出来るであろうと考えたのである。だが、我々のタイムマシンはまだ不完全なもので、使用にあたっては種々の危険がともなうことが予想されていた。戦争の時は、有事の際とてやむを得ず使用にふみきったのであったが、平和目的に使用するとなると、色々と改良せねばならぬ点が多かったのである。戦後、我々はムテン博士と共に、タイムマシンをより良いものにするべく努力した。その為に何度か実験も行った。だが実験の結果は、必ずしも満足すべきものではなかった。よって我々は更に大規模の実験を行おうとした時、国民の一部から実験反対の声が起ったのである」

タイムマシンの実験は、人々の知る限りでは、戦後二回行われている。

一回目はごく簡単な実験で、酋長の家で、酋長とムテン博士の他少数の人が立ち会って行われたものだった。

実験の目的は、タイムマシンにのって過去の世界へ行き、過去の事実に何等かの変更を加えた場合、現在の世界にどんな変化が生ずるかを調査することにあった。ムテン博士の説によると、タイムマシンにのって過去へ行った場合、望むと望まざるとにかかわらず、過去の事実を変えるような事が起こり得る。タイムマシンが現われたということが過去の記録に一つも見当たらない現在、タイムマシンで過去へ行っただけでも、もし過去の世界の人に見とがめられた場合には、過去の事実を変えたことになる。だからその場合、現在の世界、あるいはタイムマシン搭乗者の身にどんな変化が起こるか研究しておかないと、とても危なくてタイムマシンは使えないというのである。

その時の実験は、一人の男をタイムマシンにのせて、五分前の世界に送ることだった。五分前に、そこにその男がいなかったにもかかわらず、そこに行かせたらどうなるだろうかというのである。

実験の準備はだいぶ前から慎重に行われていた。特にタイムマシンにのる男の人選には意が用いられ、大勢の志願者の中から一人の優秀な若者をえらんで、特殊な訓練を受けさせていた。若者は自分がえらばれたことに感激し、滅私奉公の熱意に燃えて欣然と苦しい訓練を受けつづけた。

だが若者の熱意もむなしく、実験は不成功に終わった。実験開始予定時刻の丁度五分前にタイムマシンにのって若者が現われてしまったのである。そこにいなかったにもかかわらずという前提が早くもくつがえされてしまったのだ。

皆はがっかりした。が、何とか対策を講じねばならない。二つになったタイムマシンの前で人々は相談した。

「この若者ではなく、他の人をタイムマシンにのせてみたら」

と一人がいった。

「とんでもない」ムテン博士があわててさえぎった。「そんなことをしたら、この若者の命が危ない」

戦後、人命の尊厳が叫ばれる折柄、一同は、やむなく予定時刻に若者をタイムマシンにのせて送り出したのだった。

次に行われた実験がどんなものであったかについては、諸説紛々である。実際に立ち会った人達の間でさえ意見が一致していない。

その実験は、やはり酋長の家で行われた。そして一人の男を二年前の世界に送ったということは間違いない。

だが、その男がもどって来た時から話はおかしくなる。

彼は、

「壁にイタズラ書きをして来ました」

といったのだそうだ。

一同は唖然《あぜん》とした。そして怒り出した。

「何だと?」

「誰がそんなことを命令した?」

「折角高い金をかけた実験をメチャメチャにしよったな」

彼には壁のイタズラ書きを消してこいといった筈だったのだ。勿論その部屋の壁には前からイタズラ書きがしてあり、過去にさかのぼってそれを消して来たらどうなるか、というのが実験の主眼だった。人々は、壁のイタズラ書きが一瞬にパッと消えることを期待して、ずっと熱心に見つめていたのだった。そこへ彼が帰って来てトンチンカンな復命をしたのだから、人々が怒るのも無理はなかった。

だが彼は頑強にいいはった。

「いや、私はたしかにイタズラ書きをして来いといわれました。私は命令を忠実に実行したまでです」

人々は顔を見合わせた。

「こいつは気がおかしくなったのではないかな」

「出発の時のショックは大きいからな」

「そうだ。だから、もっとしっかりした男をえらぶべきだった」

あごに手をあててしきりに考えていた一人がいった。

「いや、ちょっと待て。こいつは本当の事をいっているのかも知れんぞ。つまり、これが我々の期待していた実験の結果だったのだ。すべて彼のいった通りだったのだ。彼が出発する時、この壁にはイタズラ書きはしてなかったのだ。そして我々は彼を送り出す前に、きっとイタズラ書きをしてこいと命じたのだ。彼は忠実に命令通りイタズラ書きをしてきた。その為、我々の記憶が変わってしまったにちがいない」

すると他の一人がいった。

「いや、それはあまりにもうがちすぎた考えである。こうは考えられないだろうか。彼はイタズラ書きを消して来いといわれ、二年前のこの部屋に行って見ると、壁には何も書かれていなかった。彼は予期していない事実にあわて、反射的に命令と反対のことをしてしまったのだ。このイタズラ書きが二年程前からここにあるということは諸君は知っているだろう。すなわち、彼は過去の事実を変えるのではなく、過去の事実を作りに行った結果になってしまったわけだ。実験に二年前という時をえらんだのはまずかったな」

しかし、この意見も皆を首肯させることは出来なかった。ムテン博士はにがりきって考えこみ、酋長は面倒くさそうに寝室に引っ込んでしまった。

関係者は実験の失敗を国民に知られることをおそれ、ひたかくしにしていた。だがある日、牢屋に入れられていたタイムマシンにのってイタズラ書きをしに行った男が、見張りのすきをうかがって脱走した。彼は実験の前に、無事に任務を果たして来たら国民の英雄として迎えようといわれていた。それが、反対に牢屋に入れられてしまったのだから、彼の酋長に対する不信と怒りは大きかった。彼は反酋長派の首領の家に逃げこみ、実験のことを全部しゃべってしまった。首領は、酋長に対するいい攻撃材料が手に入ったと喜び、早速町の辻に立って実験の失敗を大げさにいいふらした。酋長はあわてて首領をとらえ、牢にぶちこんだが、もう手おくれだった。国民はわきかえっていた。

「我々からしぼり取った税金を使って、そんないい加減な実験をやるなんて、全くひどい話だ」

「実験をした事さえ、我々には知らさなかった。いったい酋長には誠意があるのか」

説をなす者はいった。

「タイムマシン使用の恐ろしさがこれで分かった。過去の世界を変えることは、現在の世界に必ず影響を与えるのだ。ちょっとした実験が立ち会った人々の記憶を混乱させてしまった。過去へ行って何かすることが現在の世界を変えてしまう。何という恐ろしいことだ。タイムマシンはまさに神を冒瀆《ぼうとく》するものだ」

人々はそれを聞いて愕然《がくぜん》とした。

「タイムマシンというのは恐ろしいものだな」

「タイムマシンの使用は我々に悪影響を及ぼすのだ」

「我々の生活がおびやかされる」

人々は立ち上がった。

「タイムマシン実験中止を酋長に訴えよう。そしてタイムマシン破棄を請願しよう」

ただちに署名運動が起こされた。酋長の家には、連日国民の署名した木の葉が山のように持ち込まれた。

若者達によるデモも行われた。若者たちは酋長の家をとりまき、「ノー・モア・タイムマシン」を絶叫した。

かくして国民のタイムマシン反対はその極に達した。酋長も、ついに実験の中止を決意しなければならなかったのである。

ネハダ広場の壇上、ハヤトの演説はつづく。

「我々は国民の要望にこたえ、実験を中止して今日に到った。だが、その後の世界情勢はますます緊迫の度を加えている。大国はこぞってタイムマシンの実験準備をととのえ、特に西の国ではタイムマシンの大実験を近々行うことになっているやに聞いている」

ハインケル酋長のひきいる西の国は、かつてのトーア戦争中は同盟国だった。そして戦後は世界を二分して、この国と西の国がそれぞれに君臨して二大勢力をかたちづくっていた。二大勢力相互の間は、最初はうまくいっていた。だが占領地域の問題等から両者の間に溝が出来、次第に対立感情が深まっていったのである。

しかも、西の国も戦後すぐタイムマシンの発明に成功した。そして最近、すばらしい性能を有するタイムマシンを作ったといわれている。タイムマシンの製作競争が、両勢力の対立に更に拍車をかけることになったのである。

「ことここに到っては、我が国も対抗上、実験を再開することは止むを得ないことである。これからのいくさはタイムマシン戦争になるだろうといわれている。今度戦争が起こった時は、タイムマシンの優劣が勝敗をきめることになるのだ。よって我々は最もすぐれたタイムマシンを所有しなければ、次の戦争には勝てない。その為には、どうしても実験をしなければならないのである」

ハヤトはこぶしをふりあげ、見得を切った。人々は、これが話のヤマにちがいない、もう間もなく演説は終わるぞ、と心中ひそかに喜んだ。

「我々は前々から計画をねってきた。最も効果があり、悪影響の少ない計画をだ。たしかにムテン博士もいっているように、タイムマシンを使用した場合、必然的に過去に変化を与えるようなことが起こってくる。しかし我々はタイムマシンの実験をしなければならない。実験をした場合、過去を変えることで、現在の我々にどんな変化が起こるか分からないということが実験反対論者の論拠のようである。だが、どんな変化が起こるかを知る為にはやはり実験をしなければならない。だから、ええと……」

ハヤトは自分でもわけが分からなくなってしまったらしく、しばらく苦吟のていであったが、

「とにかく、我々は実験を行わねばならないのである」

とうとう無理にねじふせてしまった。

「さて、我々の計画というのはこうである。タイムマシンにのって一千万年前の世界に行き、石を一つ拾って来る。この程度なら、現在の世界に大して悪影響を及ぼすこともあるまい。我々は実験後、その石を一つ拾ったことで、現在の世界がどんな変化をしたか、詳細に調べる予定である。だが、その時、我々の記憶も変化しているかも知れない。それを考えて、我々はタイムマシンにムテン博士自身にのってもらうことにした。人格識見ともに衆にすぐれた博士なら、種々のショックを受けたにしても気が変になる等ということはないであろう。我々は博士が帰り次第、報告を聞く。その時、博士がどんな報告をしようと、つまり何の目的で何をしに行ったかということが我々の記憶と違っていたとしても、我々はそれをすなおに受け入れるつもりである……さて、博士は我々の申し出をこころよくうけ入れ、タイムマシンにのることを承諾された。行く先は一千万年前の世界である。そこにはいかなる危険が待ちかまえているかも知れない。博士はそれを承知でタイムマシンにのることを引き受けられたのである。私は博士の意気を壮としたい。いざ、盛大な拍手をもって、博士を見送ろうではないか」

ハヤトは博士の方を向き、先に立って拍手をした。演説がやっと終わってホッとした人々は、惜しみなく盛大な拍手を送った。

　ドラが又鳴りひびいた。いよいよ出発の時刻である。

　ムテン博士は壇から下り、さすがに緊張の面持ちでタイムマシンにのりこんだ。人々はあらそって前に出て、タイムマシンを見ようとしている。それを衛士達が必死におし返していた。

　壇上のハヤトは金の斧を取りあげ、壇の横にいる老人によびかけた。

「ローコクの博士、時間を知らせよ」

　ローコクの博士は手にした大型の砂時計を見ながら壇の下に近づいた。

「はあ、もうすぐです。わたしが合図したら、斧をふるって下さいよ、さあ、いいですか。ほら……ヤッセーノオ……ホイ」

　ハヤトの手がふり下ろされた。金の斧がそこにはられていた索を断ち切った。

　人々の目は、ムテン博士ののったタイムマシンにすいよせられた。タイムマシンはだんだんかげがうすくなっていく。その向こうの景色がすいて見えてきた。

　期せずして、「イヤサカ」の叫び声が起こった。

　歓呼の声がどよめく中で、タイムマシンはますますかげがうすくなり、やがて全く見えなくなった。

＊

池田首相は官邸の玄関に出た。重要な閣議が終わり、ホッとした表情だった。秘書が乗用車のドアをあけて待っている。首相が足ばやに進みより、のりこもうとした時、そとの方から何かののしり合う声が聞こえてきた。首相は足をとめ、そこに立っている護衛の私服刑事にたずねた。

「どうしたのかね？」

刑事は、首相から親しく声をかけられ、かたくなって答えた。

「はあ、老人が一人参りまして……おれは入谷夢天博士だと名乗り、何ですか石を一つ拾って来たとかで、それを報告するのだから中に入れろといってきかないのです」

「石を拾って来た？　何のことだ？　それは。少し頭がおかしいのだな」

と首相は笑い、

「老人なら、あまり手荒にあつかわないようにさせなさい」

と、いいすてて車にのった。

首相の乗用車が官邸の門をすべり出た時、警官に抑えられていた老人が、手をふり切って車のあとを追った。だが老人は又すぐ警官にとり押さえられてしまった。

首相はそれをちらりとふり返って見ただけだった。

オン・ザ・ダブル

彼は毎日、一生懸命定められた日課を忠実に行っていた。

朝七時起床、八時に朝食、九時から十一時までトレーニング、十二時昼食、一時から四時まで再びトレーニング、六時夕食、それからあとは自由時間で十時に就寝。しごく楽な日課である。ただ、それをだだっ広い体育館の中で、丸一年間たった一人で実行しなくてはならないというのが、彼以外に志願者のなかった理由だった。

地下にある、この二千坪ほどの体育館は、元来低温実験室として作られたもので、外界とは完全に遮断されていた。彼が、ここにはいった時に外側から錠の下ろされたドアのほかには、三度の食事を差し入れるための小さな窓が一つあるだけだった。

床の中央に白線がひいてある。壁の時計を見ながら、その一〇〇メートルをくりかえし走るのが、彼に課せられたトレーニングだった。

彼は体は丈夫だったが、べつに短距離の選手というわけではない。彼の一〇〇メートルの記録は十三秒フラット。そして、彼はここでの毎日のトレーニングによってその記録を短縮する必要もなかった。彼は、いつでもキッカリ十三秒で一〇〇メートルを走ればいいのである。この奇妙なトレーニングの目的は何にあるのか。この計画の立案者である教授は、それをこう説明している。

「人間の毎日の生活、人体内の細胞の運動、これらのテンポは地球の自転による周期、つまり二十四時間がその基調になっている。人間は二十四時間ごとに睡眠をとり、一日に三度食事する。それをもとにして、体内のすべての運動のリズムができている。で、私はこういうことを考えた。もし、その周期を少しずつ早めていったら、それに比例して体のリズムも早くなるのではないかとね」

実験台の人間を一室にとじこめ、その部屋の時計を一日に五百分の一ずつの割で等比級数的に早くしていく。丸一年後には、時計の早さは最初の約二倍になる。そうすると、例えば一〇〇メートルを十秒で走った人なら、五秒で走れるようになるかもしれない、というのである。

「私が自分で実験台になればいいのだが」と教授はいった。「私は一〇〇メートル走るのに三十八秒かかる。それが半分になったところで十九秒だから、実験の成果を人々に理解させることはできない。そこでだ」

教授は教え子達の顔を見まわした。だれもがうつむいて、私はこの間はかったら三十九秒だったとか、きのう叔父さんが死んだからとか言い訳を考えている中で、彼だけが昂然と前に進み出たのだった。

「先生、ぼくにやらせて下さい」

彼は一度も女性に好かれたタメシはないから孤独にはなれていたし、丸一年間雲がくれできるというのは、月賦で服を新調した直後としては大変便利なことだったのである。

実験台としての毎日は、彼にとって大してつらいことではなかった。

部屋の隅が衝立《ついたて》で仕切られ、快適なベッドがおいてある。三度の食事もおいしいものばかりだった。テレビやラジオはないが、これは下宿だって同じことだし、ここにはかえってその代わりにステレオのセットと小型映写機がある。それらはいずれもインダクション・モーターが使ってあり、電源のサイクル数が部屋の時計の周期に合わせてあるから、廻転は日ましに早くなるようになっていた。

最初のうち、彼は毎日嬉々《きき》として山海の珍味を賞味し、一〇〇メートルを十三秒で走った。そして、ステレオのナニワブシと、一六ミリの「乙女《おとめ》の水浴」をいつも同じ気持ちで楽しむようにつとめた。

四カ月ほどは順調だった。が、そのあと少しずつおかしくなってきた。

この部屋の中では、どこにいても一秒ごとに時をきざむ、かすかなメトロノームの音が聞こえてくる。それは決していらだたしさを感じるような音ではなく、むしろ夜寝る時なぞは快いリズムで眠りをさそってくれていた。が、そのテンポが相当早くなっていることが彼にハッキリ分かってきたのである。

ついで、今度は一〇〇メートルを十三秒で走りきれなくなってきた。十三秒フラットはごく調子のいい時だけで、午前と午後何十回かくりかえし走ったのを平均してみると、どうしても十三秒二から四ぐらいになってしまうのである。いくら頑張ってもダメだった。

（やはり、先生のいったようには、うまくいかない……）

もうメトロノームのきざむ一秒は、外界……の本当の一秒の四分の三ぐらいに短くなっているはずである。それに自分の体がついていけなくなったのだ。

しかし、教授が、「ある程度止むを得ない」といったのを彼は思い出した。「ムリにムリしなくてもいいんだよ。君。なにも、一〇〇メートルを十三秒の半分の六・五秒で走らなくても、八秒か九秒になっても一応成果を世間の人に認めてもらうことはできるんだから」

ということは最後に一年たった時、一〇〇メートルをこの部屋の時計で十八秒どまりぐらいで走ればいいわけだ。彼は計算してホッとすると、又できるだけの努力をつづけることにした。

ところが、八ヵ月目になると、彼は遂ににっちもさっちもいかなくなってしまった。部屋の内部は太陽灯が点滅して昼夜を区別しているが、その周期さえ、ひどく忙しく感じられてきたのである。最初のころは七時になると、自然に目がさめていたのが、このごろでは、目ざましが鳴っているのも気づかず一時間も寝すごしたりするようになった。それに三度三度の食事が、まだ腹もへっていないうちにとどけられてくるのである。これには往生した。楽しみが何もなくなってしまったのだ。

大好物のトンカツを目の前にして、全然食欲がわかないのを知った時、彼はとうとう降参する決心をした。

外界との連絡は、一年間何もとらないこととされていた。が、非常の場合にかぎり、食事差入口の下にあるボタンを押すことになっている。

（いまは、その非常の場合なのだ）

彼はゲップをしながらボタンのところへ行き、それをグッと押した。

すると、待ちかまえていたかのように、一枚の紙片が差入口からとび出した。走り書きがしてある。

《どうした、なんだ、病気か、大丈夫か。そこでしゃべれば、私にすぐ聞こえる》

なつかしい教授の筆蹟、そしていつもの口調そのままの文章。

彼は差入口に頭をつっこむようにして、どなった。

「先生、ぼくはもうダメです。トンカツを……いえ、一〇〇メートルを十八秒もかかっちまうんです。この調子でいったら、実験終了時には、二十秒以上かかることになります。一生懸命やったんですが……やはり実験は失敗でした。どうも先生、すみません。ご期待にそえなくて……」

彼は差入口に何度も頭を下げてから、ドアの方をむいて待った。

が、いつまでたっても、いっこうに教授の姿は現われなかった。

どうしたんだろう。先生は例によって靴下をぬいで水虫の治療をしていたので手間どっているのかな、彼がそう思った時、食事差入口でサラッと音がした。又紙片が来ていた。今度は長文だった。

《いや、あやまらなくていいんだ。それこそ、私の望んでいた結果だったのだ。いいかい、じつはね、私が前にいった実験の目的というのはウソだった、全然アベコベだったのだ。私は、時間の周期の変化が人間の体に及ぼす影響を実験しようとしたのではなく、人間の心理が体にどんな変化を与えるか、それを知りたかったのだ。……本当をいうとね、その部屋の時計は、いままでちっとも早くなっていなかったのだ。この外界にいる私の腕時計と、いつも同じ早さで進行していた。だが、それを君は私の与えた暗示によって次第に早くなっていると思いこみ、そのリアクションで体の動きがにぶくなったの

だ。私が予期した通りの結果だ。実験は大成功だったのさ。感謝するよ》

（へえ……）

彼はあまりのことに、しばし呆然としていた。が、教授の忠実な教え子である彼は、だまされたことに対する怒りなぞ毫《ごう》も感じなかった。ややあって、彼は食事差入口に頭を差し入れた。

「そうですか、よかったですね、先生。ぼくもうれしいですよ、お役に立てて……」

すると又、サラリと返事が来た。

《ありがとう。君も本当にごくろうだった。さあ、表へ出て一緒に祝杯を、といいたいところだが、それはしばらく差し控えなくてはなるまい。というのは、君の体のテンポがすっかりおそくなっていて外界の動きとの間にギャップができてしまっている。いまそとへ出たら、ほかの人間のテンポの早さにショックを受けるだろう。だから、君はもうしばらくその部屋で、いままで通りの生活をつづけなさい。そして、前通り一〇〇メートルを十三秒で走れるようになってから、そとへ出た方がいい。その方が安全だ。ぜひ、そうしたまえ》

月賦屋の集金人の顔が、彼の頭をかすめた。彼は教授の忠告に従うことにした。

「わかりました。そうすることにします」

彼はそういうと、いそいで食事のおいてあるテーブルにもどった。現金なもので、時計が元通りときいたトタンに、彼はトンカツに惚れ直していたのである。

最初の実験予定である丁度一年目に、彼は元通り十三秒フラットで一〇〇メートルを走れるようになった。

彼の心の中では、すでに生きている女性に会いたい欲望が、集金人に対する恐怖に勝ちをしめていた。

彼はボタンを押して、それをいい、部屋のドアが一年ぶりで開いた。

教授が、ゆっくりとはいってきた。

「長い間、ごくろうさま」

重々しい声だった。

彼も感激していった。

「実験が成功して、よかったですね」

「ああ、ありがとう。とにかく、表へ出ようじゃあないか」

教授は彼の先に立ってしずしずと部屋を出、二人はエレベーターに乗った。地上へつくまでの時間が、彼にはひどく長いものに感じられた。

「いい天気だ……」

彼は研究所のそとにとび出すと、地上の空気を胸一杯吸いながらむさぼるようにあたりを見まわした。ひさしぶりに見る太陽、青い空、白い雲、それから……彼はオヤと思った。道行く人々の歩き方が、みんないやに遅いのだ。人間ばかりではない、自動車まで、教習所みたいに時速一五キロぐらいでノロノロと走っている。どうしたのだろう、この一年の間に又、交通法規が変わったのかな。向こうから走ってくる少年がスローモーション映画のように見えた時、彼はたまりかねてつぶやいた。

「どうしたんだろう。みんなノロノロとして……」

「ええっ、ほおんとおうかあい……」

となりへ来て彼の顔をのぞきこんでいた教授が、オクターブ低い声でゆっくりと、だが熱心にいった。そんなら、私の実験は大成功だったんだ。教授はそういって、フワリと五〇センチほど躍り上がった。

「ねえ君、あの部屋の時計は、本当はやはり段々早くなっていたんだよ」教授は、さらにゆっくりいった。「君はいま、一〇〇メートルを六秒半で走れるんだ」

異聞風来山人

よく、「おれんちみたいに、三代以上つづいていなけりゃ、チャキチャキの江戸っ子たあいえねえ」なんて、いばっているのがいる。どうせ、浅草村あたりの漁師の子孫か何かにちがいないが、故郷を持たないというコンプレックスから来る言葉と考えれば、むしろあわれである。

じつは、私のアパートに出入りしているクリーニング屋の若主人、浅田常吉君が、この三代以上の口なのである。もっとも、彼の場合、それを自分で吹聴したわけではない。二年前、私がこのアパートへ引っ越してきた日、ちょうど彼がスクーターで通りかかり、早速おとくいを一軒ふやすべく、荷物を二階へ上げるのを手伝ってくれた。その時、彼が、「シバチは、どこへおきます」といったので、私はハハンと思ったのである。そこで、「きみ、東京生まれだね?」ときいてみると、彼はいくぶん胸をそらせて、「ええ、うちは先祖代々江戸の住人です」と答えた。そのあと、彼はふしぎそうに、「どうして分かりました」ときいたものである。

その後ずっと、洗濯物は彼の所に出すことにしているが、常吉は江戸っ子らしい、さっぱりした気性の好青年で、ひとり者の私の、食糧の買い出しなぞを、きさくに引き受けてくれ、私にとって至極便利な存在となっている。

その日――正確にいうと昭和三十八年二月二十七日の午後、例によってポンコツスクーターがアパートの前にとまる音がし、二分ほどして、常吉が私の部屋へはいってきた。江戸っ子というと、紺股引か何かのいなせな若い衆を連想しがちだが、常吉はその前年、私立の大学をちゃんと出ているし、この日もブルー・ジーンに黒革のジャンパーという、自称モダンジャズ愛好家にふさわしい、いでたちであった。

「おまちどおさま。袖口がすり切れていたから、直しておきましたよ。今日は、ご用は？」

常吉は少し舌足らずの口調でいい、ワイシャツのはいった紙袋を、机の前に坐っている私の方へ押しやった。

「どうも」と私はいった。「今日は、何も出すものはないな……ごくろうさま」

するとと常吉は、ジャンパーのチャックをはずして、内ポケットに手を入れ、「あのう……」と私の顔を見た。

「すまないけど、払いの方は、もう少し待ってくれないか」

　と私は機先を制した。

「いえ、そんなこたいいんです。いつでも」と常吉は白い歯を見せた。「これを、先生に見てもらおうと思って……」

　売れない小説なんか書いている私を、常吉は先生と呼んでくれるのである。

「なんだい？　それは」

　私は、常吉の差し出したものを受け取って、机の上にのせた。赤茶けた、古い証文のようなものだった。

「きのう、仏壇の抽出しを掃除しようと思ったら、帝釈様のお札やなんかにまじって、これがあったんです。おやじにきいたら、死んだじいさんが大正の大震災の時に、先祖の位牌《いはい》と一緒に持ち出したものだっていうんです。何が書いてあるんだってきいたら、おやじは、字というものは読むものだってことに、はじめて気がついたような顔をしましてね。……それから、あけてみたんですが、ぼくも、こういう字は苦手で……」

　常吉は畳の上にあがってきて、書き付けをひらいてみせた。

「絵がかいてあるじゃないか」

　と私はいった。書き付けは机の上に幅四〇センチほどに広がっていた。その左側の三分の一ほどが、絵図面になっている。大八車のような、檻《おり》のような、妙な物体だった。

「何でしょうね？　これは」

「うん……ヒナガタ、二十分の一の図」

と私は、図面の左肩の字を読んでから、目を右側の文字の部分に移した。書き付けはかなり古いものらしく、虫食いと傷みで、半分近くが分からなくなっている。達筆なので、読めない字も多い。

私は最後の行に目をとめた。『常蔵殿、このやうに……さい』と読めたのである。

「この常蔵というのは」と私は常吉の顔を見た。「きみの先祖かな」

「え、どれですか。ああ、これ、常って字ですか」

大学出のくせに、自分の名前の字の草書体を知らないのだから、いまどきの若い者は困ってしまうのである。

「……でしょうね。うちのおやじは常次だし、じいさんは常五郎だから、代々常の字が……」

「常蔵さんは、大工か何かだったんじゃないかな」

と私は、さえぎっていった。

「ご名答」と常吉はいった。「じいさんの代までは、うちは大工だったんです。ずっと、神田の旅籠《はたご》町に住んでました。よく……」

「やはりそうか。きみ、これはきっと、その先祖の常蔵さんに……」私は図面を指さした。「これの製作をたのんだ手紙だよ」

「へえ……てえと、これが注文した人ってわけですね」

常吉は、いまの行の左下に指をやった。

四つ、字がならんでいる。右側の文面もそうだが、ひどく癖のある字で、しかも書きなれている自分の名前だから、いやが上にも達筆で、読みづらい。

「一番上は、ヒガシって字じゃないですか」

「いや、東じゃない。ええと、たしか平という字が、草書だとこう書くんだ」

「〝平〟ね。次の字は虫が食ってますね」

「これは駄目だ。三つ目は〝元〟だな。それから……最後は〝内〟という字だ」

「そうすっと、ヘイなんとかモトナイ……侍ですね、この人は」

「うん……おやっ」

「なんですか」

「……いや、ちがうな」と私は口の中でいった。「ゲンの字がちがう」

「え？　こんな物を作らせて、何に使うんでしょうね。竜吐水《りゅうどすい》の一種かな」

と常吉は別のことを考えていた。

私は、名前のことが、まだちょっと気になったが、とにかく、右側の文面を読んでみた。というよりは、目を通してみたといった方がいい。私に読める字は、数えるほどどしかない。そして、仮名の全然ない漢文なのである。来、人、物、製車、機、といった字が、とびとびに読める。図面の器械のことが、書いてあるらしい。考えてみると、常蔵さんは大工だから、字は読めなかっただろうし、これはむしろ、その平○元内の心覚えのようなものだろう。

「浅田君」と私はいった。「この書き付けを、いちんちふつか、あずからしてくれないか」

「ええ、そりゃかまいませんけど……」

「判読には、時間がかかりそうだ。それに、ちょっと調べたいこともある。何か分かったら、すぐ電話するよ」

私が浅田クリーニング店に電話したのは、それから三日目の午後だった。

「いま、うちに帰ったら、おやじが、電話があったというんで……あれ、読めましたか」

常吉は、夕方になって、やってきた。

「うん、まあ上がって……書き付けの方は、あの晩、大体分かる所だけは読んでしまったんだが、おととい、きのうと、上野と早大の図書館へ行ったり、神田へこの本を買いに行ったりしてたんでね」

私は、机の上にある三冊の本を指さした。

「では……この本が、何か関係があるんですか」常吉は机の横に坐って、本をとり上げた。「『近代文学の展望』『蘭学事始』それから『風来山人集』……風来山人ていうと……あっ、そうか、ありゃ、シラガ源内か」常吉は大声を出してから、「……あれ？ でも先生、字が違うでしょう。源内のゲンはミナモトですよ」

私はニッコリした。

「私も最初、そう思った。ところが、調べてみると、源内は元内とも書いたんだよ」

「へえ」常吉は目を丸くした。「じゃあ、やっぱし……すると、あの図面は、エレキテルみたいに、源内の発明した器械の設計図ですね。それを製作した、うちの先祖は、エジソンにおける、助手のクルーシーといった存在になるわけだ。浅田家も大したもんだな。それで、あの器械は何の器械ですか。まだ世間に知られてない物なんでしょう」

「うん……どうもそれが、私の考えでは、じつにふしぎな器械なんだ。私も、まだ半信半疑なんだが……」

「………」

「それでね。これから、私の調べたことを話すから、きみも一緒に考えてくれないか」

常吉は、一瞬何かいいかけたが、すぐだまってうなずいた。

私は新生に火をつけて、机上のノートをとった。

「これは源内の経歴だ。世間にあまり知られていないが、くわしく調べてみると、なかなか興味があるよ。……まず、生年月日だが、これがハッキリしない。死んだのは安永八年、つまり、一七七九年の十二月十八日で、これは間違いないんだが、その時の年齢が、五十七歳とか、五十四歳とか、そのほか五十二、五十一、いろいろの説がある。だから、それによって逆算すると、生まれた年も、いろいろになるわけだ」

「へえ……」

常吉は興味を感じたらしく、私のノートをのぞきこんだ。

「ま、とにかく源内は一七二〇年代に、讃岐高松藩の志度浦《しどうら》に生まれた。通称元内または源内、字《あざな》は子彝《しい》、名は国倫《くにとも》、号は、学問上では鳩渓《きゅうけい》、戯作では風来山人、天竺《てんじく》浪人、紙鳶堂《しえんどう》、浄瑠璃作者としては福内《ふくうち》鬼外《きがい》……」

「歴史の時間じゃなくてよかった、まったく……名前はもう分かったから、先へいきましょう」

「宝暦二年――一七五二年だ――源内は藩主の命によって、長崎に一年留学、ついで江戸に出た。本草学をやり、磁針器を製作、電気の研究もはじめた。宝暦七年、林榴岡の門に入ったが、これは儒学よりも、本草の研究のためだった。そして何度か、自ら物産会を主催している。

杉田玄白の『蘭学事始』によると、宝暦十一年、源内は玄白と同道して、オランダ人カランスを訪ね、『ドドネウス生植本草』などの蘭書を贈られたとある。ところが、源内自身の書いたものでは、カランスを訪ねて本をもらったのは、この四年あとのことになっているんだ。……どちらかの、記憶違いだろうがね。

それから、この宝暦十一年に、源内は高松藩に禄仕拝辞願、つまり辞職願を出した。封建制度で自由を束縛されるのが嫌になったのだろうが、当時の人としては、随分思い切った行動だ。そして、源内はそれ以後の生涯を浪人で通した。

翌十二年、湯島で第二回の物産会。十三年に『物類品騭《ぶつるいひんしつ》』を出版、また賀茂真淵の国学に共鳴して、その門に入った。さらにこの年、『風流志道軒伝』、『根南志具佐《ねなしぐさ》』を著わし、水準器の製作もやっている。

次の年は年号が変わって明和元年、平線儀を製作し、火浣布《かかんぷ》――石綿を創製した。これについては、翌明和二年に、『火浣布略説』を出版している。それから、さっきいった、玄白と一緒にカランスを訪ねたのは、源内の記述では、この年ということになっている」

私は、そこでひと息入れ、机の上の例の書き付けを手にとった。

「そこでね」と私はいった。「この書き付けなんだが、この年に書かれたらしい。ほら、明和二年とあるだろう」

「ほんとだ」

私は、またノートにもどった。

「さて、明和四年に、源内は河津善蔵という人に、面白い手紙を書いている。早大図書館に保存されているが、おそろしく長いもので、その中にこういう一節がある。自分は、『火浣布略説』の巻末でも予告したが、十数部の書物を完成出版するのが年来の念願である。これらの書物が成就すれば、唐、紅毛へも渡り、肝を潰させるであろう、とね」

「へえ……それで、その本は出たんですか」

「いや、その出版費用を捻出《ねんしゅつ》するために、源内は鉱山開発を思い立ち、秩父鉱山などに手を出したのだが、失敗して、元も子もなくしてしまった」

「気の毒にね」

「しかし、それはのちの話。源内は、明和五年には、タルモメイトルを作った。寒暖計だ。そして『日本創製寒熱昇降記』を書き、そのほか、『痿陰隠逸伝《なえまらいんいつでん》』、『神霊《しんれい》矢口渡《やぐちのわたし》』を出版した」

「え？　何です？　そのナエマラってのは」

「内容猥雑ということで発禁になりかけたこともあるそうだが、じつは、歴史の大勢を書いた、一種のパロディだ、これは」

「はあ……」

「それから、明和六年には『根無草後編』を書き、田沼意次の世話で、和蘭翻訳御用として長崎へ行った。三年後の安永元年、江戸に帰り、鉱山に手を出しはじめた。そして、安永三年、秩父鉱山で失敗、源内の生活は次第にすさみ出した。『放屁論』――オナラの話だ――『飛だ噂の評』などの戯文を書いたが、いずれも愚痴めいた、俗世間への悪罵に満ちた、そして自虐的な作品ばかりだ。狂文の祖といわれている。

ただ、安永五年に、思い出したように、エレキテル――摩擦起電機の復元をやっている。しかし、この仕事も当時の人々には迎えられず、源内は又、『天狗《てんぐ》髑髏《しゃれこうべ》鑒定《めきき》縁起《えんぎ》』という変な本を書き、六年には『放屁論後編』を出した。とにかく、生活はすさんでいるし、彼の家には、いかさまな人間ばかり集まるようになった。そして、とうとう安永八年十一月二十一日、自宅で二人を殺傷してしまった。源内は十二月十八日、牢の中で病死したといわれている。

これが、源内の、ざっとした一生だ」

常吉は二、三度目をしばたたいた。

「なんだか、さびしい話ですね。それほどの人の最期としては。……奥さんは、いなかったんですか」

「ああ、一生独身だった。芳沢国石という、男の愛人がいたそうだがね」

「オカマですね」

常吉はニヤリとし、私は新生を一本ぬいてくわえた。

「先生」常吉は真剣な顔にもどった。「源内は、明和二年に、書き付けをうちの先祖にやって、何か作らせた。そのあとで、誰とかへの手紙で、唐や紅毛へ渡って肝を潰させることができるといったんですね」

私はだまって新生に火をつけた。

「ねえ先生、もったいぶらずに、早く教えて下さいよ。あの書き付けに、何て書いてあったんですか。あの大八車は、何かとてつもない器械なんだ、きっと。そうでしょう」

私は返事の代わりに、しばらく常吉の目を見つめた。それから、立ち上がって、本棚の所へ行った。

ペーパーバックの翻訳本二冊と、雑誌を一冊ぬきとって、私は机にもどった。

「こういう本を、きみ読んだことがあるかい?」

常吉は私の顔を見、本を受け取って、標題に目をやった。

「ああ、これはいまはやりの……」と彼はいった。「ぼくは、いそがしいもんだから、このところ、本は全然……」

常吉が本の頁をめくるのへ、私はいった。

「それじゃ、それを持って帰って、読んでみなさい。それからだ、私の説明は」

常吉は、物いいたげに私の顔を見た。が、すぐ江戸っ子の本領にもどった。

「分かりました」と彼はいって、立ち上がった。「早速、読んできます。今夜ひと晩……いや、これだけあると、あしたいっぱいかかるかな」

次の瞬間、常吉はドアから消えていた。

常吉は大学を出ているにしろ、いまの若い人は本の読み方が遅いから、丸二日はかかるだろう、と私は思っていた。だが、次の晩、常吉は本とせんべいの袋を大切そうに持って、現われた。

「面白かったですよ、みんな」と常吉は靴をぬぎながらいった。「だけど、いったい……」

「まあ、そこに坐りなさい」

私はそういって、書きかけの原稿用紙をしまい、机上の『風来山人集』をとり上げた。

「ゆうべのつづきをやろう。……これに、源内の著書が出ているんだ」

「また本ですか」

常吉は、げんなりした顔をした。徹夜で本漬けになっていたらしく、兎のような目をしている。

「いや、読まなくてもいいんだ」と私はまず安心させた。「必要なことだけ、私が話そう……この最初にあるのが、源内が宝暦十三年に出した『根南志具佐』だ。その年の六月、市村座の女形荻野八重桐が舟遊山で溺死するという事件があったのをもとにして書いた、諷刺的な作品だ。これは、別にとりたてていうこともないが、この次にある『風流志道軒伝』というのは……」私は、本の頁をめくり、「源内が、同じく宝暦十三年に書いたもので、志道軒という、当時奥山で評判の軍談師を主人公にかりた、諸国遍歴の談義本だが……この話の筋というのは、その志道軒が浅之進といった若いころ、風来仙人というのが現われて、羽扇《うせん》をくれる。この羽扇というのが、じつに重宝なもので、これさえあれば、どこへでも行けるんだ。浅之進は、その羽扇を使って、身のたけ二丈あまりの人間のいる大人国や、一尺ぐらいの人のいる小人島へ行く」

「あれ、まるでガリバーみたいですね」

「そうなんだ。『ガリバー旅行記』との類似が問題になったことがある。ジョナサン・スイフトがガリバーを書いたのは一七二六年だから、年代からいえば、たしかに源内がこの『風流志道軒伝』を出す前だ。しかし、スイフトの本が日本に来ているということは、まず考えられない」

「……でしょうね」

「もっとも、『和漢三才図会』という書物には、長人国や小人国があり、源内はそこからアイデアを得たんだろうといわれている。だがそんなことよりだ……」私はまた、頁をめくって、「ここの所なんだ、問題は。浅之進が、駿河台の庵で、風来仙人からもらった羽扇を、はじめて試すところなんだが……『爰《ここ》にこそ彼羽扇ならんと、取出しつゝ移し見るに、南は品川、北は板橋、西は四ッ谷、東は千住の外までも、手に取ごとく見えわたり、しらみの足音、蟻《あり》の囁《さゝやき》まで聞ゆれば、初て羽扇の妙なる事をしり、猶また一ト年のありさまを見んと、暫《しばらく》心に観《くわん》ずれば、忽に気色かわりて、吹来る風もいと寒く』……このあと、元旦から大晦日《おおみそか》までの、江戸の行事や祭の有様が次々と出てくる。浅之進は、こうして瞬時のうちに、丸一年間の江戸の様子を見てしまうんだ。ね、『浅之進羽扇をなぐれば、有し駿河台の庵の内に、焚懸《たきかけ》し飯のいまだ熟《じゆく》せざる内なりければ、益《ますます》羽扇の妙を感《かん》じ』とあるだろう」

常吉は、さぐるような目付きで、私の顔を見ている。が、まだピンとこないらしい。

「さあ、この本はもういい。いよいよ例の書き付けだ」

私は本をとじて机の上にのせ、代わりに一枚の原稿用紙をとって、常吉の前においた。

「書き付けの文章の、分かる字だけ、書きぬいてみたんだ」

私は常吉とならんで坐り、一緒に原稿用紙をのぞきこんだ。

『……来……人……妙……代重宝……不能窺……也……物窮……往来天……自恣……似黄帝製車……竜骨……機巧輿……理……地乾坤……以……推……創……来……電理……刀尋段……反照……已……空……天地間……水……士気……陽相激……文暦数……時有先後……過去……在未来……明和二年……忽……二百年後……是……随……覇……哉』

常吉は約二分間、またたきもせず、原稿用紙を見つめていた。

それから、彼は顔を上げて、私を見た。ついで、そばにある昨日私が貸してやった本に目をやった。

ふたたび私の顔に目をもどした時、彼は息をしていないようだった。私は、大きくうなずいてみせた。

「先生、まさか……」

常吉は何秒分かの息を、いっぺんに声にして出した。

「ほかに考え方があると思うかい？」

私はしずかにいい、一番上にある本を手にとった。……H・G・ウェルズ作『タイム・マシン』である。

しばらく沈黙があった。私は、常吉の持ってきた、せんべいの袋をあけ、一つ口に入れた。

「ねえ、先生」と常吉が考え考え、いった。「明和二年ていうと、西暦何年ですか」

予期していた質問である。私は、口の中のせんべいをのみこんでから、いった。

「一七六五年だ」

常吉は指を折って数えるしぐさをした。それから、「えっ」とさけんだ。「ゲン、源内は、二百年後の世界に行ったんでしょうか。そこに書いてありますけど……」

「それじゃ一九六五年、さ来年だ。さ来年に……ええと、源内はどこでタイムマシンに乗ったんでしょうね」

「『風流志道軒伝』に」と私はいった。「駿河台のわたり小高き所に、とある。そこで浅之進が羽扇で移し見たんだが、源内の住居は神田だし、おそらく、本当にそこでタイムマシンに乗ったのじゃないかな」

「おそらくね」

「……そうすると、タイムマシンてのは、時間を旅行するだけで、場所は変わらないわけだから……」

ウェルズの『タイム・マシン』、ハインラインの『夏への扉』、それに『SFマガジン』の『時を飛ぶ』特集を読んだ常吉は、すっかりタイムマシン通になっている。

「……さ来年、駿河台に、源内が現われるはずだ。え、そうでしょうが」

「うん」

と私は短く答えた。

「夢みたいな話だな、どうもピンとこない」

「…………」

「ねえ先生、源内は本当にタイムマシンを発明したんでしょうかね。もし源内が二百年後の世界へ来たんだとしたら……エレキテルや寒暖計なんて、みみっちい物なんか作らずに、もっと、テレビだとか、テープレコーダーだとか、カメラだとか、そうだ、原爆だって、みんな作れたはずだと思うんですがね」

「バカいっちゃいけない」私は笑った。「いいかい、きみがもしもだ、源内の代わりに江戸時代へ行ったとして、そこで、誰の手もかりずに、テレビや写真を作れるかい?」

「え? そうだな……ぼくは機械には弱いから、テレビの原理はよく知らないし、カメラだって、フィルムの作り方も、現像液に何を使うのかも知らない……」

「源内だって、同じことさ。物理学者とはいうものの、物理学の知識は、いまの中学生以下だろうし、二百年後の、この我々の世界をちょっとのぞいたくらいで、そうそう沢山の知識を持って帰れるとは思えない」

「そうですね、その通りだ、まったくだ」常吉はやたらに感心して、机の上の書き付けをとってひろげた。「先生、ほら、昔外国で、いまの自動車が発明される前に、蒸気機関の自動車があったでしょう。あれにも似てますね」

「そう、やはり、この辺に釜があって……」

「そこで、やっぱし何か燃すのかな。先生、動力は何でしょうね」

「書き付けに電理という字はあるけれども、バッテリーらしいものはないな。もしかすると、ここへ薪でもくべるのかもしれない……」

「先生」と常吉は大声を出した。「とにかく、これは大発見ですよ。十八世紀に、シラガ源内がタイムマシンを完成していた……大発明ですよ、ノーベル賞もんですよ」

「うん、そうだな」

「うんそうだな、なんてノンキなことをいってる場合じゃない」常吉はすっくと立ち上がった。「新聞社へしらせましょうよ。それから学者にもしらせて……そうだ、ええと、こういうことは、どこへ届ければいいのかな、やっぱし文部省かな」

常吉が先のとがったバックスキンの靴をはきかけるのへ、私はおいでおいでした。

「まあ常吉君、落ち着くんだ。新聞社へ行って、いきなりこの書き付けを見せたって、そう簡単に信じてくれるはずはない……」

常吉は靴をはく手をとめて、私の手にした書き付けを見た。彼は、手ぶらで新聞社へ行くつもりだったらしい。

「まず、しかるべき学者に筆蹟鑑定をたのんで、これが源内の書いたものであることを証明してもらうことが必要だ。その上で、新聞社なり、何なりへ……しかし、それにしてもタイムマシンのことを理解してもらうのは大変だ。江戸文学の研究家や、文部省の役人に、タイムマシンなんていったって……」

常吉は靴をぬいで、畳の上に上がってきた。

「そうですね、ああいった朴念仁は、ハインラインなんか読んでないでしょうからね」

常吉は昨日までの自分を棚に上げてそういい、ドカリと坐った。「こりゃ、おおごとだぞ」

「だからさ」と私はいった。「文部省対策は、ゆっくり考えるとしよう。私は二、三日うちに早大図書館へ行って、筆蹟鑑定のことをきいてみるよ」

常吉は、新聞社への特種提供がパアになって、いささかガッカリしているようだった。

私は戸棚から、ウィスキーの瓶を持ってきた。

「源内のタイムマシン発明を祝して、一杯やろうじゃないか。ええ？」

常吉はタバコをやらないが、この方は相当いけることを、私は知っていた。

「いいですね」

常吉は、たちまち相好をくずして、グラスをとった。

常吉は睡眠不足にもかかわらず、飲むほどにシャンとしてくるようだった。彼はグラス片手に、本をひろげ、チェックしたり、メモをとったりしはじめた。

「先生」と彼はいった。「この本によると、源内はろくに何も発明していませんね。エレキテルは復元しただけだし、寒暖計はカランスの所か何かで見たのを真似して作ったんです。本にしたって、『根南志具佐』は実話がもとだし、『志道軒伝』も、ほかからアイデアをもらっている。源内という人は、あまり独創性のない人なんですね」

「そうかい」

と私はいい、自分でも熱のない声だと思った。私は酔いがまわり、眠くなっていた。

「どうも変です」

常吉は、またひとしきりメモをつづけ、私はますます陶然となった。

「先生」という常吉の声が、かすみのかなたから聞こえてきた。「先生、大発見しました、起きて下さい」

「え……」

気がついてみると、私は机の上にうつぶせになって、寝ていた。

見ると、さっき半分ぐらい残っていたウィスキーの瓶が空になって転がっている。その向こうで、常吉が本と紙の中に埋まっていた。

「源内はタイムマシンを発明したんじゃないですよ。源内はタイムマシンをもらったんです」

常吉がいい、私は頭を振った。頭がガンガンするのである。

「ちょっと待ってて下さい」

常吉はコップに水をくんできてくれた。私はそれを飲み、いくらか気分がよくなった。

「タイムマシンを誰がもらったって？」

と私はきいた。

「ええ……この先生の書いた書き付けの写しに『……来…人……』てあるでしょう。これは風来仙人と書いてあるんじゃないでしょうか。そして、風来仙人から授かったということが書いてあったんじゃないでしょうか」

「……ふん、しかし、それでは、まるで『風流志道軒伝』の羽扇と同じだ」

「そうなんですよ。この本にあります。風来仙人は、『顔色《がんしょく》は玉のごとく、年の頃三十歳に過ず、髪《かみ》黒く髭《ひげ》長く、目の中さわやかにして、威《ゐ》有て猛《たけ》からざる姿なれば』なんて書いてますが、頭註にも、『この仙人は、多く源内自身の属性が与えられている』とあるように、源内は自分をモデルにして、風来仙人を書いたのです」

「………」

「というよりは、風来仙人は源内自身だったんですよ。実在の人物なんです。源内は自分自身からタイムマシンをもらった……」

「えっ」

「きのう先生から借りた本に、未来に行くか過去へ行くか、その時の風向き次第、という無責任なタイムマシンがありましたね。ぼくは、この源内のタイムマシンも完全なものではないと思うんです」

「というと？」

私は坐り直して、常吉の顔を見た。

「おそらく、多少の誤差が生じたのではないでしょうか。それも、何時間とか、何日間程度のものではなく、もっと大幅に年単位の……。というのは、源内の経歴の中に、おかしな所があったでしょう。例の、源内がカランスを訪ねたという年、それが杉田玄白の書いたものでは一七六一年になっていて、源内自身の記録では一七六五年ということになっている。そして、丁度その中間の一七六三年から、源内は急に沢山の仕事をはじめている。ぼくは、この辺に何か謎がかくされているような気がして、いろいろ計算してみたんですが、誤差をマイナス二年にしてみると、すべての計算がピッタリ合うんです」

「…………」

「つまり、未来……プラスの方向へはマイナス二年のずれが生じ、過去……マイナスの方向へも二年のずれができた。ぼくの考えでは、源内は一七六五年に、タイムマシンに乗って未来へ出発した。そして、もとの世界にもどる時、彼は一七六一年にもどってしまったんです。彼は、そこで、四年前の自分に会った……」

「何だって?」

私は襟を正さずにはいられなかった。いまの計算はよく分からないが、とにかく常吉はたった二日間で、タイムマシン理論を自家薬籠中の物としてしまったごとくである。

「ぼくの考えた推理を、源内の行動を追って話しましょう。ええと、まず源内がタイムマシンをもらうところからです。

一七六一年の春ごろと思われますが、江戸の源内のうちへ、ある日大八車のような物に乗った男がパッと現われました。それで、源内はおどろいて、『あんたはだれだ？』とでもきいたんでしょう。すると相手は風来仙人と名乗り、その大八車が、時を飛ぶ乗り物であることを説明した。それから気前よく、それを源内にくれてしまった。源内があっけにとられているうちに、相手はどこかに行ってしまいました。源内は仙人が残していった、そのタイムマシンを……もちろん、ほかの名で呼んだでしょうが……とにかく、それを活用して何かしようと思い、早速殿様に辞職願を出して身軽になった。そして源内はタイムトラベルの準備にとりかかった。ところが、タイムマシンはこわれていたんです。きっと、二百年飛んだ時の時間の圧力のせいか何かでしょうね。それで源内は、『根南志具佐』などを書いて生計を立てながら、マシンを修復する方法を考えた。そうそう、源内はこの時、風来仙人という名からヒントを得て、風来山人という号を考えたのかもしれませんね。

一七六五年になって、やっと復元図ができ上がり、源内はうちの先祖の大工常蔵に、マシンの修理をたのんだ。ごらんなさい。この絵図面の一部だけ筆太に書いてあるでしょう。ここが修理する部分ですよ、きっと……。

復元したタイムマシンに、源内は乗りこんだ。明和二年――一七六五年の春です。そして二百年後の世界へ行き、何かを見聞して帰途につきました。

無事出発点にもどって、源内がマシンをおりると、そこに自分がいた。しかし、その時はまだ両人とも、相手が自分であるとは気がつかない。そこで若い方が、『あんたはだれだ?』ってなことをききました。で、源内はとっさに、自分の号である風来仙人を名乗ってしまったんです。すると若い方は、変な輿《こし》にのってパッと現われたんだから、てっきりこれは風来という名の仙人だと思い、うやうやしく迎えました。

そのうちに源内は、四年前に自分が経験したことを思い出し、さてはあの時の仙人は自分であったか、と気がつく。そうなると、源内も勘のいい人だから、よくタイムマシン物にあるように、自分はあの時の仙人と同じ行動をしなければならないと感じ、『風流志道軒伝』の仙人が浅之進に羽扇を与えるくだりよろしく、勿体ぶってマシンの効能を説明した上、相手に与えてしまったのでしょう。惜しいけれど、そうしなければパラドックスが起こってしまうのだから、仕方がありません。

そして、この日から四年間は、二人の源内が同じ世界に共存していたわけです。それは年とった方の源内も心得てるから、人前でカチ合わないように気をつけていたんでしょうね。それに、自分の行動が若い方の自分の耳にはいって怪しまれないとも限らない。この点も、小才のきく源内のことだから、適当に手を打ったでしょう。

ただ一七六一年の世界にもどって間もなく、杉田玄白と一緒にカランスを訪ねた時、日記につけるのに、ついうっかり、もといた世界の年号、明和二年と書いてしまった。だが、じっさいは、玄白が『蘭学事始』に書いているように、宝暦十一年だったわけです」

「ふーん」

私はうなってしまった。まったく、いい線いってる。

「それから、マシンのこと及び二百年後の世界で得た知識をもとにして、『風流志道軒伝』を書いた。水準器や火浣布も作った。宝暦十三年、明和元年と、源内は沢山仕事していますが、これは源内が二人いたんだから当然でしょう。『物類品鷺』、『根南志具佐』あたりは、若い方の源内で、『志道軒伝』や器具の発明は、タイムトラベルをすませた方の源内といった按配《あんばい》ですか。そして明和二年に、若い方の源内が、タイムマシンの復元を終えて、未来の世界へ出発して行きました。

このあとは、本にある通りです。もう、残った源内一人きりですからね。彼は、タイムトラベルの理論、及び未来世界で得た知識に関する厖大《ぼうだい》な書物を書いて、世界中の人の肝を潰そうとしたのですが、費用の捻出に失敗してしまったわけです。

源内は、人々にもちろん多少は、マシンのことも話したでしょうね。しかし、さっきの文部省の話じゃないけれど、エレキテルでさえ手品扱いした当時の人に理解してもらえるわけはなかったでしょう。まして、マシンの現物はもうないんだし……」

「そうだね……とにかく、源内が四年前にもどったんだとすると、巷間《こうかん》伝えられる、源内の年齢の喰い違いも説明できるね。まん中で四年ダブッているわけだからね。当時は数え年だし、本人もつい元のままで年齢をいったりして、こんがらかってしまったんだろう」

「その手は、ほかにもありますよ。『放屁論』と『放屁論後編』に、神武紀元の年号が書いてあるんですが、両方とも二年間違えている、これも、こんがらがっている証拠ですね」

「ほう……」

私は『風来山人集』を開き、常吉のいう通りであることを知った。

すると、常吉がふいにいった。

「先生、このタイムマシンは、いったい誰が作ったんだと思います?」

「まてよ、源内は風来仙人からマシンをもらったわけだな……しかし、その風来仙人というのは、本当は風来山人で、源内自身なんだ。そうして、その源内自身は、もう一人の風来、いや源内自身から……」

「ふしぎですね、タイムマシンは、誰も作っていないんだ。二人の源内の間で、受け渡ししただけなんです。中途で修理したけれども……」

「そうだ、SFにある。これを存在の環というんだ」

私は思い出していい、かろうじて面目を保った。

「先生、ぼくの、源内が四年前にもどったという説は正しいと思いますか」

常吉がきいた。

私は、つとめて鷹揚《おうよう》に構えることにした。

「ああ、大体いいだろう。私も、あるいはそうじゃないかと思っていたんだ。源内は、一七六五年の世界から、二百年後の世界、つまり一九六五年の世界へ行こうとしたが、マイナス二年の誤差が生じて……あっ」

私は急に、体裁などかまっていられなくなった。私はどなった。

「そ、それじゃ、今年じゃないか！　一九六三年……」

「はあ、そうです」

落ち着きはらって答える常吉に、私は腹が立ってきた。私は、あえぐようにいった。

「きみはさっき、源内は春に出発して、春にもどったといったね」

「ええ、誤差は丁度年単位らしいです。帰ってから、カランスの所へ行って、もらったという『紅毛本草』という本に、源内は『明和二乙酉歳春三月得之』と書いています」

「おいおいおい」私は腰を浮かせた。「それじゃあ、もう間に合わないかもしれない、今日は三月三日だぞ」

「先生、つばきをとばさないで下さいよ、きったねえ。あのね、その三月ってのは、昔だから旧暦ですよ」

「そうか、旧暦」

私はがっくりと坐りこんだ。旧暦なら、まだ少なくとも一月ある。

しかし、と私は思った。源内は帰ってすぐ、カランスの所へ行ったとは限らない。

「場所はどこだろう?」私は早口でいった。「源内は自分のうちから出発して、同じ所にもどったんだね。源内は、そのころ、どこに住んでいたんだ?」

「宝暦七年、林榴岡の門にはいった時、聖堂に住んでいましたが、その後神田白壁町裏に移り、少なくとも明和四年まで、そこに住んでいたという記録があります」

「神田白壁町か。そこからマシンが出発したわけだな」

私は立ち上がって、本棚の所へ行き、東京都区分地図をとろうとした。

すると、常吉が手をあげて、とめた。

「地図には、白壁町は出ていませんよ。さっき、ぼくもしらべたんですが、いまはそんな町名ないんです。でも、いいんです」

「え?」

「まあ、坐って下さい。ぼくは気がついたんですが……宝暦十一年から明和二年までの四年間、この世には二人の源内がいました。そのうち、本を書いたり、器械を作ったり、沢山活動したのは、むしろタイムトラベルをしてきた方、つまり第二の源内です。だから、世間の人に知られていた、つまり白壁町に住んでいたのは、この第二の源内の方と考えていいんじゃないでしょうか。

では、第一の源内は、どこに住んでいたか。まだ聖堂に住んでいたでしょうか。聖堂は人の出入りのはげしい所だから、そこにいたら、二人源内がバレてしまったでしょう。そうすると、やはり先生が前にいった通り、『志道軒伝』の、羽扇をもらうくだりが、事実を書いたんだと見ていいと思います。源内は宝暦十一年、駿河台の『まばらなる庵』にすんでいて、そこでタイムマシンをもらったんです。四年間そこにいて、明和二年にマシンで出発した。第二の源内となって帰ってきて、第一の源内にマシンを与えたのち、自分は白壁町に居を構えた。と、こうぼくは思うんですが……」

私は溜息をついた。もちろん、常吉の説に異議はなかった。

常吉は決然といった。

「ここ一月ほどの間に、源内の乗ったタイムマシンが『駿河台のわたり小高き所』に出現します。学者に筆蹟鑑定を依頼してるひまなぞありません。ぼくは、あしたっから、駿河台へ行って見張ろうと思うのですが、先生も手伝ってくれますか」

……伊奘諾《いざなぎ》・伊奘冉《いざなみ》の二神《ふたばしら》、天《あま》の瓊矛《ぬぼこ》を指下《さしをろ》して、めつたむしやうに滄海《あをうなばら》を探《かきさぐり》しかば、其矛《ほこ》の鋒《さき》より滴瀝《したゞれ》る潮凝《しほこり》て焼塩となる。是よりしてから浮世といふ事始ける。

——『風流志道軒伝』巻之三より——

翌日から、常吉と私は張り込みを開始した。

私は自由業だから、時間の点はどうにでもなる。私は当分、夜だけ仕事をすることにした。知り合いの出版社にたのんで、そこの社員ということにしてもらって、国電の定期を買い、毎日駿河台へ通った。

常吉は、先祖のことで調査することがあるからと、洗濯物の配達をおやじさんにおしつけてしまい、これも定期を買いこんだ。

なにしろ、何日の何時に源内が現われるものか、全然見当がつかない。しかし私たちは、源内が少なくとも一日か二日は、この世界に滞在した——するというべきだろうか——という希望的推測のもとに、昼間だけ張り込めば、なんとかつかまえられるだろうと計算した。そうでもしなければ、とても体がもたない。

毎朝九時、二人は学生たちにまじって、御茶ノ水駅で降り、そこから二手に分かれて、駿河台二丁目と四丁目あたり一帯を、くまなくパトロールする。午前十一時と、午後二時、四時の三回、ニコライ堂前で落ち合い、情報を交換し合う。そして、もし源内を発見した場合には、話しかけてつなぎとめ、連絡時間にニコライ堂へつれてくる、という申し合わせだった。

三月のはじめで、朝のうちはまだ肌寒いが、駿河台の坂を何回か上り下りしているうちに、陽も高くなり、少し太っている私なぞは、汗ばんでさえくる。

しかし、のんびりと散歩を楽しんでいるわけにはいかない。私は常に四方に気を配り、タイムマシンを探すのである。少しでも大八車に類似したものが目につけば、かけよって調べる。最近は荷車が少なくなっているので、探索は楽だが、それだけに、荷車を見つけた時の興奮は大きい。私は、同じクズ屋の車に二、三度行き当たり、穴のあいたソフトの下に頰かぶりしたおやじに、顔を覚えられてしまった。車をジロジロながめる私を、おやじはうさんくさい奴と思ったのか、私の姿に気がつくと、車の向きを変えて引き返してしまう。私は、車の後部に底のぬけたバケツがぶら下がっていることで、それがタイムマシンではなく、クズ屋の車であることを知るのだった。

私は時おり、行きずりの人にきいてみることも、おこたらなかった。「この辺で、荷車を見かけませんでしたか」ときくと、大抵は、「さあね」と行ってしまう。「引っ越しの車ですか」とき返すのも、中にはいる。一人は、それから、「運送屋に持ち逃げされたのとちがいますか」と気の毒そうな顔をした。

ある日、私は連絡場所で、常吉にいわれた。

「先生、あんまり人に変なことをきかない方がいいですよ。この辺の学生やなんかの間で、ぼくたちのことが評判になってるらしい。変なのが二人、ウロウロしてるって——」

へたに警察にでもつかまったら、パトロールできなくなってしまう。私は、もうひとにきかないことにした。翌日から、できるだけ目立たない服装をするように心がけた。そろそろ春休みで、学生の数が次第に減っていくのは好都合だった。

二人は、雨の日も風の日も、一日も休まずパトロールをつづけた。しかし、目ぼしい獲物といえば、例のクズ屋の車のほかに、常吉の見つけた、水道工事屋の、万力のついた荷車があっただけだった。

二十日の午後二時、私がニコライ堂の前へ行くと、常吉は先に来て待っていた。

「先生」

と彼はいって、激しくせきこんだ。

「おい、カゼひいたのかい？　無理しない方がいいぜ。なんだったら、今日はもう帰って、寝たらいい」

「大丈夫です」と常吉はいった。「だけどね、先生、ぼくは自信がなくなりました」

「え？」

「源内は本当に、タイムマシンで、ここへ来たんでしょうか。今日はもう三月二十日です。いまだにタイムマシンが現われないところをみると、ぼくの推理したことは、どうもみんなコジツケだったんじゃないかな」

「いや、そんなことはないと思うがな。きみの理論は、ちゃんと筋道が通っているよ。

もう少し、がんばれば、きっと……」

「いえ、ぼくは先生にすっかり迷惑をおかけしちまって、ほんとにすまないと思ってるんです。もういいですよ。こんなバカバカしいことは、今日限り、もうやめましょう」

「常吉君、きみはつかれているんだ。そうだ、とにかく、その辺へ行って、たぬきうどんでも食べながら、相談しようじゃないか」

　私は、あたりを見まわし、御茶ノ水の駅に通じる通りの方へ、常吉をさそった。駅前に、たしかソバ屋があった。

　その通りは、その日まだパトロールしていなかった。私は一応、大八車を念頭におきながら、歩いた。常吉は、もうそんな物に興味がないのか、うつむきながら、あとについてくる。

　人通りは、ほとんどなかった。遠くの方に、学生らしい、若い女性の後姿が三つ見えるだけである。左側の大学の建物も、森閑としている。タイムマシンが現われるには、絶好の場所と思えた。私は、常吉のために、その出現をいのった。私は歩きながら、目をつぶってみた。

　とつぜん、けたたましい子供の泣き声がし、私は目をあけた。声は、行く手の大学の角を曲がった所から、聞こえてくるらしい。

　タイムマシンが出現して、子供がはねとばされたのであってくれ……もし、私に子供があり、はねとばされるのが私の子供であることが分かっていたとしても、私はやはりそう願ったにちがいない。私は角へかけつけた。

左手を見ると、大学の建物の向こうが、せまい駐車場になっている。その前で、四つぐらいの女の子が、火がついたように泣きさけんでいた。……駐車場には、国産車が二台とまっているが、あたりに大八車類似のものは見当たらない。

「ころんだのかな」

と私のうしろから常吉がいった。どうやら、その辺の見当らしい。

常吉が、そばへ寄って行った。彼は、ペコちゃんそっくりの女の子の前にかがんで、「どうしたの? きみ」とかいっている。若い女性の前では、からきし意気地のない常吉も、家庭相手の商売柄、子供の扱いにはなれている。

ペコちゃんは、何かいった。が、しゃくり上げながらなので、全然意味が通じない。べつにどこもすりむいていないようだが、乗りかかった手前、ほって行くわけにもいかず、常吉はなおもしきりに、なだめている。

「あら、どうしたのよ?」

背後で声がし、私はふり返った。三十ぐらいの女が、いそぎ足で近づいてくる。

女は私たちを不審そうに見てから、ペコちゃんのそばへよって、もう一度、「どうしたの? え?」といった。

ペコちゃんは又、何か声涙共に下る訴えをした。さすが母親には、その意味が分かったとみえ、エプロンで涙をふいてやりながら、きき返している。

「え？　どっかのおじちゃんが？　ご本、持ってっちゃった？」

母親は、ジロッと私たちを見た。

二人は両手をだらりと下げて、本など持っていないところを見せた。

「通りかかると、お嬢ちゃんが泣いてたもんですから」と常吉がいった。「どうしたのかと思って……」

母親の目から、やっと警戒の色が消えた。

「いいえね、さっき買ってやった絵本を、この子、どっかへ落としてきたらしいんですよ。それを、おこられるもんだから、よそのおじちゃんにとられたなんて、ウソついて……」

「そうですか」

と常吉は微笑し、ペコちゃんの顔をのぞきこんで、

「おじちゃんが買ったげようか」

といった。打てばひびくがごとく、ペコちゃんの泣き声が止んだ。

「どうぞ、そんなご心配なく……」

と母親も笑顔を見せた。

「なんて本ですか、動物の本？　それとも、お伽話《とぎばなし》？」

常吉は熱心である。駿河台まで、洗濯物の配達区域を拡張するつもりかもしれない。

「ええ」と母親はいった。「お伽話なんです、『ガリバー旅行記』」

「そうですか」

常吉はうなずいた。それから、「えっ、ガリバー？」と顔色を変えた。

私も気がついていた。二人は、しばらく、顔を見合わせて立っていた。

「あら、あんた」

母親のさけび声で、二人はギクリとした。

母親はペコちゃんのスカートにある、兎の形をしたポケットに手を入れていた。

「あれも、なくしちゃったの？　お父ちゃんにおこられるわよ」

彼女は、きつい声でいった。

ペコちゃんはワッと泣き出し、同時に何かいっている。

「どうしたんです？」

と常吉がきき、私も母親の顔を見た。

「ええ、さっき、この子ったら、オモチャに、うちの寒暖計を持ち出したんですけれども、それも、なくしちまったんです」

「寒暖計……」

と、常吉と私は、双生児のコーラスのように、声をそろえていった。

母親が、「どうもすみませんでした」といって、ペコちゃんの手をひいて去って行くのへも、二人は返事せず、茫然《ぼうぜん》と気のぬけたように、〝駿河台のわたり小高き所〟に立っていた。

「なくしたんなら、なくしたって、ちゃんといわなきゃ、だめよ……」母親の声が遠ざかって行く。「ウソついたって、すぐ分かるんだから。どっかのおじちゃんにとられたなんて……そんな、桃太郎の宝物の車みたいなのに乗った、おじちゃんだなんて……」

敵艦見ユ

「所長」とカトウがいった。「あまり頭を出すと、あぶないですよ」

オハラ所長は、ふとった体をモゾモゾと動かし、少し姿勢を低くした。「いや、まったく、ここへ来てよかった」つぶやくと、彼はふたたび、またたきもせず、前方を見つめはじめた。

檣《ほばしら》と煙突をバックにした艦橋は、さして広くない。いましも、そこへ幕僚たちの姿が揃いつつあった。

彼等の制服の濃紺色が、中央の羅針盤の周囲その他に並べられた真っ白な釣床《ハンモック》と、きわだったコントラストをしめし、目にあざやかである。

「まるで、あの……」

カトウがいいかけるのへ、オハラは、

「しっ」と制した。「大声を出すと、感づかれるぞ」

「ええ、まるで」カトウは声をひそめて、言葉をくり返した。「あの絵の通りですね」

「ああ」

オハラは、反射的に胸のポケットへ手をやったが、そこにはいっている、カトウのいった絵の複製を出してみるまでもなかった。二人とも、すでに、その絵を飽きるほどながめて、頭に焼き付けてしまっていた。

アメリカのイーストマン社から、フィルムを使ったコダックI型が発売された直後の時代である。戦場にカメラを持ちこむなどということは、ほとんどなかったにちがいない。あの絵は、後で、ここにいる人たちの記憶を参考にして描かれたものだろうが、いま二人の眼前に展開している光景は、まったく、それと寸分違わなかった。

羅針盤の少し後、左舷よりに立つ、短軀白髯《たんくはくぜん》の老提督。右手に、当時最も精巧な十二倍のプリズム双眼鏡を持ち、左手は、皇太子より下賜された、二尺一寸の一文字吉房の柄をしっかりと握りしめている。時の連合艦隊司令長官、東郷平八郎大将である。

長官の向かって右うしろにいる、精悍《せいかん》な面魂の男は、名参謀とうたわれた秋山真之少佐。左側の、これも参謀肩章をつけた、細面の人は参謀長加藤友三郎少将。そして、ずらりと居並ぶ三笠艦長伊地知秀珍大佐、砲術長安保清種少佐以下、幕僚の面々。一番奥で、距離測定儀をのぞく紅顔の若者は、後の海軍大将長谷川清の少尉候補生時代の姿だ。

速力一五ノット、艦橋の後に見える煙突からは、真っ黒な煙がもうもうと吹き出している。空の濛気《もうき》は、ようやく薄らぎ、このあたり特有の黄ばんだ青空が見えている。東郷司令長官以下、身じろぎもせず、近接しつつある敵艦隊を見つめて立つ艦橋。それが、右に左に、大きくローリングしている。対馬《つしま》海峡に波が高い。

オハラ航空研究所で完成した航時機T一号の第三回非公式実験の時点が、一九〇五年五月二十七日の対馬海峡に決められたのは、カトウ助手の強力な主張によるものだった。

「私たちは、第一回の実験で古生代に、第二回の実験で古代インカ帝国に行き、貴重な写真をとってきましたが、第三回としては、二十世紀初頭あたりへ行くのが適当ではないかと思われます。そこで思い出すのは、歴史に名高いツシマ海戦のことです。あの、トラファルガル海戦とならび称されるツシマ海戦に関しては、記録は沢山残っていますが、実況写真は一枚もありません。写真をとってくれば、博物館で喜びますよ」

ひどく飛躍の多い説明だが、その裏にカトウの個人的な魂胆がひそんでいることを、オハラ所長は見抜いていた。カトウは日ごろ、自分がツシマ海戦における日本海軍の参謀長加藤友三郎少将の三十八代目の子孫であることを自慢の種にしている。彼は、三笠艦上で活躍する先祖の姿を自分の目で見、写真をとってきて、その自慢の裏付けをしたいにちがいないのだ。

しかし、オハラ所長としても、鉄製の、火薬を仕込んだ砲弾が飛びかい、炸裂する、勇壮なツシマ海戦を目撃したいという気持ちは動いていた。それに、前回のインカ帝国で、所長はカトウに痛い所を握られてしまっている。妖艶な奴隷女を抱いている現場をカトウに見つかり、写真をとられてしまったのである。色よい返事をしなければ、カトウはその写真を所長夫人に提出しないとも限らない。

最後に一つだけ、所長はたずねてみることにした。

「カトウ君。ツシマ海戦は、野蛮な戦争だ。鉄の弾丸がふっとんでくる。その危険を、きみはどうやって回避するつもりかね?」

「簡単ですよ」とカトウはいった。「海戦後、旗艦三笠は、記念品として、しばらく横須賀に飾ってありました。痕をそのままにしてです。だから、前もってそこへ寄って弾丸の当たらない所をしらべておき、そこにいるようにすれば安全です」

諸般の準備がととのい、出発に際して、所長はカトウに一場の訓辞をのべた。

「毎度いうことだが、過去へのタイムトラベルにおいて、絶対遵守せねばならぬ事項が一つある。それは、過去の歴史に些《いささ》かの変更も加えてはならぬということだ。私ときみが過去の世界へ行った場合、少なくとも二人の記憶の中にある、歴史上の事実に、変化を与えるような行動に出てはならない。現在保存されている過去の記録には、一九〇五年に未来からのタイムトラベラーないしは、それと推測される人物が現われたという記述はない。したがって、私たちは一九〇五年に行って、そこで自分たちがタイムトラベラーであることを知られてはまずいのだ。この点、前二回の時とちがって気をつけなければならないのは、すでに一八九五年に『タイム・マシン』という小説が書かれている。タイムトラベルの意味を知っている人もいるわけだ。言動には、くれぐれも注意しなければいけない。

それから、きみはそそっかしいから、こういうことにも注意してもらいたい。私たちが一九〇五年の世界へ行って、道で、きみの先祖の加藤少将とすれちがったとしよう。この場合、少将に顔を見られること自体は、べつにかまわない。私たちは、むろん当時の人と同じ服装をして行くし、少将もまさかきみが自分の子孫だなぞとは思わないだろうからね。だが、その時、もしきみが、長い顔に山羊のようなヒゲをはやした少将の顔を見て、吹き出しでもしたら、大変なことになりかねない。少将は笑われたことを気にして、うちに帰ると一室にとじこもって鏡をつくづくながめたあげく、ヒゲを剃りおとしてしまうかもしれない。そうなると、三笠艦上における加藤少将の顔にヒゲがなくなってしまう。例の〝三笠艦橋の図〟における少将の顔と違ってしまうのだ。きみは吹き出したことで、過去の歴史を変えてしまったことになる。

その場合、私たちの運命がどうなるかは、きみもよく知っているだろう。私たちは、二度と、もといたこの世界には帰ってこられない。帰れるのは、少将の顔にヒゲがない絵が残っている、ここは全然別の世界だけだ。しかも、その世界では、少将の顔にヒゲがないことがもとで、千年の間に、ほかにもいろいろな変化が起こっているにちがいない。あるいは、きみのオク……」

「わかってますよ、所長」カトウは、聞くのもおぞましいというように、手をあげて、所長の言葉をさえぎった。「ぼくは、もしこの世界へ帰ってこられなかったら、首をっちまいますよ」

カトウは、ポケットから一葉の立体写真をとり出して、熱っぽい目で見つめた。新婚早々の奥さんの写真である。来年の春には、加藤少将三十九代目の子孫が誕生する予定だった。

一九〇四年五月二十日、ロシア皇帝ニコライ二世は、バルチック艦隊の東洋遠征を発表した。

すでに、二月九日、日露開戦と同時に、旅順口内にあったロシア極東艦隊は、日本艦隊の奇襲をうけて大損害を蒙《こうむ》り、さらに三月には日本海軍の旅順口閉塞《へいそく》によって身動きができなくなってしまっていた。この局面を打開すべく、優秀なバルチック艦隊を東洋に廻航して、太平洋艦隊、ウラジオ艦隊と合し、日本艦隊を一挙に殲滅《せんめつ》せんとはかったのである。

司令長官には新たにロジェストウェンスキー中将が任命され、艦隊の出航準備がととのったのは五カ月後の十月であった。その間、八月には、旅順口の包囲を破ってウラジオストックに脱出せんとしたロシア艦隊が黄海で日本艦隊にはばまれて、またしても大損害をうけるなど、極東の情勢はさらに悪化していた。

艦隊は十月十四日、バルチック海にのぞむリバウを出港、アフリカ回りと、スエズ運河経由の二手に別れて、航程蜒々《えんえん》一万八千浬《かいり》のウラジオストックに向かった。本隊は十二月十六日、南アフリカのルーデリッツに到着したが、そこに待っていたのは、乃木軍が二〇三高地を占領したという暗いニュースだった。同二十九日、マダガスカル島のサン・マリ着、ここでは、旅順口のロシア艦隊が全滅したという情報を得た。翌年一月八日、同島のノシベに入港して、先着していたスエズ経由の第二戦隊と合同、ここで二カ月間訓練を行う。三月十六日、ノシベ出港直前、奉天の会戦でクロポトキン軍が敗退したという最悪の報《しら》せがはいった。しかし、ロ提督は毅然《きぜん》として東方への航海をつづけた。四月十二日、四十五隻の艦艇は一隻の落伍《らくご》もなく仏印のカムラン湾沖に到着し、イギリス新聞をして、ロ提督を見直したといわしめたのだった。

一方、これを迎え撃たんとする日本海軍は早くから南遣支隊を派し、南清警戒艦を送り、また特務艦を仏印方面に向けるなど、万全の偵察態勢をとっていた。だがロシア艦隊は津軽、宗谷、対馬の三海峡のうち、どこからウラジオストックにはいるか、東郷連合艦隊司令長官のもと軍議は凝らされ、ついに鎮海湾で待つことに決定した。長官は、敵は対馬海峡を通過すると断じたのである。

五月十九日、哨戒《しょうかい》海面の区域が決定。二十一日、七十三隻の艦船が、済州島と佐世保を結ぶ線を一辺とし、その南方に正方形を描いた海面を碁盤の目に区画した、それぞれの部署についた。さらに、これに片岡七郎中将麾下《きか》の第三艦隊が加わり、海戦史上空前といわれる、人間の目と耳による索敵哨戒戦が開始された。

五月二十七日午前二時四十五分、哨戒線を北東に航行していた、第三艦隊所属の仮装巡洋艦信濃丸は、西方に明滅する灯火を発見した。近づいて接触を保ちつつ、その艦型をしらべる。四時四十五分、電信機のキイがはげしくたたかれはじめた。

〝敵艦隊二〇三地区ニ見ユ〟

オハラ所長とカトウ助手をのせた航時機T一号は、一九〇五年五月二十七日早朝、朝鮮鎮海湾の岸辺に出現した。直接、旗艦三笠のそばに現われることが、最も望ましかったが、ある時間における同艦の正確な位置を知ることは、敵将ロジェストウェンスキー提督と同様、不可能だった。しかも、T一号は水上に浮くように作られていない。同機は船としての機能はないのであった。

両名は、T一号を草むらにかくし、あたりにいた漁師をつかまえて小舟を一艘借りた。駄賃として、カトウがヌードの立体写真を与えかけるのを、あやうくおしとどめ、所長はかねて用意の金貨を船頭に渡した。

一九〇〇年イギリスのヴィッカースで建造された新鋭戦艦三笠は、鎮海湾の沖合いに、その排水量一万五〇〇〇トンの巨体を横たえていた。小舟を艦腹に漕ぎよせると、警戒の目をかすめて、ふとったオハラ所長は大変な苦労をはらい、そしてカトウ助手はごくやすやすと、艦内にしのび入った。

上甲板に出てみると、要所要所はすべて夜目にもしるく真っ白な釣床で保護され、水兵たちが忙しく往来している。寝床をとり上げられてしまった以上、乗組員は皆起きているにちがいない。

二人は水兵たちの中にまぎれこんだ。このことあるを予期して、二人とも水兵の制服と同じものを着ていたし、二千人近い乗組員が、全部互いに顔見知りというわけではないから、誰もあやしむものはいない。

後部スクリーンバルクヘッドのあたりをウロウロしながら、二人は一二インチ砲をながめたりして、戦機の熟するのを待った。

「所長、ここは一番敵弾を受けた所ですよ。この辺に近寄らないように、みんなにいってやりましょうか」

オハラ所長としても、できればそうしたいところだった。しかし、そんなことをいったって、誰も信じないだろうし、ひいては過去の歴史を変えることになりかねない。所長は断腸の思いで、カトウの提言をしりぞけ、艦内の偵察にとりかかったのだった。

三笠が鎮海湾を出港する直前、オハラ所長は髭《ひげ》もじゃの兵曹長に、何やら大声でどなられた。それが命令なのか、何か怒っているのか、所長の古代日本語の知識では判然としなかった。

「ワカリマシタッ」

所長は一言そう叫ぶと、カトウを探し出し、彼をひきずるようにして前部の最上艦橋にかけつけた。そこの隅の、かねて目をつけておいた安全地帯に身をひそめ、両人はツシマ海戦の幕あきを待ったのである。

〝敵艦見ユトノ警報ニ接シ聯合艦隊ハ直ニ出動之ヲ撃滅セントス本日天気晴朗ナレ共波高シ〟

この軍令部長あての海戦第一報を発信したのは、公式記録では午前六時二十一分になっている。

大将旗を掲げた旗艦三笠につづく戦艦敷島、朝日、富士、春日、日進。第二艦隊司令長官上村彦之丞中将の坐乗する巡洋艦出雲のひきいる装甲巡洋艦吾妻、常磐、八雲、浅間、磐手……。鎮海湾を出航した帝国連合艦隊の艨艟《もうどう》は、舳艫《じくろ》相銜《あいふく》み、威風堂々海波を蹴り、進路を東北にとって進んだ。

十一時半頃、竹島を左舷にして敵の航路を窺っていた第三艦隊より〝敵艦東水道ヲ通過シツツアリ〟との無線電信あり、本隊は進路を少しく南に転ずる。午後一時、沖ノ島が望見され、須臾《しゅゆ》にして第三艦隊と合同。これより三笠以下の第一艦隊、出雲以下の第二艦隊は駆逐隊をともなって更に進路を西に転じ、第三艦隊と第四駆逐隊は少し東に転じて、彷徨《ほうこう》するうち、旗艦スワロフ以下の敵艦隊が忽然《こつぜん》として南方に現われた。総数三十八隻、彼の軍容また堂々として、二列縦陣を作り、まっしぐらに突き進んでくる。

赤、黒、青、黄の四色に染めぬかれた信号旗が、旗艦三笠の檣頭《しょうとう》高く掲げられたのは、一九〇五年五月二十七日午後一時四十分のことであった。

〝皇国の興廃此一戦に在り各員一層奮励努力せよ〟

「あっ、Ｚ旗があがった！」

カトウが、それでも声帯を使わずにさけび、オハラ所長もゾクリと全身がふるえるのを覚えた。

いま、眼前の光景と、東城鉦太郎画伯の名画〃三笠艦橋の図〃との相違点を探すとすれば東郷長官以下諸将星の頭上にあがったZ旗が、ちぎれんばかりにはためいていることと以外になかった。

東郷司令長官は、双眼鏡を手に、敵艦隊を睨みすえたまま、一語も発しない。さっきから、長官は双眼鏡をほとんど使っていなかった。洋上にたなびく煤煙と濛気《もうき》を透して、肉眼で戦況をつかみ、双眼鏡はごくたまに目にあてるだけだった。

横に立つ加藤参謀長は、緊張のためか、顔面蒼白となっている。右側の秋山参謀の朱をそそいだような顔と対照的だ。

砲術長安保少佐は、じっと東郷長官を見つめ、命令の出るのを待っている。戦法により射撃諸元の綜合率を準備し、砲塔に号令を下さねばならないのだ。

歴史的な一瞬がせまりつつある。結末がどうなるか分かっていても、名作といわれるドラマは、手に汗を握らせる。まして、これは実況そのものなのだ。オハラ所長は、息苦しくなって、水兵服のボタンをゆるめた。

と、艦橋上の加藤参謀長の声が静寂を破った。

「長官、司令塔にはいられては、いかがですか」

オハラ所長は、脇腹に接したカトウの体が、とび上がったのを感じた。見ると、カトウは余計なことをいうなとばかり、先祖の参謀長をにらみつけている。じっさい、ここで東郷長官に司令塔にはいられてしまっては大変だ、長官はあの時、艦橋から敵前大回頭の命令を下したと昔の記録にあるのだ。二人は、長官がなんと答えるかと、その口もとを見まもった。もし、長官が司令塔へはいるといったら、とび出して行っても、連れもどさねばならない。

さいわい、二人に出番は、まわってこなかった。東郷長官は、加藤参謀長の言葉を聞き捨てにし、微動だにしなかったのである。歴史は、やはり定められた通りに推移しているのだった。

だが、二人が目を見交わして胸をなで下ろしたのも束の間、そこへまた予期しない事件が勃発した。加藤参謀長が、今度は、下腹をかかえて、うずくまってしまったのである。額に脂汗が浮かび、苦しそうにゆがめた顔は土気色だった。秋山少佐がかけよって、参謀長を抱きかかえるようにして何かいった。東郷長官も、心配げに、その様子を見下ろしている。

オハラ所長は、落ち着けと自分にいいきかせた。興奮からきた、一時的な腹痛にちがいない。この時代の人間には、よくあったことなのだ。おそらく、すぐ回復するだろう。歴史の大勢に影響を与えることもあるまい。

ところが、参謀長の直系の子孫であるカトウの方は落ち着いていなかった。彼は、先祖の苦悶するさまを目の前にして、すっかり動顚《どうてん》し、物かげから立ち上がってしまった。

所長は、あわてて、背の高いカトウを坐らせようと立ち上がったが、時すでに遅かった。棒立ちになった二人は、名将東郷提督の見とがめるところとなってしまったのである。

東郷長官の炯々《けいけい》たる眼光に射すくめられ、二人は不動金縛りになってしまった。手まねきされるままに、夢遊病者のごとく、ふらふらと長官の前に進み出た。

連合艦隊司令長官東郷平八郎大将は、千年後の世界から来たオハラ航時研究所長とカトウ助手に、親しく声をかけられた。

「お前たち、参謀長を艦内へ連れて行って、介抱せよ」

「ハイッ」

二人は直立不動の姿勢で敬礼し、唯々と長官の命を奉じて、加藤参謀長を両側からささえ、艦橋を降りて、艦内の参謀長室にはこび入れた。

参謀長をベッドに寝かせると、カトウが我に返ったように、ささやいた。

「山本さんを呼んできましょうか」

いま長官に声をかけられて、すっかりこの艦の人間になった気でいるカトウは、軍医総監の名を近所づきあいのようにいった。

が、所長は首をふった。

「いや、呼ばなくていい」

自分は医者ではないが、二十世紀初頭の軍医なぞよりはましだと思ったのである。

加藤参謀長は、ますます青い顔で、グッタリと身を横たえ、低いうなり声を上げつづけている。所長は、ポケットから、自分の考案したタイムトラベラー必携用品のはいった小型容器をとり出した。

ものの三十秒とかからず、所長は診察をすませた。

「へんだぞっ」と彼はつぶやいた。「参謀長はアマティロンを飲んでいる……」

所長は参謀長の髭の先を見つめて、ちょっと考えこんだ。それから、目を上げて、ハッタとカトウをにらんだ。

「お前の必携品容器を出してみろ!」

その時の所長の眼光は、さっきの東郷長官の、少なくとも半分ぐらいの威力があった。カトウはポケットをおさえて、あとじさりした。せまい部屋なので、すぐ壁ぎわに行きづまってしまった。

「ぼ、ぼくがやったんです」

と彼は、あえぎながらいった。

「何をしたんだ? 早くいえ」

所長がつめよった。

「ええ、さっき……」

カトウは、やっと呼吸をととのえ、話し出した。けさ、彼は艦内の調理場の前を通りかかった。内部では、ちょうど昼食の準備中だった。のぞいてみると、はしのテーブルに、でき上がった料理がならべてある。そばには誰もいないし、彼はふと二十世紀の人の食物を試食してみたくなった。そっとしのびよると、彼は皿の上のものを手にとった。この時代の食物には細菌がウョウョしていることを思い出し、必携用品の殺菌剤《アマティロン》をとり出して、ふりかけた。そして、何かの動物の肉らしい、その食物のはしを、ちょっとかじってみたが、ひどく生臭くて、すぐ吐き出してしまった。そこで、肉を皿にもどして、調理場を出たというのである。

「そうか。それでは、きみがアマティロンをふりかけた肉が、参謀長の食膳に上ったわけだな」

「……だと思います。でも、それがどうして……」

「この時代の人の体を知っているか。体中に細菌を持っているんだ。だから、アマティロンは、体中に浸透して活躍を開始する。見ろ」

ベッドの上の参謀長は、出来の悪いあやつり人形のように、全身を痙攣《けいれん》させはじめていた。

「……もちろん、生命には別条ない。しかし、回復までに少なくとも一時間はかかるだろう」

「…………」

「まったく、きみもとんだことをしてくれた」

オハラ所長は唇をかみ、ペンキ臭い天井を仰いだ。いまさら、カトウをおこってみたところで、どうにもならない。それよりも、当面の対策だ。

すでに一時四十八分になっている。そろそろ敵の砲撃が開始される時刻だ。そして、敵前大回頭が行われるのは二時五分のはずである。その時には、加藤参謀長はどうしても艦橋に立っていなければならない。さもないと……。

「よし、非常手段だ」

「え?」

「カトウ、そこへ坐ってみろ」

所長は、有無をいわせず、カトウをベッドの横へ坐らせ、必携品容器をあけた。

直系の子孫だけあって、風貌に似かよった所があるのは好都合だった。背の高さも大して違わない。所長は、容器の中に変装用具を入れておいた、自分の着眼のよさに敬服した。

三十世紀科学の粋を集めて作られた人工皮膚、つけヒゲ、色素。所長は、それらを使って、またたく間に、加藤参謀長の影武者を作り上げた。

「よし、これでいい」

所長が手を下ろすと、カトウもすでに呑みこんでいて、早速参謀長の服を脱がせて、自分の身につけた。服のサイズもちょうどピッタリだった。

「あと、きみのやるべきことは分かっているな」

所長は、本物の参謀長に睡眠薬を飲ませながらいった。

「大丈夫です、所長」

カトウは、偉大なる先祖の身代わりになる感激に、頬をふくらませて、うなずいた。

オハラ所長は、もといた艦橋のかくれ場所にもどった。東郷長官以下、さっきのままの姿勢でたたずみ、頭上にはZ旗がはためいている。そこへ、カトウ参謀長が、しずしずと姿を現わした。

秋山参謀が何かいうのへ、カトウは軽くうなずき返し、長官のわきへ行くと、二言三言、言葉を交わしている。本物とまるでそっくりの、悠揚せまらざる態度。所長は、すっかりうれしくなってしまった。これで、何もかもうまくいくにちがいない。

「距離八五〇〇メートル」

測定儀の長谷川少尉候補生の上ずった声が、さらにとりつがれて、長官のもとへととどく。すでに敵艦隊は着弾距離内にはいってきたのだ。

しかし、東郷長官は黙然と前方をみつめたまま、微動だにしない。時間は刻々とたっていく。どういう戦法をとったらいいか、長官は決めかねているのではあるまいか。オハラ所長は、少し心配になってきた。

艦橋の安保砲術長も、気が気ではない様子である。

「もう八五〇〇でありますが」

大声で、長官の注意をうながした。

と、カトウが、ふいに安保少佐の方を向いた。

「砲術長、きみ一つスワロフを測ってくれ」

所長は、艦橋へとび出し、カトウの口をおさえに行こうとしたが、到底間に合うはずはなかった。

(なんという、大それたことを……)

砲術長に自らスワロフの距離を測って報告させ、それによって長官の決意をうながすつもりだったのだろうが、それにしても勝手な発言を……。

いや……所長は、とつぜん思い出した。たしか、この時加藤参謀長が同様の発言をしたという記録を読んだような気がする。ここへ来る前に、一応ツシマ海戦に関する資料をしらべたのだが、その中に……。そうだ、間違いない。加藤参謀長は、いまカトウがいったのと同じ言葉を砲術長にいったのだ。

カトウも、その記録を読んでいたのだ。だから、過去を変えないように、一生懸命その通りの発言をしたのだろう。でかしたぞ、カトウ。所長は、音をたてずに拍手する方法はないものかと思った。さすが、わしの高弟だけのことはある。

艦橋上では、カトウの命令によって、安保少佐が測定儀の所へ行き、長谷川少尉候補生に代わってのぞきはじめた。ほどなく、少佐は顔を上げて、どなった。

「もう八〇〇〇が切れました」つづいて、たたみこむように、「戦闘は、どちらの側ですか」

砲術長としての責任が、言外にあふれていた。

東郷長官は日ごろ、「戦闘は七〇〇〇メートル以内にはいらなければ砲火の効果はあがらない」といい、この日は接戦になることが予想されていた。それにしても、彼我の距離は、すでに八〇〇〇メートルを切っているのだ。敵を右に見て戦端を開くのか。それとも、左に見てか。または、敵と並んで平押しに戦うか。それとも、すれ違って反航戦となるか。その戦法さえ決まれば、鎮海湾入港以来連日重ねてきた猛烈な実弾射撃訓練の成果を、ただちに発揮することができるのだ。

艦橋の人々も、かくれ場所のオハラ所長も、ひとしく東郷長官の顔を見つめて、決断を待った。

しかし、東郷長官は、いぜんとして口をとじたままである。

もう間もなく二時五分になる。オハラ所長は、安保少佐以上に気が気ではなくなってきた。早くしないと間に合わない。命令は〝取舵〟にきまっているのに……。

艦橋上のカトウ助手も、この時、オハラ所長とまったく同じ気持ちだったといえる。そして、まずいことに、彼は東郷長官のすぐわきにいたのだ。彼は、とうとうたまりかねて、長官のそばへよった。

「長官」とカトウはいった。「取舵にいたしましょうか」

（しまった……）

オハラ所長は、眼前にかすみがかかったような気がした。彼は、そのあとの出来事を夢の中のようにしか覚えていない。

……東郷長官は加藤参謀長と顔を見合わせ、何事かささやき合ったと見えた瞬間、加藤参謀長の甲高い声が響いた。

「艦長、取舵一杯！」

「えっ、取舵ですか？」

伊地知艦長が反問した。

「さよう、取舵だ」

加藤参謀長は固い表情で、いい放った。時まさに二時五分。

東郷長官より軍令部長あて海戦第二報

〃聯合艦隊ハ本日沖ノ島附近ニ於テ敵艦隊ヲ追撃シ大ニ之ヲ破リ敵艦少クモ四隻ヲ撃沈シ其他ニハ多大ノ損害ヲ与ヘタリ我艦隊ニハ損害少ナシ駆逐隊水雷艇隊ハ日没ヨリ襲撃ヲ決行セリ〃

オハラ航時研究所長は、わけが分からなくなってしまっていた。

結局、カトウの提案した〃取舵〃が東郷長官の採用するところとなり歴史的な敵前大回頭が行われた。二時十分、三笠は敵艦との距離六四〇〇メートルで第一弾を放ち、つづいて全艦がつるべ射ちの砲撃に移った。世界に誇る下瀬火薬《シモセメリニツト》の驚くべき爆発威力のせいもあったにせよ、このキャッピング・ポジション（隊首制圧）という大胆な戦法をとったからこそ、曠古《こうこ》の大勝を博すことができたのにちがいなかった。

取舵一杯――全速のまま艦首を左方に回転させ、敵前につっこむというのは、じつに危険きわまることである。その間、こちらからは砲撃できず、敵に腹部を曝《さら》したままなのだ。事実、二時八分に敵の砲撃が開始されてから約二分間、我が方は撃たれっぱなしだった。まさに捨身の戦法である。最初に取舵の命令が出た時、伊地知艦長が驚いてき返したのも、無理からぬことであろう。

しかし、東郷長官は、大英帝国海軍協会が表彰状でネルソンと並べてその功績を称えたほどの名提督である。あの場合、キャッピング・ポジションの戦法をとるべきだということは、おそらく最初から考えていたにちがいない。だから、カトウの意見具申がなくても、もう少し待てば、自ら〝取舵〟の命令を下したのではあるまいか。カトウの意見具申は、必要なことだったのか、余計な差出口だったのか。カトウのあの言葉は、結果として、過去の歴史に大きな変更が加えられることを阻止したのか。それとも、反対に、歴史に小さな修整を加えてしまったのか。オハラ所長は、二十九日三笠が鎮海湾に帰投するまで、そのことを考えつづけていた。

　本物の加藤参謀長の方は心配なかった。約一時間で回復し、ニセ者と交代した。その時、催眠指示によって、その一時間の記憶を、参謀長の頭に植えつけておいた。ただ、意見具申のくだりはとりやめ、長官が自らの意思で取舵の命令を下したことにしておいた。所長は、すべてを、少しでも歴史本来の姿に近づけたかったのである。

　T一号が航時研究所へ帰りついたのは、一号の出発を見送っていたカトウの愛妻マリが、ハンカチを振っていた手を下ろしかけた時だった。

「あら、故障したの？」

　とマリがきいた。

　カトウはそれに返事せず、ポケットの立体写真を出して、ひきくらべながら、矢つぎばやにマリに質問をあびせ、元いた世界の愛妻に違いないかどうか、たしかめようとしている。

だが、オハラ所長の方は、マリがキング・コングのような怪物に変わっていたとしても、気がつかなかったかもしれない。彼は二人を尻目に、となりの図書館へ殺到した。ツシマ海戦関係の資料は、別にして、まとめてあった。が、その厖大《ぼうだい》な資料を、いちいち読書機にかけて聴いてみる余裕はなかった。所長は資料全部をかかえると、さらにとなりの電子頭脳室へかけこんだ。資料を丸い穴にほうりこんでから、電子頭脳がそれらを読み終えるまでの二分間が、所長にはほとんど無限のように感じられた。いっそ、T一号に乗って二分後の世界へ行こうかと思ったほどである。

やっと、電子頭脳に、資料を読み終わったしるしの黄色ランプがついた。所長はさっそく質問した。

「ツシマ海戦つまり日本海海戦において、敵前大回頭を発案したのは誰か」

《もう一度、ゆっくり、いって下さい》

と電子頭脳は答えた。

所長は舌打ちして、「やはり安物は駄目だな」とつぶやいてから、質問をゆっくり、くり返した。

電子頭脳はいった。

《伊藤正徳著『大海軍を想う』には、まず加藤参謀長が東郷司令長官の意をはかって、

『長官、取舵にいたしましょうか』といい、これに東郷長官が同意を与えた、ということが書いてあります。また、小笠原長生中将の書いた東郷元帥詳伝にも、同様のことが書いてあります……》

所長はカトウの所にかけつけ、奥さんに代わってキスしてやりたくなった。彼は前もってこれらの本をよく読んでいたので、先祖の身代わりになった時、おくせず、その通り行動したのにちがいない。

だが、所長が心ゆくまで安堵《あんど》の吐息をつこうとした時、電子頭脳が、《ところが》といった。

「え？」

《ところがです》

と電子頭脳はゆっくり、いい直した。

「なんだ、早くいえ」

《海戦の時、少尉候補生として東郷長官と同じ艦橋にいた今村中将、砲術長だった安保大将、この二人がのちに語ったところによると違うのです。安保砲術長が、『戦闘はどちらの側ですか』ときいてからしばらくして、東郷長官の右手がサッと左方に半円を描いた。そして長官は参謀長を見返ったというのです》

「すると、敵前大回頭の発案者は、やはり東郷長官自身というわけか」

所長は、そういいながら、逃げ腰になった。もし、この説が本当だとすると、それと違う過去を体験してきた自分は、いまそれを聞いた瞬間、この世界から消滅するかもしれないのだ。

しかし、あたりの様子に変化がないことは、使い古した電子頭脳が相変わらず耳ざわりなノイズを出しつづけていることでも分かった。そして、電子頭脳は、《必ずしも、そういうわけではありません》と落ち着きはらった声を出した。

「え？」

電子頭脳は、言葉をゆっくり、くり返したのち、

《東郷元帥自身は、後に小笠原中将に、こう語っておられます》

「おう、それは……」

所長は身をのりだした。

《あれは、だれが手をあげた、だれが考えたというものではない。前年の黄海海戦の苦い経験を経て、幕僚はいうにおよばず、だれでもが敵の頭をおさえねばならぬと考えておった。だれそれがどうしたというのは枝葉末節である》

電子頭脳は、それきり黙ってしまった。質問に対する回答は終わったようである。

名将にして、この言あり。枝葉末節とは、けだし名言だと所長は思った。これで、すべてが丸くおさまることになる。加藤参謀長が腹痛を起こしたことなぞも、枝葉末節で

あろう。艦橋にいた人たちも、戦後そんなことは忘れてしまったにちがいない。

T一号のある部屋の方へもどりながら、オハラ所長は、人間の記憶というものは実に曖昧《あいまい》なものだと痛感した。しかし、その曖昧さが、自分たちを、時間の流れの中で迷子になるのを救ってくれたのだ。これが昔の本にある、神の摂理というものかもしれない。

T一号の前で、カトウが奥さんのマリを前にして、首をひねっている。彼の愛妻に関する記憶にも曖昧な点があるのだろうか。

オハラ所長は、ふと自分の奥さんのことを考えた。すると、不思議なことに、奥さんの顔がどうしても思い出せなかった。おそらく何カ月も研究所にこもって実験をつづけていたせいだろうが、奥さんがどんな女だったか、としはいくつだったか、すべて記憶が曖昧模糊としているのである。

所長は、うちへ帰って奥さんの顔を見るのを、この時ほどたのしみに思ったことはない。

二重人格

1

うす汚れたコンクリートの壁……いや天井が見えていた。ここはいったいどこだろう、と彼は思った。

起き上がろうとして、からだを少し動かすと、まわりから数人の男の顔がのぞきこんだ。

「だいじょうぶですか」

「どこか痛みますか」

心配そうにいうので、彼はソファの上にゆっくり起き上がりながら、自分のからだを見まわしてみた。上着が脱がされ、ネクタイが横にずれている。ネクタイ止めは、なくなってしまっていた。肘掛の上に乗せられていた両足は、靴をはいたままだった。

左腕の上膊部《じょうはくぶ》に、かすかな痛みを感じたので、彼は右手でその部分をもみ、左腕を二、三回曲げたりのばしたりしてみた。それから人々に向かって、「だいじょうぶです」と答えた。

すると、金筋入りの制帽をかぶった、チョビひげの男が、

「隅のほうにおられたので、かえってよかったですな、踏まれずにすんで」

と、うれしそうにいった。

やっと、彼は思い出した。駅の地下道に降りたとき、急に人波が押し寄せてきて、コンクリートの壁に押しつけられてしまったのだ。最後に、目の前の若い女性がキャーッとさけんだのを覚えている。

しかし、こうやって、明らかに駅長と思われる人物が、つききりで心配してくれているところを見ると、自分が唯一の被害者らしい。あの、生まれてはじめての大声を出した女性も、いまごろは、けろりとして家路をたどっているに違いない。

「わたしも、なんとかせねばと思っているのですが、なにしろ……」駅長は、この駅の厖大《ぼうだい》な乗降客数を誇らしげに暗誦《あんしょう》し、「一応、病院へおいでになっていただいて、精密検査をお受けになっていただきたいと存じますが……」

やたらに丁寧な言葉を使うのは、どうしてもそうさせたいからであり、結局は命令形

にひとしい。

しかし、そういわれて、彼は急に心配になってきた。新聞によく出ている後遺症というのがある。どこも痛くないが、あのとき頭を打ったかもしれない。それに、肋骨などは、べつに痛みを感じなくても、レントゲンで調べてみると、ヒビが入っていることがあるという。

駅長が、手帳と鉛筆を取り出して、かまえた。

「おそれいりますが、ご住所とお名前を……」

「ええ、練馬区……」

駅長はサラサラと鉛筆を動かしたが、それきり彼が何もいわないので、「練馬区」と復誦した上、待っている。だが、彼は唇を練馬区のクを発音した形にしたまま、床の一点を見つめていた。

ふいに、彼はあたりを見まわし、「上着は?」といった。

「ここにあります」

若い駅員が、おそるおそる紺の上着を差し出した。

彼は、それをひったくるようにして取ると、内ポケットに手を入れた。

「定期がない!」

彼は悲痛な声を出した。

「人波にもまれているときに、落とされたのでしょう。きみたち……」

手持ちぶさたの鉛筆を指揮棒代わりに活用した駅長の一声で、あとの全員が定期券探索に飛び出して行った。

「もう少し、そこで横におなりになったら」と駅長がすすめた。「いま車を呼びますから」

駅長は、住所氏名はあとでいいと考えたのか、手帳を制服のポケットにしまいながらデスクに寄ると、電話機を取って、何かいいはじめた。専門用語を使っているので、よくわからないが、車の手配をしているのではないことは、たしかだった。ほかに、もっと急を要する仕事があるのだろう。駅長にとって、彼の事件などは、ごく些細なできごとでしかないのだ。

この、経験ゆたかな駅長がそう考えているくらいなら大丈夫だ。彼はそう思って、ソファの背に頭をもたせかけた。頭を少し休めれば、何もかもはっきりするに違いない。ちょっとしたことなのだ。

前にだって、何度か、いまと同じような気持ちになったことがある。就職がきまって、学生時代の下宿から江古田のアパートへ引っ越して三日めだかに、うっかり元の下宿のある高田馬場で電車を降りてしまった。それから、富士見台のうちの番地が去年変更になったが、いまでもときどき元の番地を書いてしまうことがある。

へんだぞ、と彼は思った。やはり、おかしい。なんだか、頭が混乱してしまっている。おれのうちは、いったい江古田と富士見台のどっちなんだろう。

彼はガバと身を起こした。それどころじゃない。おれの名前は……おれは、いったいだれなんだ……。

彼は、上着とズボンのポケットの中の物を取り出して、ソファの上にならべた。小銭と、イニシャルのはいっていないハンカチ、それにペシャンコになったハイライトとライター……。名刺や身分証明書は、すべてビニール製の定期入れにはいっていることを思い出した。

タバコの中身は、衣紋竹《えもんだけ》そっくりに変形していて、火をつけるのに、だいぶ手間がかかった。彼はやっとのことで、最初の煙を吐き出すと、ライターをながめた。このライターをデパートで買ったとき、店員のすすめに従って、無料でイニシャルを彫ってもらえばよかった……いや、ちがう、このライターは、デパートで買ったのではなく、ユキ子にもらったのだ……。

彼は、いそいで腕時計を見た。防水、自動巻き、カレンダーつき十七石の国産腕時計は、持ち主と同様、外観はどこにも損傷はなく、針は六時三十八分を指していた。

駅長は、いつの間にか、いなくなっていた。ほかの人たちも、もどってこないところを見ると、定期は見つからなかったのだろう。

彼はタバコを踏み消すと、ソファの上の物をぜんぶ元のポケットへもどしてしまった。病院へ行ってレントゲン検査をしてもらったところで、本当の名前がわかるはずがない。そんなことより、ユキ子と六時四十五分に会う約束がある……。

2

見覚えのある、ネービーブルーのスーツが人混みの中から現われたのは、七時四分すぎだった。

ユキ子が待ち合わせに遅れてくるのは、いつものことである。それも、だいたい二十分と相場がきまっていた。

彼のほうはしかし、いつもだと、約束の時間を十分すぎたころから落ち着かなくなり、その辺を行ったり来たりしはじめるのだが、きょうにかぎって二十分間、身じろぎ一つしないで、考え込んでいた。彼がからだを動かしたのは、そばで宝くじを売っているおばあさんが、それが癖なのか、口をゆがめては奥歯をシューッといわせるのがカンにさわって、二、三メートルわきに移動したときだけだった。

「ごめんなさい、おそくなって」ユキ子は、かけ寄ってきて、彼の左腕にすがった。

「お化粧室が満員だったのよ」

彼はニッコリした。お化粧室は、いつも満員になる。もちろん、彼女の勤めているのがマンモス・デパートだからだろう。

彼は左腕に力をこめて、ユキ子の手を腋《わき》の下にはさみ、二〇センチほどの距離にある、塗りたての唇を見つめた。店員割引で買った外国製ロ紅のあざやかな色彩。これも間違いなく、いつもの光景だった。

「もうお食事してる暇ないわね。最終回は七時二十分からよ。行きましょう」

ユキ子に引かれて、彼は歩き出した。行き先はユキ子にまかせておけばいい。彼は、ほかのことを考えつづけていた。そして、まともに質問するよりも、ずっといい方法を思いついた。

「ユキちゃん」彼は歩きながら、つとめてさりげない調子で話しかけた。「女はふつう、結婚すると、男のほうの姓を名乗ることになってるけど、そのおかげでときには、女の名前が、その……」

ユキ子は、彼を見上げて微笑した。

「へんな名前になるっていうんでしょ。スポーツ新聞に出てたわ。エッチ！」

「あいてっ」彼は右手で、左の脇腹をさすった。「でも、たとえば、きみがその、もしもだよ、もしぼくと結婚した場合は心配ないよね」

「あら、そのプロポーズの仕方、なんて本に出てたの？……そうね、佃《つくだ》ユキ子っていうの、わりかしイカすわね。考えとくわ」

彼は左腕に力をこめた。

「男のほうが女の籍にはいる場合も、たまにはある」

「うちのパパ、こないだ、くにの山を売っちゃったの。二束三文ですって。奥村正博……ちょっとリズムが悪いわね」

もう大丈夫だ、と彼は思った。ユキ子は、おれのフルネームを自分の口からいってくれた。おれは間違いなく佃正博なのだ。

「まあまあだね」と彼はうれしくなって、いった。「中には、へんな名前にはならなくても、舌を嚙みそうな名前になるのがあるからね」

多加子がそのいい例だ、と彼は思った。

「猪股《いのまた》多加子なんて舌嚙みそうな名前になるのいやだから、あたし、あなたと結婚するの、一時はやめようかと思ったくらいよ」

と彼女はこの間もいっていた。多加子の実家は小川という姓だが、彼女の父親も、名前をつけるときに、まさかその赤ん坊が将来、猪股という男と結婚するなどとは、思いもしなかっただろう……。

彼は、あわてて、その考えを打ち消した。名前の語呂のことから来た妄想に違いない。おれが猪股銀二なんていう男であるはずがない。それに、女房だっていやしない。おれは佃正博という独身者なのだ。

「佃さん」とユキ子がいった。「早くしないとニュースが見れないわよ」

左腕が軽くなって、そのかわり、背中に圧力がかかった。彼はもう少しで、キップ売り場の前に立っている、グリーンのセーターの女にぶつかってしまうところだった。

その女が五百円札と一緒に差し出している、赤いビニールの学生証入れが目にはいったおかげで、彼は内ポケットに手を入れずに、紙入れを紛失したことに気づいた。

女子学生が去り、窓口の向こうに、入場券綴りの上でガラスの定規をかまえた、黄色い手が見えていた。低音ブザーが、これでもかと鳴りつづけている。

と、彼の手が無意識に胸ポケットへ行き、薄く四つに折った五千円札をつまみ出した。

「二枚」

と彼は窓口へいった。

黄色い手が、おつりの千円札をかぞえはじめたところで、彼は窓口の上の上映時間表を見る余裕ができた。が、とたんに、「あっ」とさけぶと、いそいで映画館の前の歩道まで、かけもどった。彼は、そこで入口の上の大看板を見上げた。ユキ子が寄ってきた。

「この映画でしょ？　佃さんが見たいっていってたの。もうはじまっているのよ。早く……」

左腕をひっぱられ、彼は自動的に窓口へ行って、入場券とおつりを受け取り、館内にはいった。

スクリーンには、スライドの広告が映っていた。ユキ子は彼を引き立てて、前から十列めほどの席に坐ると、ハンドバッグからフォックス型のメガネを取り出してかけ、これも入場料のうちとばかり、熱心にスライドを鑑賞しはじめた。

スライド広告の間は、彼も落ち着いていることができた。が、ニュースがはじまると、もういけなかった。

ニュース映画なんていうのは、いつだって学生デモと北海道の風景が出てくるんだ、と彼は自分にいいきかせた。おれは、ゆうべ八時すぎまで会社に残って、写植の指定をやっていたんだ。その時間に、新宿の映画館で、これと同じニュースを見たなんてことが、あるはずがない。

ついに、問題の劇映画が、はじまってしまった。彼は何分間も必死に努力を重ねたすえ、やっとまぶたをおさえつけ、目を閉じることに成功した。日本映画でないのが、さいわいだった。スーパーインポーズが目にはいらなければ、外国語の会話は、ぜんぜん何をいっているのか、わからない。

だが、しばらくして不意に銃声がとどろき、彼は思わず目を開いてしまった。スクリーンに映っているのは、まぎれもなく、あのシーンだった……。

彼はギュッと目を閉じた。おれは、やはり頭が変になったのかもしれない。

半年ほど前に読んだ本に『精神病理学入門』というのがあった。しろうと向きに平易に書かれ、ベストセラーになった本だが、その中に「既視の体験」というのが出ていた。いま目の前にあるものが、はじめて見るものであるにもかかわらず、前にどこかで見たような気がする……これは既視の体験といって、精神分裂症の症状の一つだという。おれが精神分裂病だなんて、まさか……彼はブルッと身震いした。と、横のユキ子がふり向いた。

「トイレなら、いまのうちに行ってきたほうがいいわよ」

「うん」

彼は、うなずいて立ち上がった。

廊下に出てみると、新宿の映画館とは感じがかなり違うので、彼は少し気がらくになった。

トイレには、ほかにだれもいなかった。彼は便器の所へ行かず、手洗いの前に立って、鏡をのぞきこんだ。

そこに映っているのは、少し青ざめてはいるが、間違いなく、二十七歳の佃正博の顔だった。

やはり、おれは佃正博だ。そのことは、ユキ子もさっき、はっきり証言してくれた。

自分が猪股銀二だなどというのは、妄想なのだ。しかし、なんでおれはそんな名前を……。

彼はふと思いついてトイレを出、廊下を見渡した。売店のわきに赤電話があるのが、目にとまった。彼は、ポケットから小銭を出しながら、そこに近づいた。

送受器を取って十円入れると、彼は頭に浮かんだ番号をまわした。すぐ呼び出し音が聞こえた。それを五つまでかぞえたとき、送受器のはずれる音がして、彼はドキリとなった。

「はい」

と受話器から女の声がした。

「もしもし」

と彼はいってみた。

「あら、あなた? いまどこにいるの?」間違いなく、多加子の声だった。「……またマージャンね。なるたけ早く帰ってね。ぼうやが熱を出したの」

「えっ、ぼうずが?」

彼が大声を出したので、売店の女がふり向いた。

「さっき先生に来ていただいたんだけど、カゼですって。心配ありませんて」

「そうか……」

「お食事はいいのね、今晩は」

「ああ」

「なるたけ早く帰ってね」

「ああ……じゃ、切るぞ」

彼は送受器をかけると、手をそこにのせたまま、しばらく考えていた。それから思いついて、赤電話の十円玉戻し口を指でさぐってみた。

そこに十円玉はなかった。いまのはやはり、幻聴ではなかったのだ。ほんとうに多加子が電話に出て、しゃべっていたのだ……。

彼はポケットをさぐり、タバコを取り出した。タバコは、さっき以上にペシャンコになっていた。彼は舌打ちをして、まだ四、五本残っている包みをひねりつぶし、コーラの紙コップ用のくず箱へ捨ててしまった。

彼は売店で、新しいハイライトを買って、ソファに坐った。タバコの長さの半分ほどまで、たてつづけに二本吸い、さらに三本めに火をつけた。が、それを一センチほど吸っただけで、灰皿スタンドに捨てて、立ち上がった。

スクリーンには、見覚えのある、炎天下のメキシコ砂漠が映っていた。その照り返しで場内はけっこう明るく、彼は大股に客席内をつき進んだ。

「ユキちゃん、ここを出よう」

ユキ子は、おどろいて顔を上げた。

「どうしたの？　何かあったの？」

「いいから、出よう」

彼はユキ子の腕を取り、ひきずるようにして、出入口へ行った。ユキ子はドアの所でふんばって、主役が危機を脱するのをたしかめたのち、廊下へ出た。

「会社のお仕事？　そんなら、あたし一人で……」

彼は、かまわずユキ子の腕をはなして、一人で映画館を出てしまった。前の歩道に立つと、ちょうど空車のタクシーが近づいてきた。彼は大きく手を上げた。

映画館の入口でちゅうちょしていたユキ子が、かけ寄ってきた。

「ちょっと……」

彼はだまって、ユキ子のからだをタクシーのシートへ押し上げ、つづいて乗り込んだ。

「銀座」

と彼は運転手にいった。

タクシーが走り出すと、彼は、はじめてユキ子に微笑《ほほえ》んでみせた。

「映画なんかより、もっとたのしいことをしようと思ってね」

ユキ子は、まぶしそうに、彼の視線を受けとめた。

「今夜の佃さん、いつもと人が違うみたい……」

彼は一瞬微笑を消したが、すぐまた蘇らせた。

「こんなぼく、きらいかい？」

「ううん」

ユキ子は、かぶりをふった。

3

最初に彼の姿に気づいたのは、カウンターの中の顔見知りのバーテンだった。

彼が軽くうなずいてみせると、バーテンは頭を下げて、

「いらっしゃいませ」

といっただけだった。が、その声で、横にいるマダムが気づき、彼のほうを向くと、にこやかにこういった。

「猪股さん、おひさしぶりのご入来ね」

彼は反射的に、うしろにいるユキ子を見た。ユキ子は物珍しそうにバーの内部を見まわしており、いまのマダムの声は耳にはいらなかったらしい。

と、だれかに肩をたたかれ、彼はふり向いた。

「山川さん……」

と彼はいった。相手はユキ子のほうに目配せして、ニヤリとすると、ドアから出て行ってしまった。

彼は、いそいでカウンターに近づいた。マダムが何か話しかけようとするのへ、自分

のほうから身を乗り出し、相手の耳もとで二言三言ささやいた。

「まあ悪い人ね」

マダムは小声でいって、入口で身をかたくしているユキ子のほうにチラリと目をやり、

「わかったわ」

とウインクした。

彼はユキ子をさしまねき、一緒に奥の席のほうへ歩きながら、マダムのほうをふり返ってみた。マダムはスミ子という女を呼んで何か話していたが、彼の視線が合うと、またウインクしてみせた。

二人がならんでボックス席に坐ると、ほどなくスミ子が来て、向かい側に坐った。

「こんばんは、ツクダさん」

いかにもわざとらしい、名前の呼び方だったが、ユキ子はそれを何かべつの意味に取ったらしく、横目でスミ子と彼を見くらべている。

「ツクダさんは水割りね。こちらさんはジンフィーズはいかが?」

ユキ子が目で助けを求めたので、彼は、「ああ」といった。

ユキ子は日ごろ、バーやナイトクラブはおろか、深夜の秘密パーティにまで行ったことがあるような口ぶりだが、どうやら、それらはすべて週刊誌の受け売りで、こういう場所へ来たのは、生まれてはじめてらしい。

やがて飲み物が運ばれてくると、ユキ子はおそるおそるジンフィーズに口をつけ、口あたりがいいと知ると、ジュースのように飲みはじめた。そして、グラス一杯を飲み終わったときには、真っ赤になってしまっていた。

ユキ子は彼の肩にもたれかかり、気息えんえんとして、いった。

「今夜の佃さん、すてきだわ、すごく男らしくて……」

このバーへ来た目的は、はいってきたときにすでに達せられている。長居をする必要はなかった。彼はスミ子にたのんで、車を呼んでもらった。

その夜、彼は忙しかった。ほとんど二人ぶんの活躍だった。

彼は酔いつぶれたユキ子を抱きかかえてハイヤーに乗り、大久保の小さなホテルへ行った。一時間ほど、そこで「休憩」すると、ユキ子の酔いもすっかりさめたので、タクシーをつかまえて、彼女を下落合の家へ送って行った。家の前で、ユキ子は自分からキスを求め、「いつパパに会ってくれる?」ときいた。彼は、「電話するよ」と答えて、大いそぎでタクシーにもどった。

つぎにタクシーをとめさせたのは、江古田の古びたアパートの前だった。カギをなくしてしまったので、彼はまず管理人をたたき起こし、それから二階へ上がった。佃正博の部屋に、彼はほんの数分間いただけだった。部屋を出ようとして、思いついて、天井からさがっている、ボーイング747のプラモデルをはずした。

飛行機をこわさないように持って、タクシーに乗ると、彼は運転手にいった。

「つぎは富士見台だ」

4

「あなた、七時半よ」

猪股銀二は、妻の多加子の声で目をさました。

「どうだ？　ぼうずのぐあいは」

何よりもそのことが気になり、彼はとなりに寝ている、四つになるむすこの額に手をのばした。

「うん、熱が引いたな。よかった」

「ええ……さあ、早くしないと遅刻するわよ」

かけぶとんをめくられ、彼はいつもの日課にとりかかった。用便、洗顔、着替え、朝食……その間、ちょっとぐずぐずしていると、たちまち、「遅刻するわよ」と多加子の声が飛んでくる。この朝は、いつになく気分がさわやかで、着替えが終わるまでに、二回しか多加子に声をかけられなかった。

ダイニング・キッチンのテーブルについて、トーストを食べはじめると、多加子がコーヒーをつぎながら、話しかけた。

「あの飛行機、とてもよくできているわね。ぼうや、きっと大喜びするわ」

「飛行機？　飛行機って、なんだ？」

「あら、また忘れてしまったのね。ゆうべ、ともだちにもらったっていって、持ってきたじゃない。あれ、ジャンボでしょ」

「へえ……そうだったかな」

酔っているときのことを覚えていないのは、きょうにはじまったことではないので、二人ともなんの疑いも起こさず、その話はそれで打ち切りになってしまった。多加子は、ハンカチを出すために寝室へ行き、彼は隣室のテレビのニュース・ショーの声に耳をかたむけはじめた。

と、多加子の声が近づいてきた。

「あなた、定期入れがないわよ」

「そうだ……きのう帰りに落としちゃったんだ」

「まあ、あなたって人は……」

さいわい、時間が切迫していた。彼は多加子の差し出す上着を着ると、すぐ家を飛び出してしまったので、それ以上文句をいわれずにすんだ。

西武線と地下鉄とで、東京駅まで約五十分、その間ずっと立ち通しである。

立ち通しは馴れているので平気だが、池袋での乗り換えで、またきのうのような目にあってはたまらない。彼は、西武線はいつも三両目に乗ることにしているのを、きょうはいちばん前の車両に乗り、池袋で降りると、人々の先頭に立って改札口を出た。

向こうから、反対に下りの電車に乗る数人の人たちが、改札口に近づいてきていた。その中の、サングラスをかけた中年の男を見て、彼はおやと思った。どこかで見た顔なのだ。すると、相手も彼に気づき、立ち止まって笑顔でうなずいた。彼は、うしろの人波に巻き込まれないよう、足早にななめに、右側の、その男の前へ行った。

「ずいぶん早いね。この間はどうも……」

と相手がいうので、彼は、

「どうも……」

と答えたものの、その男がどこのだれなのか、どうしても思い出せなかった。

「ゆうべ、この先でテツマンしちゃってね。これから朝帰りさ。あ、タクシー乗り場はこっちじゃなかったな。じゃあ……」

そういうと、男はきびすを返して、あたふたとタクシー乗り場のほうへ行ってしまった。

地下道に降り、自動販売機でキップを買っている間も、彼はいまの男のことが気になってしかたがなかった。大学の先輩だろうか、それとも仕事関係の人か……。

彼がやっと、いまの男がだれだか、思い出したのは、地下鉄に乗って、何気なく車内広告に目をやったときだった。その、きのうも見た、週刊誌の広告には、いま人気の女性歌手の写真が出ていた。あの男は、見覚えがあるはず、その歌手と一緒に毎週テレビドラマに出演している乗杉宅也というタレントなのだ。

しかし、ブラウン管を通じて知っているだけで、もちろん個人的なつき合いはない。向こうはこっちを知らないはずである。それなのに、どうして親しげに声をかけてきたのか、きっと、だれかと人違いしたのだろう。そう考えるよりほかなかった。

役所へ着いて一時間ほどは、何も変わったことは起こらなかった。彼は、きのうのつづきの、塵芥《じんかい》処理工事の見積書のチェックを、ぼんやりとやっていた。

「建築詳細図参照」とあるところで、彼はA0判の大きな図面を開くのがめんどうになり、タバコを出して火をつけた。とたんに彼は、ゆうべのペシャンコになったタバコを思い出し、さらに定期をなくしたことに思いあたった。帰りに駅へ寄って、定期が見つかっていなかったら、新しいのを買わねばならない。身分証明書をもらってきておく必要がある。

椅子をずらせて立ち上がり、二、三歩ドアのほうへ歩いたとき、彼はギクリとして立ち止まった。頭の中の佃正博が目をさましたのである。

彼は腕時計を見た。ゆうべ遅かったので、佃正博のいつもの起床時間を大幅にすぎていた。ひるまでに印刷所へ入れる原稿がある。早く会社へ行かねばならない。

彼は、あともどりして、係長の席へ行った。係長は、書類綴りを前において、お茶を飲んでいた。

「きのうの見積書ですが、はっきりしないところがあるので、これからちょっと現場へ行ってきます」

係長は彼を見上げ、だまって、うなずいた。この係長が部下に声を出してしゃべるのは、競馬の話をするときぐらいである。いま、べつに機嫌が悪いわけではない。

彼は、一礼して、部屋を飛び出した。

5

部屋の入口で、彼はあやうくだれかと衝突しそうになった。

「佃君、机の上にのっているからね」

相手は、そういいながら、すれちがって行った。

「やっときます」

彼がふり返って答えたときには、副編集長はすでに廊下の角に姿を消していた。

室内は閑散としていた。編集長はアメリカ出張中だし、ほかの連中は、出張校正で印刷所へ行っているのと、取材に出ているのと、それからあとはまだうちで寝ているのだ。彼の机の上に原稿用紙をクリップで綴《と》じたのがのっていた。「マージャン道場」の原稿である。対談を速記したのへ、本人と副編集長の手で、やたらに書き込みがしてある。半年ほど前、副編集長が彼を呼んで、「きみ、マージャンは好きかい？」ときいたので、「ぜんぜん、やりません」と答えた。すると副編集長は、「なまじ知らない者のほうがかえっていい」といって、それ以来、「マージャン道場」が彼の担当になったのだった。

彼は十四字詰十行の原稿用紙を取り出して、ボールペンで清書をはじめた。いつになく身がはいり、スイスイとたちまち五枚書き進んだ。

それから、ボールペンを投げ捨てて、原稿を手に取ると、夢中になって読みはじめた。とつぜん、彼はハッと顔を上げ、あたりを見まわした。壁に貼られた、創刊以来の表紙、ポスター、進行予定表……経理のデスクで、日本語のうまい外人カメラマンが、女の子とふざけ合っている。

彼は立ち上がって本棚の前へ行き、いちばん下の段にならんでいる百科事典の中から、「ニ」の項のあるのを引き抜いてきた。それを机にのせると、あるページをさがして開いた。目的の項目は、左ページの下にあった。

〈二重人格＝自我の統一性が障害を受け、二つの異なった人格が交替して現われる現象。三つ以上の人格が現われる場合は多重人格と呼ばれる。人格が交替すると、性格・態度・容貌も変化し、多くの場合、人格Bは元の人格Aを記憶しているが、AはBを記憶していない。米国のC・H・シグペンおよびH・M・クリクレーが報告した三重人格の症例は『イブの三つの顔』として小説化され、映画にもなった。またスチーブンソンの小説『ジキル博士とハイド氏』も二重人格の症例にヒントを得て書いたものといわれ……〉

彼は、しばらく考えたのち、メモ用紙を取って、その上でボールペンをかまえた。どっちを先に書くかということで、ちょっと迷ったが、結局、アイウエオ順でいくことにした。彼はまず「猪股銀二」と書き、ついでその横に「佃正博」と書いた。

彼は腕組みをして三十秒ほどながめたのち、メモ用紙をむしり取ってまるめ、壁ぎわにあるくずかごめがけて投げた。コントロールは正確だったが、くずかごは先客で超満員だったので、メモ用紙ははね返って、彼の足もと近くまでもどってきた。くずかごの真上に、社長直筆の「整理整頓」と大書された紙が貼ってある。彼はメモ用紙を拾って、上着のポケットへ入れてしまった。彼はスチール椅子の背にもたれ、壁に貼られた、アメリカ製のヌード・ポスターを見つめた。かんじんな所をかくすように、片足を上げてポーズしているが、すれすれのところで毛がチラリと見えている。最近、アメリカでは、このくらいは許されるようになったらしい、と、彼の頭の中で、一つの声がいった。

——佃君、きみの仕事場は、なかなかいいじゃないか。

もう一つの声が答えた。

——そうですか。でも、やたらに雑用ばかり多くて……。

——そりゃ、あたしのところのようにはいかないだろうな。うちの役所は、人数は多いが、まるでお通夜のようだ。それにひきかえ、ここはだれもいないのに活気がある。あ、きみ、仕事があるんじゃないか。

——ええ、この原稿をひるまでに印刷所へまわさないといけないんです。ちょっと失礼します。

彼は三十分ほど、仕事に没頭した。それが仕上がると、女の子を呼んで渡し、タバコに火をつけた。

——お待たせして、すみませんでした。

——いや……さっそく、さっきのつづきを考えようじゃないか。あたしたちは、やはり二重人格だろうか。

——百科事典に出ていたのとは少し違うようですね。二つの人格が交替して現われるって書いてあったけど、ぼくらの場合は、この通り、同時に現われている……。

——うん、それとBはAを記憶しているが、AはBを記憶していないとあった。あたしは、さっきここへ佃正博として来てからのことをぜんぶ覚えているが、きみはどうだ。さっきの役所のことを覚えているかい。

——ええ、覚えていますよ。立派な建物ですね。あ、そうか、ぼくは途中まで寝ていたんだ。ぼくが寝ている間に、何か変わったことは起こりませんでしたか。

——うん、べつに……電車の中でも、それから駅でも、きのうみたいに人波に押されて気絶するようなこともなかったし……そうだ、西武線の改札を出たときに、知らない人に呼びとめられたな。いや、こっちでは知っているんだが、むこうが……。

——え？

——ほら、テレビ・タレントの乗杉宅也さ。あの人に、いきなりあいさつされたんだ。きっと人違い……。

——猪股さん、乗杉宅也なら、ぼくが知っているんです。先週もインタビューに行ったし。

——え、あ、そうか。じゃ、むこうはきみだと思ったんだな。

——なんて、いってました？

——ゆうベテツマンして、これから帰るんだって。

——あの人もマージャンが好きだからな。それだけですか。

――いそいでタクシー乗り場のほうへ行ってしまった。そういえば、へんだな。最初は改札口のほうへ行こうとしていたんだ。それが、あたしと話したら、急にまわれ右をして……。

――待ってくださいよ。これは、ひょっとすると特種だ。

――え？

――あの乗杉宅也はね、おくさんもこどももいるんですが、最近ある女性とのうわさが持ち上がっているんです。本人はひたかくしにしているんですけど、うちの調べでは、相手の女性というのが所沢に住んでいることがわかったんです。きっと、その女性のうちへ行くところだったんですね。朝早くだから、まさかだれにも見つからないだろうと思って。ところが、あなたと……いや、ぼくとパッタリ会ってしまったので、あわててゴマ化して引き返した。副編集長に聞かせたら喜びますよ、現場をおさえたんですからね。猪股さんのおかげです。

――早起きは三文のとくってわけかな。

――ぼくも、あしたっからせいぜい早起きしますよ。あっ、そうか。ぼくは、いやでも猪股さんにつき合わなきゃならないんだ。

――それだよ、問題は。話を元へもどそう。あたしたちは、やはり二重人格だろうか。

――二重人格だとしたら、特殊なケースですね。

――うん。いま、こうして二つの人格が同時に出ているが、あたしはきのうまで三十二年間、ずっと猪股銀二で通してきたんだ。佃正博なんて名前は聞いたこともなかった。

――猪股さんは三十二歳ですか。

――うん。きみは？

――二十七です。ぼくだって、きのうまで佃正博一本だったんです。それが、きのうの夕方、あなたと一緒になっていたんです。やっぱり、頭を打って、おかしくなったんでしょうか。

――ぜったいに、そうじゃない。きのう二人が一緒になってからも、あたしの周囲の人は、あたしたちを猪股として扱ってくれているし、きみのほうの人は佃正博として扱っているんだ。これは妄想じゃないよ。

――猪股さんは、いままでに気を失うようなことはありましたか。

――え？　いや、気絶したのはきのうがはじめてだが、どうして？

――それから、猪股さんはいつも何時に寝て、何時に起きるんですか。

――寝るのはだいたい十一時ごろだな。ときどき、マージャンで遅くなることもあるがね。起きるのは日曜日以外、七時半きっかりだ。

――ぼくは、寝るのが十二時ごろで、朝は九時です。だとすると、ほんのちょっとしかずれていないから、いままで無意識に二重生活をしていたってことは、ありえないわけですね。

――なるほど、そうか。その通りだ。二重生活は、きのうからはじまったんだ。

――だとすると、ぼくらはきのうまで、ぜんぜんべつの人間で、べつの生活をしていた……。そうだ。猪股さん、SFに出てくるパラレル・ワールドっていうのを知っていますか。

――なんだい？　それは。SFっていうと空想科学小説だな。きみは、そんなのを読むのかい？

――ええ……パラレル・ワールドっていうのは、日本語で多元宇宙。宇宙には、無数の世界が並行して存在しているっていう考え方なんです。日本が太平洋戦争に勝った世界もあるだろうし、オズワルドが暗殺に失敗してケネディがまだ生きている世界もあるだろう。それらの無数の世界が、ちょうどトランプのカードをつみ重ねたように、重なって存在している。カードは二次元の平面ですが、こっちは三次元の空間だから、それが四次元のひろがりの中で重なっているわけです。

――あたしゃ、そういう、ややこしい話はにが手だよ。

――それで、その無数の世界の中に、猪股銀二がいて佃正博がいない世界と、佃正博がいて猪股銀二のいない世界があった。そうして、この猪股銀二と佃正博は瓜二つだったんです。ところが、きのうの夕方、ぴったり同じ時間に、両方の世界で、猪股銀二と佃正博が地下道で人波に巻き込まれて気を失った。その瞬間から、両方の世界が混線してしまったんです。というより、同じ時間にまったく同じことが起こったので、二人のからだを接点として、両方の世界がくっついてしまった。……こういう考え方はどうでしょう？

——うん……まあね。まあ、とにかく、そのパラなんとかにしろ、とにかくこういう状態になってしまったんだから、しようがない。これにどう対処するかのほうが先決だよ。

——そうですね。

——ジキルとハイドみたいなぐあいにはなりたくないからね。

——困ってしまいますよね、こんな二重生活は。

——うん……しかし、二人が一緒にいるおかげで、いいこともあるな。

——さっきの特種ですか。

——それもあるが、それより、ゆうべのことさ。ゆうべはたのしかった。

——そうですね。あのバーは感じがいいですね。あすこ、高いんでしょう。

——まあね……いや、あたしのいっているのは、あのユキ子さんて人のことさ。おかげで、いい思いをさせてもらった。やはり、処女の味はかくべつだな。

——猪股さん……。

——ハハハ、やいているのか。きみだって、うちの女房とやったから、おあいこさ。どうだい？　うちのやつも、なかなかいいからだをしているだろう。

——そんなことより、どうします？　これから。

——そうだね。あたしのほうは、うちの役所はのんきだから……。

——あ、役所へ帰らなくていいんですか。

——夕方ちょっと顔を出せばだいじょうぶさ……そうして、きみのほうは出勤時間がうるさくないらしいから、いまのところトラブルは起こっていない。きみ、あたしたちがもし、二人とも猛烈サラリーマンか何かだったら、たいへんなことになっていたな、いまごろ。

——そうですね。だから、トラブルが起こらないうちに、早くなんとかしないと……。

——何か解決の方法があるだろうか。

——猪股さん、結局、一つのからだで二人ぶんの生活をするのは無理だということですね。となれば、解決策としては、それを一人ぶんの生活にしぼるよりほかない……。

——いったい、どうやってしぼるんだい。

——いま思いついたんですがね、二人のうち一人を抹殺すればいいんじゃないですか。

——抹殺？

——というと、おだやかじゃないですが、つまり二人のうちの一人を蒸発させるんです。どちらかが蒸発したことにして、二人であとの一人ぶんの生活をするんですよ。

――なるほど、これはいい考えだ。たとえば、猪股銀二を蒸発させて、こんご二人で佃正博として生きていくわけだな。仕事の面で、あたしがきみをいろいろ手伝ったりして、それから……うん、これはきっとうまくいくよ。

――そうすると、まず問題は、猪股銀二と佃正博のどっちを蒸発させるかってことですね。

――だから、猪股銀二でいいじゃないか、いまいったように。

――いえ、やはりぼくが身を引くべきだと思います。両親はもう死んでしまったし、ぼくが蒸発しても、なげき悲しむ人はいないから……。

――ユキ子さんがいるじゃないか。

――あ、そうだ……こまったな。

――だから、やっぱりあたしさ。

――でも、おくさんとぼうやがいるでしょう。

――うちのやつは平気さ。気の強い女だからね。あたしが蒸発したって、そのうちきっと適当なのを見つけて再婚するよ。ぼうずだって男の子だ、心配ない。とにかく、佃正博一本で行くってことになれば、あたしは五つ若返って独身にもどり、もう一度青春がたのしめるんだ。きみだって、元のさやにおさまるんだから、異存はないだろう。

——ええ、しかし……。

——いいから。さあこれできまった。どうだい？　二人の新しい前途を祝って、どこかで乾杯しようじゃないか。腹もへったし。

——そうですね、朝から何も食べてないんだから。

——え？　けさ、うちで食事したんだぜ。

——あ、そうですか。それはどうもごちそうさまでした。

——いや……そうだ。これからはきみが主体になるんだから、何事もきみの意思を尊重しないとな。じゃ、きょうはじめての食事をするとして、この辺にうまい店はあるかい？

——ええ、まかしといてください。

6

佃正博の行きつけのレストランで、佃正博が、Aランチを注文し、猪股銀二が、「それから生ビールの大二つ……いや一つだ」

といった。

——さあ、これであたしもいよいよ新しい生活にはいるわけだ。ひとつ、よろしくたのむ。

――こちらこそ……。

――きみのほうは、いままでと同じでいいわけだが、あたしは何もかも知らないことばかりだ。いろいろ指導してもらわないと……。あたしも、できるだけのことはする。

――これからは、何をするにしても二人がかりですからね。心強いです。

――でも、ケンカをしないように気をつけような。ずっと一緒に生活していくんだから。

――それは心配ないと思いますよ。よく、いうでしょう。顔が似ている人は性質まで似ているって。ぼくら二人は、いままでそっくりな人間同士だったんだから、きっと気が合うと思います。

――うん、そうだね。……しかし、ほんとうに夢のようだな。あたしはもう、あの役所に行かなくていい、多加子にも、もう文句をいわれないですむ。

――でも、猪股さんが蒸発したら、おくさん大さわぎするでしょうね。

――そうかな。

――ええ、きっと警察に捜索願を出すでしょうし、それからテレビに出て、人さがしをするかもしれませんよ。

――テレビか。そんなことされたら、まずいな。きみのまわりの人の目にでもはいったら……。

——ええ、それからぼくが心配なのは、ぼくらがユキ子と一緒にいるとき、バッタリおたくのおくさんに会うかもしれない。

——そんなことになったら、たいへんだよ、きみ。

——ねえ猪股さん、あなたを蒸発させるという案は、この際、一応白紙にもどしませんか。

——しかし……。

——ぼくらが勝手にきめないで、どっちを蒸発させるか、第三者にきめさせたらどうでしょう。たとえば、ぼくらの目の前で、最初から、おたくのおくさんとユキ子を会わせてみるんですよ。ぼくらがだれかの決定を二人にまかせるんです。

——まかせるっていったって、きみ、多加子はあたしたちのことを猪股銀二だというだろうし、ユキ子さんは佃正博だというだろう。さしずめ、とっくみあいになるぜ。

——そうか。おたくのおくさんは強そうだし、ユキちゃんが負けますね。ユキちゃんがかわいそうだ。

——多加子が勝って、富士見台へひきずりもどされたんじゃ、あたしもかなわない。もとのモクアミだ。これはだめだよ。もっと、ほかにいい考えはないかね。

——三角関係がだめだとすると、それ以外の二人の知り合い、……あ、そうだ、猪股さん、その反対を考えたらどうでしょう?

──というと？

──ぼくらはきのうまで赤の他人だったけど、二人には、それぞれ知り合いが大勢いるでしょう。もしかすると、共通の知り合いがいるかもしれない。そういう人、さがしてみるんです。

──なるほど。そう、この前フラリとはいったバーで、ホステスと話していたら、その女が女房の遠い親戚であることがわかった。あわててそのバーを飛び出してしまったけれどね。そういうことがあるもんだ。あたしたちにも共通の知り合いがあるかもしれない。さがしてみる手だな。何かの解答が得られるかもしれない。

──でも、共通の知り合いをどうやってさがします？　ぼくだけでさえ、ひとからもらった名刺が箱に五つ、いっぱいになってるんです。一人一人あたっていたら、たいへんですよ。

──きみはどこの生まれだい？

──深川です。

──江戸っ子か。あたしは甲府だから、こどものころの友達は一致しないな。すると、あたしが東京へ出てからだ。きみとあたしは五つ違いだったね。そうすると、学生時代もすれ違いか。

──猪股さんは大学、出るとすぐ、あの役所へ？

――土木科を出て、はりきって就職したんだが、まさか毎日書類の整理とは知らなかった。きみは、うちの役所関係に知り合いはないかな、記事のことか何かで会った人とか……。

――さあ、ぜんぜん……。

――仕事のほうもだめとなると……ええとつぎは趣味だな。きみの趣味は?

――プラモデルです。

――プラモデル? ああ、こどもの作るあれか。そうだ、思い出した。ゆうべはうちのぼうずに、飛行機をありがとう。

――いいえ……猪股さんは趣味は?

――いろいろあってね。まずマージャン……。

――ぼくはマージャンは、ぜんぜんだめなんです。ただ仕事で……あっ、そうだ。

――なんだい?

――ぼくは、自分じゃやらないけど、仕事のことでマージャン関係者、大勢知っているんです。たとえば、ほら、ゆうべバーでぼくにあいさつした人がいるでしょう。あの人は、西銀座で洋服屋をやっている人で……。

――えっ、山川さんを知っているのかい?

――じゃあ、猪股さんも……。

――あの人は、あたしのマージャンの先生だよ。あのバーで知り合ってね。

――そうですか。世の中は広いようでせまいですね。

――うん。さてと……これで山川さんが二人の共通の知り合いであることが、はっきりした。山川さんの店は、ここから、そんなに遠くないだろう。

――歩いて二、三分ですよ。

――それじゃ、とにかくここを出ようか。

だいたい、猪股銀二も佃正博も、酒はあまり強いほうではないし、西銀座へ向かう彼の顔は、生ビール一杯でだいぶ赤味がさし、それに比例して、頭の中もにぎやかだった。

――山川さんは、あたしたちの顔を見たら、いったいなんというだろうね？

――さあ……。

――あたしは、どうもふにおちないことがある。山川さんは、二人の共通の知り合いだ。ということは、山川さんのほうから見れば、猪股と佃という二人の知人がいるということだ。ところが、この二人が瓜二つ……それなのに、山川さんは一度もあたしを佃君と取り違えたことがない。それに、知り合ってもう二年ぐらいになるが、山川さんは一度もきみのこと、話したことがない。そっくりな人がいれば、話題にするものなのに。どうもへんだ。

――ぼくは、山川さんとのつき合いは、まだ半年ぐらいですが、同じです。きっと、その辺に何かがあるんですよ。これから会ったら、山川さんは、ぼくらを猪股銀二として扱い、佃正博なんて知らないというかもしれない。あるいは、その反対をいうかもしれない。どっちにしろ、山川さんの言葉がぼくらの、これからの行く道を決定してくれることになります。

——片方が妄想だったということになるわけだね。きのうからのできごとの半分は幻覚で……。

——さあ、どういう解釈になるかは、そのときになってみなければわかりませんが、とにかくその場合、世界がそういう方向に進行しているんですから、山川さんの言葉に従うよりほかないでしょう。

——うん……しかし、そのどっちでもない、山川さんに猪股か佃か判断できない場合だって、あるかもしれない。

——そのときは、山川さんも、ぼくら二人の騒動に巻き込まれているわけです。だから、山川さんにぜんぶ打ち明けて、相談に乗ってもらいましょうよ。

——そうだな。いずれにしろ、山川さんは、あたしたちの、これからの運命のカギを握っているわけだ。山川さんに会うのが、なんだかこわくなってきた……。

——あ、もうすぐです。ほら、あすこの洋服屋ですよ。

——山川さん、店にいるかな。

行く手の左側に山川洋服店の看板が見えていた。彼は、そこに向かって、道路を斜めに横断しようとした。

と、どこからか、声がした。

「やあ……」

彼は立ち止まって、あたりを見まわした。

声は、洋服店の二階の窓からだった。

——あっ！

——山川さんだ！

彼は山川氏の顔を見つめた。きっと名前を呼んでくれるに違いない。どっちの名前をいうか……。

山川氏は大声でいった。

「あぶない！」

彼は何もわからなくなった。

山川氏の手配で彼はすぐ病院へ運ばれた。

病院で手当てを終わったところへ、多

山川氏の手配で彼はすぐ病院へ運ばれた。

病院で手当てを終わったところへ、ユ

加子がかけつけてきた。彼女は、とびついて打撲傷だけであることをたしかめると、やっとふだんの口調になって、いった。

「びっくりしたわ。いきなり電話がかかってきて、あなたがいま自動車にはねられたっていうんですもの。いそいでぼうやをおとなりにお願いして、タクシーで来たのよ」

「ぼうずのカゼはだいじょうぶなのか」

「もうすっかり元気になったわ。そうそう、あれぼうやがバラバラにしちゃったから、すてたわよ、ゆうべの飛行機」

　飛行機？……彼は一生懸命思い出そうとつとめた。頭がぼんやりして、ゆうべからのことが、ところどころ思い出せない。


キ子がかけつけてきた。彼女は、とびついて打撲傷だけであることをたしかめると、やっとふだんの口調になって、いった。

「びっくりしたわ。なんとなく会社に電話したら、佃さんがいま自動車にはねられたっていうんですもの。いそいでおともだちに交替してもらって、タクシーで来たのよ」

「上の人にことわってこなかったの？」

「そんなひま、あるもんですか、佃さんの一大事ですもん。ねえ、ゆうべあのホテルでいったこと、わすれないでね」

　ホテル？……彼は一生懸命思い出そうとつとめた。頭がぼんやりして、ゆうべからのことが、ところどころ思い出せない。

「これ何かしら?・」

彼の上着をたたみ直していた多加子が、しわだらけの紙を差し出した。

「え?・」

受け取ってみると、その紙には、彼の名前とならんで、知らない男の名前が書かれてあった。

彼は、その名前をどこかで聞いたことがあるような気がした。

が、そんなことはどうでもよかった。

彼はその紙をまるめると、窓から投げすててしまった。それからベッドの中にもぐりこんだ。

「おい」と彼はいった。「ぼうずんとこへ早く帰ってやれよ」


「これ何かしら?・」

彼の上着をたたみ直していたユキ子が、しわだらけの紙を差し出した。

「え?・」

受け取ってみると、その紙には、彼の名前とならんで、知らない男の名前が書かれてあった。

彼は、その名前をどこかで聞いたことがあるような気がした。

が、そんなことはどうでもよかった。

彼はその紙をまるめると、窓から投げすててしまった。それからベッドの上にすわり直した。

「ユキちゃん」と彼はいった。「ぼくと結婚してくれないか」

記憶消失薬

私が、毎週たのしみにしている九時十五分からのテレビ番組を見ようとして、スイッチを入れた時に、そのセールスマンはやって来た。きちんとした身なりの、感じのいい若い男だったが、カバンを床において、月並みの宣伝文句を始めそうになったので、

「おい、君、うちは」

私は、不快の表情をあらわして、ことわろうとした。

彼は部屋のすみのテレビに目をやりながら、

「折角おたのしみのところをおじゃまして申し訳ありません。まだ、コマーシャルのようですから、その間だけ、一寸《ちょっと》私の話を聞いていただけませんか」彼は強引にしゃべり出すと、私に口をさしはさむ余地を与えなかった。「私がここに持っておりますのは、

今までにない特殊な薬です。私の父が四十年間苦心研究の結果、やっと最近創製に成功した物なのです。勿論これは、学界に発表した上、政府の許可をとって一般に発売すべきでしょう。しかし、この薬を誰でも使えることになると、一部の人々が悪用して社会に混乱をまき起こすおそれがあるのです。それで私は、この薬の性質を理解して頂けそうな方をお訪ねし、御試用を願っているのです」

テレビのコマーシャルは丁度終わろうとしている。

「それで、その薬は何にきくんだい？」

私は彼に結論を早くいわせて、お引きとり願おうとした。

「いえ、この薬は、飲んで何にきくなどという物ではありません。この薬をのむと、実に、ある期間の記憶を消すことが出来るのです」

「記憶を？」

「そうです。人間は見たり聞いたりした事を記憶します。その記憶を、この薬をのむことにより、自由に消すことが出来るのです」

私は少し興味がわいてきた。テレビドラマはもう始まっている。

「大体、記憶というものは中々厄介なものでして、おぼえていなければならない事を忘れたり、忘れた方がいいと思う事がいつまでも頭の中に残っていたりするものです。今、見聞きした事を忘れたいとお思いになった事がありませんか。そう、もっと具体的に申し上げた方がよろしいですね。この薬は、日常の私達の生活の中で、実に色々の使い道があります。例えば」

彼はテレビの方をちらりと見た。私はとうとう、テレビの所へ行ってスイッチを切ってしまった。

「例えばですね。あなたは探偵小説はお好きですか。そうですか。ひまをもて余した時なぞに、一度読んだ奴を持ち出して、又読み返して見るという事がよくあるものです。しかし、トリックも犯人も最初から判ってしまっており、はじめて読んだ時の面白さは、もう味わえません。だが、もし一度読んだあとで、その小説の内容を忘れてしまう事が出来たらどうでしょう。又、新鮮な感じで、その小説が読める訳です。つまり読んだ直後にこの薬をのむ事にしておけば、一冊の探偵小説が何回でも何十回でも楽しめるのです」

彼はそこで一寸言葉を切った。

私は、もうすっかり彼の話に引き入れられていた。

「まだあります。今度は他人にのます場合です」

「他人に?」

「そうです。他人にのますのです。こういった使い方は、あまりおすすめ出来ませんが、まあこの薬の一つの使用例としてお聞き下さい。あなたが誰かにお金を借りたとします。

あなたは金を借りた直後に、相手にこの薬をコーヒーにでもまぜてのますのです。相手はあなたに金を貸した事をおぼえていない、あなたはもう、その金を返す必要がないという訳です」

彼は私の反応をたしかめた後、カバンをあけて、ポリエチレンの小さな袋をとり出した。丸薬のような物が沢山入っているのが、すけて見える。

「この一袋に、一時間用、つまりのんだ時から一時間前までの記憶を消すわけですが、それが百粒入っています。中身をごらんになりますか」

彼は袋のはしをちぎって四、五粒手のひらにとりだし私の方へさし出して見せた。その時、その中の一粒が彼の手からすべり落ち、床をころがって行ったのだが、彼は気がつかなかったようだ。

私は、さし出された彼の手のひらを見た。五ミリ位の、茶色の、何のへんてつもない丸薬だった。

「それで、いくらなんだい」

私は尋ねた。

「一袋百円です」

私は彼の顔を見た。

「安すぎる、とお思いですね。私はもうけようと思ってお売りするのではありません。

ただ、私の父の研究の成果を、ひろく大勢の方におわかちしたいのです。

それから、この薬のきき目についてお疑いがあるのでしたら、ここに試用品として、三分間用の小さいのがあります。これで実地にためしてみれば御納得がゆくと思います」

「ためすって……君がのむのかい？」

「いえ、私がのんだところで、たとえこれがインチキ品であったとしても、私が記憶を失ったフリをすればそれまでですから、何にもならないでしょう。あなたにのんで頂くのです」

「私が？」

「そうです。コップに水を一杯お持ち下さいませんか」

私は彼の言葉にひきずられ、コップを取りに行ってしまった。

彼はもどって来た私の手の上に、ピンセットで、ごく小さい粒をのせた。

私にちゅうちょするひまを与えず、彼は腕時計を見ながら、早口でいった。

「いいですか。この薬をのんでから三分で効力を発生します。今九時三十分です。すぐそれをのんで下さい」

私はあわてて、粒を舌の上にのせてしまった。何の味もしなかった。

「水を」

彼がせきたてた。私はコップの水をのみ下した……。

「どうですか。きいたでしょう」

彼が大きな声を出した。

「え? だって、まだ三分たってないだろう」

「たちましたとも。ごらんなさい。今九時三十三分です」彼はそういって、腕時計を私の方へ見せた。「つまり、薬をのんだ時から、ききめが出るまでの三分間のあなたの記憶が消失したわけですよ」

どうだ、わかったかといわんばかりに、彼は私の顔をじっと見つめた。

しばらく間をおいて、彼はいった。

「九時三十分より以前に申し上げたので、御記憶かと存じますが、一袋、一時間用が百粒入って百円です」

私は財布を取り出した。百円玉を一つ、彼に渡した。

「一袋でよろしゅうございますか……それでは一袋分なくなったころに、又参上することに致します」

彼は私に薬の袋を渡し、カバンをまとめて戸口に向かった。

「あ、君ちょっと」私は声をかけた。「一体、九時半からの三分間、君と私はどんな話をしたんだい?」

彼は私をふりむいてニヤリと笑い、ドアをあけて出て行った。

私はポリエチレンの袋を見ながら、考えていた。

――一体、この薬は本当にきくのだろうか。さっきの試用品はたしかに彼のいった通りに……。

私は、今の出来事を、もう一度思いかえそうとした。

その時、又ブザーがなったのである。

今度の訪問者は、山高帽をかぶった、品の良い老人だった。

「夜分おじゃまして、申し訳ありません」老人はそういって山高帽をとると、丁寧におじぎをした。「私がこうして、うかがいましたのは、もしや、うちのせがれが、こちらへ今夜おじゃましたのではないかと存じまして」

「お宅のむすこさん?」

「はい、何ですか、うちのせがれは、記憶のなくなる薬とか称して、丸薬を売って歩いておりますが、もしや、こちらへ」

「ああ、その人なら、今しがた来ましたよ」

「は、左様で。それで、せがれの薬を、お買い上げ下さったのでしょうか」

「ええ、それは……」

私は言葉をにごした。——この老人は、一体何をしに来たのだろう——。

「もし、お買いになりましたのでしたら、私が買いもどしたいのです」

「………」

「実は、あの薬は、全然インチキでして。いやもう、記憶が消えるなんて、とんでもない。ただのメリケン粉に色をつけただけのものなのです。私も始終気をつけてはいるんですが、時々私の目をぬすんで、あんな物をこしらえて、家をぬけだして、売って歩いているのでございます。それで私が、しりぬぐいをして歩いている有様で……まったくお恥ずかしゅうございます」

老人は再び丁寧に頭を下げた。

「インチキですって。しかし、私はさっき、あの薬をのんで……」

「はあ、やっぱり、お買い上げでございましたか。薬をのんで、本当にきいたと、お思いになって……よろしいですか。よくお考えになって下さいまし。薬をおのみになった時のことを。あれにはトリックがあるのですよ。そのトリックの種は、時計です」

「時計?」

「あなたが薬をのむ前と、のんだ後と、二回、せがれが時間をいったと思いますが、あなたは、ご自分でその時間をたしかめてごらんになりましたか」

「………」

「せがれは、おそらく、のんだ後だけしか、腕時計を見せなかったでしょう。あなたは腕時計をしていらっしゃらないし、本当の時間の経過は、あなたに分からなかったのです。時計の指している三分前の時間をいっておいて薬をのませて、すぐ今度は時計を見せて、実際に三分経過した如く時間をいう。それで、あなたに、三分間の記憶がなくなったと思いこませたのです。これで、お分かりになったと思いますが……いかがでしょう？」

私は、さっき買った薬の袋を持って来て、老人にさし出した。

「有難うございます。これは私がどこかへ捨てます。とんだ御迷惑を、おかけしました」

老人は財布を出そうとしている。百円返すつもりらしかったが、私はそれを手でおしとどめて、しばらく考えていた。今の老人の話は分かったようで分からない。もう一度、頭の中で繰り返してみる必要があった。

「まだ、しっくりとなさいませんか。それでは、話をハッキリとさせる為に、もう一度実験をなさいませんか」老人はポケットをごそごそやって、何かとり出した。「ここに、試用品という例の奴をもっております。これをもう一度おのみになりませんか。今度は時計をしっかりとごらんになって。そうすれば、薬がインチキだという事が、お分かりいただけると存じます」

私はしばらく黙っていた。

そばのテーブルの上に、さっき、のみ残した水のコップがある。私はそれを思いきって手にとった。

「私の腕時計をお貸ししましょうか」

老人は腕時計をはずそうとしている。

私は一寸考えてから、それを断り、寝室へ行って、目覚まし時計を持って来て、テーブルの上においた。

九時五十分、私は老人から薬をうけとり、横目で時計を見ながら、のんだ。

私は時計をにらみつづけていた。老人も無言だった。時計の針はだんだんと動いて、九時五十三分になった。何事も起こらなかった。私はもう三分、九時五十六分まで待った。やはり、何事も起こらなかった。

私は老人を見た。老人は、財布から百円とり出して私に渡すと、うやうやしく一礼し、出て行った。

私は、又、一人になって、考えていた。どうも私にはまだふに落ちない点があるのだ。今の老人の話は、頭から若い男のした事をインチキだときめつけてかかっている。だが、若い男のした事がインチキだと断定する証拠は何もない。若い男が腕時計を見ながらいった時間は本当だったかも知れないのだ。

すると、どうなるか。今の老人の実験の方が、インチキだという事になる。この場合、私は目覚ましをにらんでいたのだし、時間のトリックは出来ない。だからあの老人が出した試用品が、インチキなのだ。

すなわち、老人が最後に私にのませた、あの薬だけが、メリケン粉のにせものだったのかも知れないのである。

何の為に。おそらく、あの老人は、息子がいったように、半生をかけて、本当に記憶消失薬を発明した。それを息子が、こづかいかせぎに、黙って持ち出して、売り歩いたのだ。気がついた老人は、あわてて回収にかかった。にせものだといって、買いもどす以外に、手はなかったに違いない。

しかし、これも私の想像にすぎない。

一体、どっちが本当なのだろう？　若い男のいった事と、老人のいった事と。あの丸薬はインチキなのだろうか、本当にきくのだろうか。

それを、はっきりさせる方法が、ただ一つある。さっき若い男が来て袋を見せた時、床におとしていった一粒の丸薬……私は床の上をさがして、それを見つけたのだ。

テーブルの上の目覚まし時計は、十時十分をさしている。私は、今、薬をのんだところである。

……あと三分たてば、すべては判るのだ。

もし、薬がインチキなら、勿論私の記憶はなくならない。

そして、もし薬が本当に効くのならば、九時十三分から十時十三分までの私の記憶が……。

なんということだ。すると、やはり私にとって記憶消失薬は存在しなかった事になるではないか。

あるスキャンダル

「いらっしゃいまし」

山川氏は机から立ち上がって、愛想よく、客を迎えた。今日は、もう、これで十二人目の客である。が、商売熱心な山川氏は、いささかもうんざりした様子はない。

「さあ、どうぞ、おかけ下さい」

椅子をすすめながら、山川氏は、すばやく客の風体を観察する。

五十年配の、かっぷくのよい紳士。ハゲ頭である。服装はかなりいい。上客にちがいなかった。

紳士は椅子にドッカと腰をおろすと、懐中から名刺をとり出し、

「わしは、こういうものだが」

といって、山川氏に渡した。

「あっ、これは。世界連邦議員の赤花先生でいらっしゃいますか。御高名はかねがね」

名刺をチラリと見るや、山川氏は、もみ手をしながら、そういった。

赤花先生は満足そうに、うなずき、

「じつは、友人の青竹君から聞いて来たのだが、ここでロボットを世話してもらえるとか……」

「えっ、青竹先生の。さようでございますか。青竹先生には、いつも、なにしていただいておりまして……。それでは、今後なにぶんとも、よろしくお願いいたします。で、ロボットを御入用とおっしゃいますと、やはり、あの……」

赤花先生は、ニヤリと、下品な笑い方をした。

「いや、青竹君の所で見せてもらったが、あれは実によう出来とったな。わしは一目見て、もう欲しゅうて、欲しゅうて……一目ぼれというやつや。ワッハッハ……だが、きみ」先生は、そこで身をのり出して、声をひそめ、「あれは、きみ、あの方のあれも中々大したものだそうじゃないか。ええ?」

「へへ、それは、もう、昔のダッチワイフのごときゴム人形とは、わけがちがいまして、うちのロボットは、あらゆる技術を心得ておりますので」

「ウフフ、そうかい。きみ、それなら、とびきり上等なやつを、一つ見せてくれんかね」

「承知いたしました。では、当店自慢の特製品を、お目にかけるといたしましょう」山川氏は、つと机上のインターフォンに手をのばし、「アイちゃんや、お客さんだよ」

すっとんきょうな声を出した。

「マイクの調子が、少し悪いもんですから」

山川氏がいいわけをした時、横手の白い壁の真ん中が、ポカリと開いた。

「おお」

そこに目をやった赤花先生の口から、低いさけび声がもれた。

なやましいポーズで、えん然と微笑《ほほえ》みかける肉体美人。かるくウェーブした黒髪を肩までたらした彼女は、胸と腰のまわりの僅《わず》かばかりの布片のほか、何も身につけていなかった。豊満な乳房。くびれた胴。ことさら、腰部の発達具合はすばらしかった。

赤花先生は息をのんで、見つめている。

と、女の赤い唇が開いた。

「まあ、こちら？　あたいのお客って……少し、おじいちゃんじゃない」

山川氏が、あわてて、さえぎった。

「これこれ、そんな失礼なことをいってはいけない。アイ子、この方は連邦議員の赤花先生だぞ」

「ホント。じゃ、すごくえらい人なのね。ウヘ、グッときちゃう」

アイ子は早速、壁のわれ目からとび出して、デモを開始した。

赤花先生の前で、おどるように身をくねらせ、体の各部を、あます所なくお目にかける。あげくのはては、先生の鼻先におしりをつき出し、前後左右にキュッキュッとふって見せる。

「うーん。いい腰をしておる。とてもロボットとは思えん」

赤花先生は目を細め、感きわまった声を出した。

「お気に召しましたか」

山川氏がすかさず、いう。

「うん、気にいったぞ。この子にきめた」

先生は、そういいながらも、アイ子の腰から目をはなさない。

「ワア、あたいを気に入ってくれたのね」アイ子が歓声をあげて、赤花先生のひざにとび乗り、首ったまにかじりついた。「ねえ、あんた、今日からあたいのパパね。うんとかわいがってン……」

「うん、よしよし」

先生は、もうすっかり鼻の下を長くしてしまい、アイ子の腰に手をまわして、グッと抱きよせた。片手は、早くも、もぞもぞとブラジャーをかきわけている。

「えへん」

山川氏が大きなせきばらいをした。赤花先生は、ピクリと手をひっこめる。

「おとりこみ中、まことにおそれ入りますが、一つ商談の方を……」

「そ、そうであったな。ええと、この子……いや、このロボットはいくらかね？」

「は、特別に勉強いたしまして……」山川氏は鉛筆をとると、机上のメモにサラサラと何かかいて、先生に渡し、「このお値段でございますが」

「ふん、なるほど」

先生は二、三度目をしばたたいて、考えこんでしまった。胸算用より、大分高かったらしい。

アイ子が横あいから、メモをのぞきこみ、ニッと笑った。

「この値段で、あたいが買えるなんて、すごく安いじゃない？　ね、早くお金をはらって、あたいをパパのものにして」

さしもの連邦議員も、ひざの上からの側面攻撃には、弱かった。

「ええとも、ええとも」

赤花先生はポケットから札束をとり出し、太い指で不器用にかぞえはじめた。山川氏は現金以外は受けとらないのだ。

「よし、あたいが勘定したげる」と、アイ子が札束をもぎとった。「いいい？　一枚、二枚……」

アイ子は、真っ赤にマニキュアした指先で、お札をかぞえながら、頬を、先生のハゲ頭にギュッとおしつける。

赤花先生は再び目尻を下げ、アイ子がお札を三枚程よけいにぬき取って、山川氏にウインクして見せたことには、気がつかなかったのである。

山川氏は、アイ子から札束を受け取ると、

「どうも、有難うぞんじました。では、品物をおつつみいたしましょう」

「つつむ?」

赤花先生は妙な顔をした。

「はい。風呂敷は、お持ちになっていないでしょう」

山川氏はそういって、先生のそばにより、ひざの上のアイ子を乱暴に抱きおろした。

先生が驚いて見まもる中を、山川氏はアイ子の髪の中に手をつっこみ、後頭部のボタンを押した。すると、アイ子の体はヘナヘナと折れ曲がり、カバンのような四角いかたまりになってしまった。

赤花先生は目を丸くしている。

山川氏は、更に、シリコン紙とひもをとり出して、その四角なアイ子を、なれた手つきで包装してしまった。

「ほう、うまく出来とるな。これなら、堂々と持って帰っても、うちのやつに怪しまれんですむ」

「さようで。ええと、中に説明書をお入れしときましたから、あとでお読み下さい。では」

山川氏はインターフォンに向かって、何かいった。壁から若い男が出て来た。山川氏の助手である。赤花先生に向かって、あいさつするのへ、山川氏が命じた。

「きみ、品物を、お車まで運んでさしあげなさい」

その時、ブザーが鳴りひびいた。

「また、お客さんだ。この通り、いそがしいもんですから、おかまいも出来ませんで」

と山川氏は、赤花先生をふりむいた。

「え? まずいな。ここで、人に顔を見られたくない」赤花先生は、オロオロといった。

「なにしろ、わしは有名な連邦議員なので」

「大丈夫でございます。おい、きみ、先生を裏口の方へ御案内しなさい」

「そうか。裏口があるのか」

先生はホッとした表情で立ち上がり、助手のあとに従った。

「毎度ありが……あ、先生、ちょいとお待ち下さい」

山川氏は、ぬれぶきんをもって、先生に近づき、ハゲ頭に印せられた、真っ赤なルージュのあとを、ふいてあげたのであった。

赤花先生の姿が消えると、山川氏は机にもどって坐った。

「どうぞ、お入り下さい」

音声信号が働き、入口のドアが自然に開く。

十三人目の客は、目つきのするどい、若い男だった。ドアの所に立ったまま、部屋の中をジロジロと、ながめまわしている。まるで、ロボットではなく、この部屋を買いにきたようだ。

「さ、さ、どうぞ、御遠慮なく」

山川氏は誰にでも、愛想がいい。

客は、やっと部屋の中に入って来て、山川氏の机の前に立った。

「ここで、ロボットを扱っていると聞いて来たんだが……」

そういって、山川氏の顔を、じっと見つめている。

「さ、そこへ、おかけ下さいまし」山川氏は椅子をすすめ、客が腰をおろすと、「で、どんな御用でございましょうか」

「え？　ああ」客は一瞬、どう切り出したものかと、迷っているようだったが、「じつは、女中にやめられてしまってね。家事の手伝いをするものがいなくて、家内も困っているんだが……何か適当なロボットはないだろうか」

「さようでございますか。女中さんが……それは、さぞお困りでございましょうな」

「台所仕事や掃除程度の、簡単な仕事が出来ればいいのだが、おたくのロボ……」

「あ、おタバコはいかがですか」

山川氏は気がついたように、机の上のシガレットケースを、客の方におしやった。

「いや、ぼくはタバコはやらない」

「さいですか。それはどうも。しかし、なんでございますな。この節は、女中のなり手がすくのうございますから、探すのも骨で……。幸い手前どもに、丁度いい女の子が来ております。なんでしたら、その子をお宅にさし向けることにいたしましょう。え、ただいま、お引き合わせいたします」山川氏はインターフォンに手をのばした。「ハナちゃんや。お客さんだよ」

壁がポカリと開き、出てきたのは十六、七の健康そうな女の子だった。リンゴのような頬。清潔な白いブラウスの下から、ハチきれそうな乳房がのぞいている。

ハナちゃんは、客に向かって丁寧に頭をさげた。

「いかがでしょう？　この子では」

山川氏がそういったとたん、客はすっくと立ち上がった。ハナちゃんの方へは目もくれず、山川氏の机に近づいて、上着の裏をひらいて見せた。金色の、五角形のバッジが、そこに光っていた。

「警察のものだ。山川。ロボット禁止法違反で、逮捕する」

ロボット禁止法が定められてから、大分たっていた。

同法は正式には「人造人間の製作、売買及び使用等の取り締まりに関する法律」とよばれる。実際には、一般人のロボット所持を全面的に禁じたこの法律は、施行直後、ロボットの便利さになれた当時の人達の、甚だしい不評を買った。「一九二五年アメリカ合衆国における禁酒法以来の悪法」ということで、撤廃のための運動も起こった。それは、かなり長い間、そして根強く行われた。

しかし、撤廃運動も年と共に下火になり、今日では、表だって同法に反対するものは誰もいない。

大体、ロボット禁止法の趣旨は、最初に提案した議員の言葉をかりれば、次のようなものだった。

「近年、社会各分野における各種ロボットの進出、氾濫は、目にあまるものがあり、これを放置するならば、やがては社会全体の実権が、ロボットの掌握するところとなる恐れなしとしない。よって、すみやかにロボットの使用を規制し、云々」

しかし、反対運動が人気を失ったのは、別にこの趣旨が人々に徹底した為ではなかった。法の網をくぐる、ロボットの闇取り引きが、半ば公然と行われだしたからである。

今日、闇ロボットを使用したことのない人は、まずない、といっても過言ではなかろう。

それだけに、闇ロボット業者の数も多い。中には、人々の弱味につけこんで、二十世紀ごろの子供のオモチャのような粗悪な品を、高い値で売りつける悪徳業者もいる。が、一方、優秀なロボットを提供して、人々の信用を得、社会の隠然たる勢力となっている業者もある。

政府の高官にひいきが多いという山川氏などは、その最たるものといえよう。山川氏の所のロボットは、しごく評判がいい。それはロボットそのものが優秀なせいもあるが、何といっても山川氏の商売上手が、大きくものをいっているようだ。山川氏は、すでに警察の上層部にさえ、コネをつけてあるもようである。

山川氏は、警官にバッジを見せられても、顔色一つ変えなかった。椅子に坐ったまま、悠然と、若い警官を見上げた。

「これは、また、妙なことをおっしゃいますな。ロボット法違反で逮捕？　すると、何か証拠でも……」

「証拠？　もちろんだ。いいかい。ぼくは、ここに入る時に、これのスイッチを押した」警官は胸のポケットから、小型の録音機を出して、山川氏の机の上においた。「これには、きみとぼくの、ロボット売買に関する問答が録音されているんだ。のがれられない証拠だ。観念するんだな、山川」

警官は得々としていい、ポケットに手をやって、電子手錠を出そうとしている。

が、山川氏は、ひるまなかった。

「ほう、録音ね。中々味なことをやりましたな。だが、ねえ、オマワリさん。わたしは一度も、あなたにロボットを売るなんていわなかった筈ですよ。うそだと思うなら、その録音を聞いてごらんなさい」

警官はハッとしたように、山川氏の顔を見た。そして、急いで録音機のプレイバックボタンを押した。ボリュームを上げて耳をすませた。

たしかに、山川氏のいう通りだった。二人の会話の中で、ロボットのことをいっているのは警官自身だけだった。山川氏は、その言葉に返事さえしていない。ただ、女中さんがやめてお困りなら、いい女の子がいます、といっているだけなのだ。

警官は青くなり、それから赤くなった。

「うーん。全く、ずるがしこいやつだ。お前は」うなって、しばらく山川氏をにらみつけていたが、急に、また居丈高になり、「しかし、何よりも、このロボットが証拠だ」

といって、きょとんとした顔でそばに立っているハナちゃんを指さした。

「ロボット？　このハナ子が……笑わさないで下さいよ」山川氏は、たのしくてたまらない、といった顔付きである。「この子はね。仕事を探して、昨日いなかから出て来たんですよ。もちろん、家出して来たわけじゃない。ここに、この通り、親もとからの依頼状もあります。それから、ごらんなさい。これは、この子の郷里選出の連邦議員からの紹介状でさあ。この子はレッキとしたヤマトナデシコなんですぜ。第一、この子をよく見て下さい。髪のはえぎわ。うぶ毛。それに、ほら、鼻の頭に汗をかいてる……これでも、ロボットだというんですか、あんたは……ふん、じゃあ、仕方がない。ハナちゃんや、ハダカになって、見せておあげ」

警官の無遠慮な視線をあびて、小さくなっていたハナちゃんは、山川氏の言葉を聞くと、真っ赤になった。

「あんれ、やあだ。おら、こっぱずかしい……」

だが、ハナちゃんは、そういいながらも、おそるおそる、ブラウスのホックをはずしかけている。

「いやいや、きみ、ハダカにならなくてもいいよ。よく分かった。きみは、たしかに本物の人間だ」

さすがに警官も、肌を見せても分かってもらおうというハナちゃんの悲愴《ひそう》な気持ちにうたれたらしく、そういってから、山川氏に向かい、「仕方がない。今日はこれで引きあげる。だが、いいかそのうちに、必ず、きっと、証拠をあげてみせるからな。覚悟していろよ」

すてゼリフを残して、足音も荒くドアに向かった。

「ごくろうさまでした」

山川氏は丁寧に頭を下げて、見送った。

「よかっただね。ダンナさん」

警官が出て行ってしまうと、ハナちゃんがホックをはめながら、いった。

山川氏はニッコリして、

「きみも、ごくろうさま、ハナちゃん。きみのおかげで助かったよ。さあ、つかれたろうから、もう休みなさい」

といい、ハナちゃんのうしろにまわって、後頭部のボタンを押した。

ハナちゃんの体は折りたたまれ、真四角になった。

山川氏は、やっこらしょとそれを持ち上げ壁のわれ目に、ほうり込む。すぐに自動装置が働いて、壁はもと通りになった。

山川氏は机にもどって、帳簿をとり出した。何事もなかったような、落ち着いた表情である。

帳簿の頁を二、三枚めくりかけ、山川氏は、急にバタリと、それをとじてしまった。

「そうだ。今日は大事な仕事があったのを忘れていたぞ。すぐ出かけよう」

山川氏は、そうつぶやくと、帳簿を抽出しにしまって鍵をかけ、ドアのそとに出た。

「山川職業斡旋所」と書かれたドアの上にぶら下がっている「営業中」の札を裏がえして「本日閉店」にした。あたりの様子をうかがってから、部屋にもどった。

ブラインドをしめながら、山川氏は、何気なく窓外を見わたした。山川氏の事務所は、ビルの二十三階にあるから、下の通りを往来する人の姿が、豆粒のように見える。

山川氏の視線は、少しはなれた所にとまっている一台の車に釘づけになった。警察の車なのである。今の警官が乗って来たやつにちがいなかった。

山川氏は、そのまま、じっと車を見つめていた。車は一向に動き出す気配を見せない。

やがて、指先が止まる。と同時に、山川氏の口もとに、ニヤリと笑いが浮かんだ。

山川氏の指先が、拍子をとるように窓枠をたたきはじめた。

山川氏は机に行き、ボタンを押した。さっきの助手が現われる。

「きみ、あのね……」

山川氏は助手をさしまねき、彼の耳もとに口をよせて、何かささやき出した。

助手の顔に、笑いがひろがった。

「いいね。タイミングをうまくたのむよ」

山川氏は、助手から身をはなすと、いった。

「まかしといて下さい」

助手は胸をポンとたたき、口笛を吹きながら、出て行った。

警官は車の中で、ずっと見張りをつづけていた。退屈な仕事である。ともすれば居眠りが出そうになる。

だが、いまに必ず山川が出て来るに相違ない。そうしたら、あとをつけ、闇取り引きの現場をおさえるのだ。警官は自分にそういいきかせ、懸命に睡魔と戦っていた。

不意に、どこからか叫び声が聞こえてきた。警官はハッとして、車の外に顔を出して、あたりを見まわした。たしか、「ドロボーだ。誰か来てくれ」と聞こえたのである。

警官は助手台に乗っている制服の部下と、顔を見合わせた。どうしよう。行ってやりたいが、見張りの方も手がはなせない。

そこへ、また声がした。

「ドロボーだあ。三十四丁目の、二つ目の角だあ」

今度は、御丁寧に場所まで、どなっている。

これほどまで警察に協力的な市民を、ほうっておくわけにはいかなかった。二人の警官は、腰の熱線銃をガチャつかせながら、かけ出した。

三十四丁目の二つ目の角に行った警官達は、いくら探しても、ドロボーの姿も、助けをよんだ男も、見つけることが出来なかった。あたりの人に聞いても、誰もドロボーなど見かけないという。ただ一人だけ、「そういえば、いましがた、何かわめいているのが聞こえましたね。だけど、随分遠くの方らしかったですよ」というのがいた。

二人は狐につままれたような顔で、車のある通りにもどった。

と、二人の目の前を、一台の車がサッと通りすぎた。

「あっ、山川の車だ」私服が叫んで、車を目で追い、「ナンバーもまちがいない」

二人は、あわてて車にかけつけ、とび乗った。急いで発車させようとした。が、車は動かなかった。エンジンが、かからないのだ。

二人は顔を見合わせた。

「エンジンが、どうかしたんです」

制服の方が、そういい、車の外に出た。前部のボンネットをあけて、のぞきこみ、大声をあげた。

「配線が切ってあります」

「ちくしょう。山川のやつのしわざだ。またしても、やられたか……よし、本署に連絡しよう」

私服はダッシュボードの下のマイクをとり、ワレガネのような声で、本署をよんだ。が、いつまでたっても、応答がなかった。彼は手を入れて、マイクの下を、さぐって見た。コードが切れていた。

彼は地団駄ふみ、頭髪をかきむしった。そして、わめいた。

「もし、トンマの国があるとしたら、おれは、そこの王様になれる」それから、制服をどなりつけた。「何をボヤボヤしているんだ。早く、その辺へ行って、水をもらって来い。それを、おれの頭から、ぶっかけるんだ」


十分後、他の警察車に乗った私服警官は、ようやく山川氏の車に追いつき、見えがくれに、あとをつけていた。

彼の髪の毛からは、しずくがボタボタとたれ、顔は真っ赤だった。

「ひどい汗ですな」

運転している、他署の警官がいった。

私服は、顔を両手でなでまわし、運転手をにらんだ。

もう我慢出来なかった。取り引きの現場をおさえるまで、待っていられない。スピード違反で逮捕してやろう。私服は、そう腹をきめた。山川を留置場にぶちこんでおいてから、やつの事務所を徹底的に捜査し、必ず闇ロボットの証拠を見つけてやる。

だが、前を行く山川氏の車は、ちっともスピードを出していなかった。制限速度、時速五〇〇キロの半分位のスピードで、のろのろと走っている。まるで、警察を嘲弄《ちようろう》しているようだ。

全く、警察官を侮辱している。そうだ。警官侮辱罪だ。そんな罪名が、あろうとなかろうとかまわない。とにかく、つかまえてしまおう。

「おい、あの車をとめるんだ」

私服がどなり、警察車はスピードをあげた。たちまち、サイレンを鳴らしながら、山川氏の車を追いぬき、その前に出てとまる。

山川氏の車が、ブレーキをきしませて、とまった。

私服は意気揚々として、車をおり、相手の車に近づいた。

「山川、出てこい。お前を、ええと……とにかく逮捕する」

そういいながら、車の中をのぞきこんだ私服は、アッと叫んだ。

そこに乗っている男は、山川氏とは全然、似ても似つかぬ男だったのである。

「ど、どうも、失礼しました。つい人違いをしまして……」

私服は、平身低頭、あやまるより仕方がなかった。

「人違い？　しっかりして下さいよ、おまわりさん。ぼくは山川なんて人、聞いたこともないですよ。危うく、車をぶつけてしまうところだった。今後は充分気をつけるんですね」

そういって、私服の顔を見上げ、山川氏の助手は、ニヤリと笑った。

そのころ、山川氏はウォーキングベルトの上で、修理道具の入ったカバンに腰をかけ、手帳を出して、しきりに何か書きこんでいた。

氏は、万一をおもんぱかって、すでに三回も、違った方向のベルトに乗りかえていた。つけひげをつけ、髪の分け方もかえて、変装も念入りだった。氏の行く先には、よほど重大な用件が待ちかまえているようである。

とある町角で、山川氏は、ベルトを降りた。あたりを見まわして、あとをつけている者がないのをたしかめ、ビルとビルの間のせまい道に走りこんだ。

この辺は官庁街で、静かである。人通りは、ほとんどない。しかし、山川氏は慎重だった。三十分近くも、あたりを、あちこち歩きまわった後、はじめて、目的の場所に向かって歩き出した。

その古風な、茶色の建物は、四方を高い塀でかこまれていた。中央の門の前には、物々しく完全武装をした三人の警官が立っている。とても、入りこむすきは、なさそうに見えた。

だが、山川氏は、まっすぐに、その建物めがけて、歩いて行った。

門の前で立ち止まり、カバンを地面におく。腰に手をあて、門の中をジロジロと、のぞき出した。

名演技であった。どう見ても、お上りさんが立派な建物に感心している図であった。三人の警官も、笑いながら見ているが、別に山川氏を、おいはらおうとはしない。

やがて、山川氏はカバンを持ち、ゆっくりとそこを通りすぎ、塀にそって歩き出した。田舎親父そのままの歩き方。警官達の笑い声が、彼を追う。

角を曲がった瞬間、山川氏は機敏に動き出した。すばやく三方を見まわす。幸い、人影はなかった。背中を、ピタリと塀につけ、後手に何かをさぐっている。

とつぜん、塀が、山川氏の事務所の壁と同じ具合に、開いた。

山川氏の体は、その中に消えた。

山川氏は、秘密の通路をぬけ、明るい部屋に出た。

一人の男が、待ちかまえていた。四十五、六歳。あごひげをはやしたその男は、山川氏を見ると、ギョッとした様子で、身がまえた。山川氏は、気がついて、つけひげをとって見せた。

「やあ、やはり、山川さんか。今日は、少しおそかったですな。もう、お見えにならんのではないかと思って、心配しとりました」

「いや、青竹さん、今日は、若造の警官がやって来ましてね。もう、しつこく追いまわされて、往生しました」

「そうでしたか。それは、それは。今後そういうことのないよう、警察の方へ、よくいっておきましょう」

「はあ、是非、一つ……で？」

「ええ、一件は、いま休ませてありますが、ちょっと具合が悪いんです。丁度、今日は、あなたが定期サービスに見える日なので、心待ちにしていました」

「そうですか。じゃあ、早速拝見しましょうか」

「ええ、さ、どうぞ」

青竹氏が先に立ち、二人は廊下に出た。

「あ、そうそう」山川氏がいった。「今日、赤花さんという方が見えましてね」

「ああ、ああ、こないだ、うちへ来た時、例のやつを見せたら、先生すっかり気に入っちゃってね。それで、あなたのことを話したんです。赤花は、頭はからっぽだが、あの方は中々さかんらしいから……で、どうでした？」

「ええ、赤花さん、大喜びでしたよ。おかげさまで、大分もうけさしてもらいました」

「ハハ、それは結構でした。おっと、ここです」

青竹氏が立ち上がって、壁のボタンを押す。壁が、ポカリと開いた。

せまい部屋。家具類は何もない。部屋の中央に、カバンのような四角なかたまりがただ一つ、淡い間接照明の中に浮き上がっている。

山川氏の表情は、すでに技術者のそれになっていた。かたまりに近づき、先ず外まわりを調べる。異状はないようである。山川氏は青竹氏をちょっとふりかえってから、かたまりの横に出ているボタンを押した。かたまりは、人間の恰好《かっこう》になった。

「すみませんが、足の方をおさえて下さい」

山川氏がいうと、青竹氏は、おそるおそるロボットの足首をにぎった。山川氏は両手をロボットの頭部にあてがって、ぐいと引っぱった。ギューッとにぶい音がして首がぬけた。

山川氏は、その首の、胴体にさしこまれていた部分に鼻をあてがい、においをかいでいたが、

「ふん、こげくさいな。配線の被覆がはげて、ショートしている所があるようです。過熱ですな。十二時間以上の連続使用をなさったのではありませんか」

「ええ、いそがしいので、つい……なにしろ、年度末が近いもんですからね。仕方がないんです」

「そうですか。では、とりあえず、配線を太いのと換えることにしましょう。そうすれば、相当な激務にも、たえられると思います。でも、しばらくは、それで保《も》つでしょうが、近々、どうしてもオーバーホールしないと……」

「分かりました。そのうち、なんとか暇を作ります……とにかく、お礼は充分さしてもらうつもりですから、何分ともよろしく……では、のちほど」

青竹氏は出て行った。

山川氏はカバンから道具類を出し、修理にとりかかった。

その夜、事務所にもどった山川氏のカバンの中には、両手でもかかえきれないほどの札束が入っていた。

ロボットの修理を終わって帰る時、青竹氏が、こんなにはいらないというのに、無理に、おしつけるようにして、渡してくれたのである。

その時、青竹氏は、こういった。

「わが党が、現在政権を握っていられるのは、あなたのおかげです。それを考えれば、このくらい、安いものですよ。……まったく、あのロボットは大したものです。顔は急死した首相にそっくりだし、頭のよさはあの人以上ですからな。首相の急死による混乱を未然に防いでくれただけでなく、その後も首相として、実に立派な施政をしてくれています。わが党に人材多しといえども、あれだけの人物は外には見あたりません。とにかく、わが党にとっては、かけがえのないロボットです。そして、それを作ってくれたのが、山川さん、あなたなのです。さあ、どうぞ、おおさめ下さい。今後も、よろしくお願いします。わが党のために、世界のために……」

山川氏は札束を見つめながら、微笑した。この上もなく満足そうな微笑であった。

「さあ、もう休むとしよう。明日も忙しいからな」

山川氏は、そうつぶやいて、机の上にあがった。

タイムスイッチを明日の起床時間に合わせた。それから、自分の後頭部のボタンを押した。

山川氏は、四角いかたまりになった。

もしその時、夫人がお経をあげている最中だったら、女中は取り次がずに引き返してしまったかもしれない。だが、丁度お経が一段落つき、夫人はひと呼吸おいて鉦《かね》をたたこうとしたところだったのである。

「ごめんください」

不意に障子のそとから声をかけられ、夫人は思わず撞木《しゅもく》をとり落としてしまった。

そこへ障子が五寸ほど開き、女中の平たい顔が現われた。

「ぜひお目にかかりたいという方が見えてるんですけど……」

夫人はしかし、口をとがらせて、経机の下を見まわしていた。

女中は部屋の中にはいってくると、香炉の灰の中から手品のように撞木をとりだし、夫人に渡しながらつづきをいった。

「あの……その方は、なんですか、お坊ちゃまのことでお話があるとか……」

夫人はピクリと肩をふるわせた、が、今度はあわてず、撞木を机の上にのせてから、女中の方に向いた。

「どなた？　あの子のお友達？」

そのものうそうな声の調子よりも、目の色に、夫人の期待がうかがえた。

「いいえ」と女中はすまなそうにいった。「五十ぐらいの……」

女中は、そこで何か適当な形容詞をいいたかったのだが、うまいのが見つからなかったらしく、

「五十ぐらいの男の方なんです。おくさまはどなたにもお会いにならないからと申し上げたんですけど、どうしてもお話ししたいことがあるとおっしゃるので、一応おくさまにおうかがいしてみますといってきましたけど……おことわりしましょうか」

女中は最後を早口でいうと、一人でのみこんで立ち上がった。

が、障子にかけた女中の手は、夫人の声でとまってしまった。

「その方をここへお通ししなさい」

女中は夫人の顔を見た。それから玄関の方向に目をやり、もう一度夫人を。女中は何かいいたげな様子だったが、又しても語彙《ごい》の不足を感じたらしく、結局だまって出て行った。

女中の足音が消えると、夫人は仏壇の前へ立って行った。灯明のローソクを新しいのと取り替える。二本のローソクの中央に照らし出された真新しい位牌。夫人はそれを、立ったまま、客の足音が聞こえてくるまで、まばたきもせず見つめていた。

女中に案内されてはいってきた客は、女中は五十位といったが、実際はまだ四十そこそこのようであった。ただ、やせて色が黒く、頭でっかちで背の低い、よくある、二十四、五歳までは子供と間違えられ、そのかわり三十歳をすぎると急にじいさんじみてくるという、あのタイプだったのである。

彼は自分の体よりふたまわり位大きなダブダブの背広を着ていた。たたみじわだらけの、おまけにナフタリンのにおいがプンプンする背広だった。

ダブダブの背広を、しきいぎわに落ち着け、男はペコリと頭を下げた。

「このたびは、お坊ちゃまがなんだそうでして……ほんとに、なんと申し上げてよいやら……」

男はボソボソといい、上目づかいにチラリと夫人の顔を見た。

そんなおくやみの文句は聞きあきている夫人はしかし、眉一つ動かさなかった。

男は二、三度目をパチクリさせ、つづけた。

「あたくしは、この先に住んでおります左官屋でございますが……」

夫人はなおも、左官屋であろうと焼芋屋であろうと関係ないといった表情である。

「……こちら様なぞとは身分がちがいますし、ましてお悲しみの最中をおじゃまするなんて、どうかと思いましたのですが……じつは、ぜひおくさまのお耳に入れたいことがございまして、こうして失礼をかえりみず、おうかがいしたようなわけで……あ、これは……」

男は顔を上げかけて、はじめてそこが仏間であることに気がついたらしく、奇妙な叫び声をあげて仏壇の前ににじりよった。

彼はぎごちなく両手を合わせて、仏壇をふりあおいだ。が、しばらくはおがむことも忘れ、仏壇の立派さに胆をうばわれている様子だった。

三月ほど前、この屋敷で行われた葬儀の盛大さは、いまだに近所の人々の語り草になっていた。

左官も仕事の通りすがりに、門前に何十もの花環がならんでいるのを見た時、死んだ親父の葬式と思いくらべ、感嘆これ久しゅうしたものだった。しかし、その時は別段ほかに何の気持ちもおこらなかった。彼が夫人の屋敷を訪ねてみる気になったのは、つい、二、三日前知り合いの医者の家へ仕事に行った時だった。

「こないだのあすこのおとむらいは大そうなものでしたね。先生も大変だったでしょう」

と、ネズミの穴をふさいだあと、彼は縁側にまわって、茶の間にいる医者に話しかけてみた。

医者は夫人の所の主治医であると同時に話好きだった。左官屋は期待通り、番茶と塩せんべいの接待にありつくことができた。

「ひとつ、つまないか」と医者はいった。「まったく、あのおくさんは運がないというのか、気の毒な人だな。旦那さんには早く死に別れるし……」

「へ、じゃえんりょなく……二十年にもなりますかね、旦那さんが死んでから」

「おくさんも当時は若かったし、好いて好かれて一緒になった御主人に病気で死なれたんだから……あのきれいなおくさんが毎日泣きくらしているのを見ると、わしなんぞも、もう気の毒で……」

「へへ、先生も若かった」

「バカ……だけど、あの時は、それでも坊ちゃんがいたから、おくさんも悲しみから立ち直ることができた。坊ちゃんは、たしかまだ三つだったかな。目鼻立ちが、それはもう旦那さんにそっくりでね。忘れ形見というやつさ……」

「うちなんざ、あっしの忘れ形見が四人もゴロゴロしてる」

「おくさんとこは一人さ。でも、一人だって女手一つで育てるのは大変だ。そりゃあすこのうちは金持ちだけど、それだけに又、やれつきあいだなんだと余計な神経を使わなくてはならんしね」

「………」

「でも、おくさんは立派に坊ちゃんを育て上げた。大学は一番で出たし……」

「へえ、あっしもお亡くなりになる前に、ちょくちょくお見かけしましたが、スラッとしたいい男でね。あれじゃ、さぞ女の子にもてるだろうなんて、みんなでよく話してたもんでさ」

「うん、縁談もずいぶんあったらしいがね。おくさんもお嫁さんをもらうのを楽しみにしていたらしい。それが……急にああなっちまったんだから、まったく世の中なんて……」

「自動車事故ですってね」

「坊ちゃんは、まだ免許を取ったばかりなのに、相当なスピードを出していたらしい。むこうから来た車をよけようとして……即死さ」

「こわいね、自動車ってのは」

「おくさんも自動車なんか買ってやるんじゃなかったって、病院でわめきつづけていた」

「………」

「半狂乱だったよ、おくさんはずっと……それから、あの大がかりな葬式を出したあと、自殺しかけてね。わし達でなんとかとめたんだけど、その後もそぶりがおかしいんで、女中さん達に、それとなく気をつけてもらっている。毎日ろくにごはんも食べないので、すっかりやつれてしまってね」

「へえ、あの気丈そうなおくさんがね、気の毒に……」

「しらがも急にふえて、すっかりふけこんでしまった。気落ちしたんだね。毎日仏間にこもってお経をあげてばかりいるけど、あれじゃ体によくないから百ヵ日がすんだら、気晴らしにどこか温泉へでも行くようにすすめてみようかと思ってる」

「……そういえばもう三月になりますね。早いもんですね」

左官屋は、そのあとしばらく話しこんでいた。そして夫人の屋敷を訪ねてみる気になったのだった。

夫人の屋敷で、新仏をおがみ終わった左官屋は、夫人の方にむき直って、おじぎした。それから顔を上げて、はじめて夫人と向かいあった。

なるほど医者のいった通りだ、と彼は思った。半年ほど前に見かけた時にくらべると、いっぺんに二十位年をとったように見える。彼は夫人の本当の年をしらなかったが、きっと前は年より十位若く見え、今度は十位老けて見えるのだろう、と推測した。

年齢不詳の夫人はモゾモゾと坐り直した。額の横じわに加えて、縦に二本深いしわが浮かんでいる。

気の毒に、ばあさんやはり気が立っていると見える。早くしないと途中で追い帰されるおそれがある……左官屋は、早速ゆうべ寝ないで考えた文句を暗誦しはじめた。

「じつは、そのう、まことに変なことを申し上げて、なんでございますが……せんだって、あたくしのうちで赤ん坊が生まれまして……」

「えっ」

夫人の左官屋への第一声は、脳天から出た。彼女の息づかいがあらくなっていくのが、はっきりわかった。

左官屋はポカンとしてしまった。まさか、ここで相手がこんなにびっくりしようとは、思ってもいなかったのである。が、とつぜん、ハッと気がついた。

……そうか、そういう手があったっけ。……だけど待てよ、うちの一番上の娘にしたところで、まだ十一だから、子供を生むにはちょいと早いし……。

彼はやはり最初の予定通りに、話を進めることにした。で、とりあえず、夫人の誤解をとくためこういった。

「うちのやつは、お産はこれで六度目なんでございますが……」

彼は、ちゃんと数にサバを読むことも忘れなかった。

「まあ、じゃあ……」

夫人は安心とも失望ともつかぬ声を出した後、それならこの男は何をいいに来たのだろうと不審そうな顔になった。左官屋はすかさず、そこへ切りこんだ。

「きたいにうちのやつは、いつも冬場にお産するんでして……そう、今日は十九日でございますな。丁度三月前の今日でございました。つまり赤ん坊が生まれましたのは、一月の十九日で……」

彼は日にちをわざとゆっくりいい、反応をためすように夫人の顔をのぞきこんだ。

「まあ、十……九にち」

はたして、夫人はかすれた声を出し、左官屋が不思議な生物であるかのような目付きになった。

「さようでございます。一月十九日の……」左官屋は、ごくりと唾をのんで、とどめを刺した。「……午後、二時十七分でございました」

夫人の呼吸がしばらく止まったようであった。それから彼女は能役者のようにゆっくり立ち上がった。仏壇の方へ歩いて行く。仏壇の下の抽出しから帳面のようなものをとり出す。頁をめくる。

……帳面を持つ夫人の手が、かすかにふるえ出した。

こうなると、もう完全に左官屋のペースであった。

「まったく不思議なこってして……あたくしもあの先生から、こちらのお坊ちゃまのお亡くなりになった時間をきいた時は、ほんとにびっくらいたしました。なんしろ、一分の違いもございませんのですから……うちのやつなんか、まっつぁおになっちまって、これはきっとお屋敷の坊ちゃんの生まれ変わりにちがいない、なんてうわごとのようにいいつづける有様で……いえ、もちろん、あたくしは、生まれ変わりなんてことが本当にある筈はない、第一こんな左官屋ふぜいのうちなんぞに……そんなもったいないことをいうんじゃないとしかってやりましたが……」

左官屋は、そこで得意のお世辞笑いを浮かべた。

夫人の口から大きな溜息がもれた。

「そうでしたの、不思議なことがあるものね。それで、その赤ちゃんはやはり男のお子さん？」

「え？　はあ、それはあの……」

左官屋は、にわかに狼狽した。赤ん坊も四人目ともなると、そうそう細かい点まで気をくばっていられない。

待てよ、そういえば、こないだお湯をつかわせた時にたしか……左官屋はニッコリした。

「へえ、それはもう、もちろん男の子でございます。まるまると太って……」赤ん坊なんて大抵まるまるまるとしてるもんだ、と彼は自分にいいきかせた。「……まるまると太って、あたくし共のような貧乏人にはもったいないような可愛らしいやつでございます。うちのやつなんかも、いままでの中では一番出来がいいといえ……、あたくし共には、ほかにまだ六人子供がいるんでございます」

彼は調子にのって、又一人サバを読んだ。が、夫人はそれにも気がつかないらしく、熱心にうなずいていた。

「でも、まあ一番出来もいいようだし、こんどのやつだけは大事にそだててやろう、ゆくゆくは人並みに学校へもやってやろうなぞと、いつも話しております。もっとも、いままでも子供が出来るたんびに、いつもそういっていたのですが、なにぶんにも先立つものが……。お恥ずかしいことですが、本当のところ、又一人ふえちまって、これから先、どうして暮らしていこうかと、途方にくれている始末なんでございます」

この辺は本音であった。それだけに、話に熱がこもり、夫人も多大の感銘を受けたようであった。

左官屋は、いよいよ本題にとりかかった。

「いえ、なにもあたくしは別に生まれ変わりがどうのこうのと申し上げるつもりではございません。ただ、時間が同じだったということで、なにかご縁があるような気がしたもんですから……まことにあつかましいお願いとは存じますが、おたく様は御大尽でいらっしゃいますし……もしできましたら、多少子供の養育費なぞご援助願えたら、と思いまして……」

まだ四月だというのに、左官屋は汗ビッショリになっていた。彼はこぶしで額をぬぐいながら、なんべんも頭を下げ、上目づかいに夫人の顔色をうかがっていた。

夫人の口が開きかけた。が、その瞬間障子がガラッとあいて、盆を持った女中が入ってきた。

女中は左官屋の前に乱暴に茶碗をおいた。そのお茶から湯気がたっていないところを見ると、彼女は障子のそとで一部始終を立ち聞きしていたらしい。こんなオヤジにやる金があるのだったら、自分の給料にまわしてもらいたいものだ、と思っているのか、ものすごい目付きで左官屋をにらんでいる。

左官屋は、お茶の中に毒でも入っているといけないと思い、飲まないことにした。

女中が夫人のそばへ寄った。

「おくさま……」

彼女は何か意見を開陳するつもりらしい。

「いいえ、いいのよ」夫人は、だが片手で女中を制し、おだやかな顔を左官屋にむけた。

「わかりました。あの子の供養にもなるような気がしますわ。なにぶんのことをさせていただきましょう。ちょいとお待ちあそばせ」

夫人は立ち上がった。もちろんお金をとりに行くのだろうと左官屋は思い、口もとがゆるんでくるのを一生懸命かみこらえていた。

女中が仕方がないといった表情で、夫人のために障子をあけた。

夫人は出がけに、左官屋の方にふりむいた。彼はあわてて神妙な顔にもどった。

「一度、ぜひその赤ちゃんに会わせて下さいましな」


やがて、赤ん坊は夫人に引き取られることになった。

左官屋にとっては思う壺だったにちがいない。彼は夫人からの使者の口上を聞くと、早速仕事を休み、送別の宴をはるため、焼酎《しょうちゅう》を買いに行こうとした。だが、彼のおかみさんは焼酎を買いに行くことにも、子供を養子に出すことにも異論をとなえた。あたしの大事な赤ん坊を、僅《わず》かばかりの涙金で手放すもんですか、と彼女はいった。もっともだ、と左官屋は思った。彼はそこで、夫人のところへ値上げの交渉に行った。何度かの話し合いの後、夫婦が一生楽に暮らしていけるほどの金を夫人が出すことで話は妥結し、左官屋は焼酎にありついたのだった。

まだはいはいするのがやっとの赤ん坊は、四畳半一間の家から、壮大な屋敷へうつったことで別にとまどっている様子はなかった。それは夫人の籍にはいると同時につけられた新しい名前に対しても同様だった。

その死んだ息子と同じ名前を呼ぶことが、夫人の新しい日課となった。夫人は色々とためしたのち、やはり前の息子の赤ん坊の時と同じ呼び方をすることにした。

召使達も生気をとりもどした。誰も左官屋を悪くいうものはなかった。たしかに彼のしたことは、医者から聞いた死亡時刻をタネにした一種のペテンにちがいなかった。しかし、そのおかげで彼等は、もしかすると現代に殉死の風習が残っていないことだけがせめて、という境遇になるかもしれなかったのが、いっぺんに当分の食扶持《くいぶち》を保証されたのだった。

「ダブダブのおっさんも、あれで中々いいところあるのよ。帰りにあたいに五百円にぎらせてくれてね」

例の女中なども、そんなことをいうようになっていた。召使達は夫人から、左官屋のことは絶対そとに洩らしてはいけない、と固く命じられていた。だから彼等は毎晩屋敷の中で、左官屋のことを夜を徹して語り合った。事情にくわしいあの女中は、いつも一座の中心にされ、得意でならなかったのである。

召使達は、夫人が新しい息子を愛していることを知っていたので、出すぎたまねをして親子水入らずのところをじゃましないように、常に気を遣っていた。おむつの取り替えや洗濯、その他赤ん坊の身のまわりの世話は全部夫人自身の手で心おきなくできるよう、育児室や洗濯場にはつとめて近づかないようにしていた。

料理番は人工栄養のミルクについての意見を具申した。

「ミルクはやはり最高のものを選ばなければいけません。私はそれを売っているところを知っています」

夫人は彼に、いわれた通りの高価なミルクの代金を前渡ししながら、

「本当にみんなよくやってくれる」

といって涙ぐんだ。

赤ん坊は皆の努力のおかげで、すくすくと成長した。夫人は三日おきに身長と体重をはかり、書きとめた。身長はともかく、体重は時として前より減ることもあった。そうすると、夫人はいつも秤《はかり》を買いかえるのだった。

子供がヨチヨチ歩き出来るようになると、夫人は客が来るたびに、子供をつれてきて、ひきあわせた。

「そっくりでしょう。前のあの子の小さいころと……」

夫人は養子にした子が、死んだ息子の生まれ変わりだと、かたく信じているようだった。

夫人を訪ねてくる客といえば、ほとんどが出資や寄付の依頼が目的である。だから、彼等はなんとかして夫人のごきげんをとりむすぼうと、子供をながめる。

子供には、前の息子の小さいころの服が着せてあった。当時流行したセーラー型のベ

ビー服——いいものを使ってあるので紺の地色はあせていなかったが、赤いカーチーフが黄色に変色していた。それと、兎と亀を刺繍《ししゅう》したソックス。どうひいき目に見ても、似ているのはその服装だが、客はこまってしまうのである。

とてもこれでは物を立体的に見るのには役立ちそうもないほど近接して存在する二つの小さな目。鼻筋が平らな分をおれが取り返してやるんだとばかりふんぞりかえっている大きな小鼻。口だけはわりと平凡だが、それもどうにか出っ歯になるのだけは喰《く》い止めましたという程度で、かなりとがっている。

客の中には、心中ハタと膝をたたいて、この先にいる左官屋にそっくりだ、と思うのもあった。が、いずれにしても、前の息子のととのった目鼻立ちとは全然関係なかったのである。

しかし、とにかく客は何かいわなくてはならない。そこで、前の息子を知っているものも、はじめて夫人の屋敷を訪ねたものも、あたりさわりのない、同じようなことをいった。

「ほんとにそっくりですね。いまに、あなたの御主人のような立派な紳士になられることでしょう」

でも、それだけで夫人はもう手放しで喜んでしまう。そして子供の鉢のひらいた頭に何度も頬ずりする。子供はキョトンとして、養母の顔を見上げていた。

「学校へ上がったら、よくお勉強しなさいね。前の時は、あなたは小学校から大学まで一番で通したのよ」

夫人は、いつも子供にそういいきかせていた。

簞笥《たんす》の底に、死んだ息子の小学校時代の教科書やノートが、きちんと整理して、しまってあった。夫人は、それらを取り出して、まだ幼稚園へも行っていない子供にあてがった。

子供は、表紙に鼻をあててナフタリンのにおいをちょっとかいでから、自分の部屋へ持って行った。

もちろん、彼はそれが尋常小学国語読本などという高尚な本であることを知らなかった。が、子供心にもその紙がトイレットペーパーよりはるかに上質なことはわかった。で、彼は頁をやぶいて、飛行機を折った。毎日、彼はそれを窓から飛ばす。しまいには熟練して、広い芝生の一番向こうまでとどくようになった。

夫人は、しかし落胆しなかった。

「昔の本なんか時代おくれで駄目ね。みんな図書館へ寄付してしまって、新しいご本を買いましょうね」

夫人は本屋を呼んだ。

新しい、きれいな本。子供は大喜びだった。彼は早速本の厚い表紙をはがして、舟を作った。彼はそれを庭の池に浮かべた。表紙は皆ビニール装丁だったので中々沈まなかった。

「まあ」と池の中をのぞいた夫人は目を見張って、いった。「本には色々な使い道があるものね。やっぱりこの子は頭がいいわ」

月日のたつのは早いもので、子供はやがて学校へ行く年齢に達した。夫人は、もちろん前の息子と同じ学校に入れることにした。各地から上流家庭の優秀な児童達が集まってくる一流の小学校。夫人は重い菓子折を持ってそこの校長を訪ね、息子を前の時と同じ席に坐らせることを約束させた。

入学式の翌日、夫人は息子の帰りを待ちきれず、学校へ迎えに行った。早く着いてしまった夫人が、一から百まで二十回となえ終わってから、やっと放課のチャイムが鳴り、子供達が歓声をあげて出てきた。

息子の姿は中々見つからなかった。夫人が門の上にある学校の名前をたしかめようとした時、やっと息子の顔がうしろの方に見えた。

そこへかけよろうとして夫人はハッと足をとめた。

ほかの子供達にくらべ、息子の体格がかなり貧弱なことに気がついたのである。ひとまわり、ほかの子供は大きかった。頭一つちがうのだ。

「かわいそうに」と夫人はつぶやいた。「よその子は図体ばかり大きくなって、きっと頭の方の発育がおくれているのだわ」

夫人は息子の近づいてくるのを待ち、だきつくようにして耳もとできいた。

「どうだったの？　お勉強、おもしろかった？　どんなことを勉強して？」

息子は例によって、キョトンとした目で養母を見上げた。夫人は、もう一度質問をくりかえした。すると、彼は、カイグリカイグリトットノメを熱心にやり出した。

「そうね。今日は、はじめてで、まだお勉強しなかったのね。先生はお話をなさっただけなんでしょ。あしたから、ほんとうのお勉強がはじまるのね」

だが、次の日も、その次の日も、息子は母に何を勉強したか、いわなかった。毎日、夫人は日記に、○と△と×を書くより仕方がなかった。

息子の受け持ち教師が夫人を訪ねてきたのは、入学式から一月ほどたったころだった。夫人は大喜びで彼を客間に通し、お茶とコーヒーと最中とケーキを出して、もてなした。

前の息子の時も、こうしてよく教師が訪ねてきた。教師はいつも目を細めて、子供の天才ぶりをほめたたえたものだった。

今度の先生は目が大きいから、細め甲斐があるわ、と夫人は思った。

だが、教師は中々話を切りださなかった。お茶とコーヒーをお代わりし、菓子を全部平らげてしまった。

そのあと、最中のお代わりが出ないのを知って、やっと観念したらしく、モゾモゾと坐り直した。

「ゲップ」

と彼はまずいった。

それからたてつづけに、むずかしい専門用語をならべはじめた。形而上的審美感覚を育成せしむる為の特殊ガイダンスの蓋然性だとか、非活動防止委員会における国務長官の反論だとか……。だが、夫人は難解なところは全部とばして聞くことにしたので、そのあと延々二時間にわたる教師の演説は、じつはごく簡単な内容であることがわかった。要するに教師は、おたくの坊ちゃんは知能の発育がほかの子供より大分おくれている、といっているのだった。

で、特殊学級に入れたらどうか、と教師は最後に熱心にすすめだした。

夫人はいままでに、事業への出資や寄付をすすめられた経験は山ほどあった。だから、この時も冷静に事態に対処することができた。彼女はブザーをおして一番太った女中を呼び、「この先生を表に放りだしなさい」と命じた。

夫人はその晩、息子と一緒に食事しながら、「あなたは、もうあしたから学校へ行かなくていいのよ」といった。息子は箸《はし》を放りだし、狂喜乱舞してうち中をかけめぐった。

「あの学校もすっかり変わってしまったわ」と夫人も食事を中止して、つぶやいた。

「あのころの先生は一人も残っていない。みんな、わかってないんだわ」

夫人はタクワンをつまんで、ポリポリと噛んだ。

「やっぱり、あの子には昔式の教育でなければだめなんだわ。そして、それをやれるのは、わたしだけなんだわ」

夫人はその晩の中に、蔵へ入って亡夫の愛用していた牛革製の鞭《むち》を持ってきた。ついで台所へ行き、手ごろのバケツを選び出した。


左官屋はその後、夫人からもらった金をもとでにセメント会社をつくり、自ら社長におさまっていた。

最初からそうすればよかったのだが、赤ん坊を養子に出してから三月ほどは、家族ぐるみ帝国ホテルに泊まって豪遊していたので、おかみさんが、「うちに帰って畳の上で寝たいよ」といいだした時には、金はすでに四分の一ほどに減っていた。左官屋もおかみさんと同意見だったので、うちに帰り、ホテルに大勢泊まっていた社長というものに、自分もなることにしたのだった。

従業員は四人、いずれも気心の知れあったものばかりだったので、スト騒ぎも起こらず、会社の経営は至極順調にいっていた。

ひねもすソロバンをはじいている会計課長が時々思いだしたようにいう。

「あの子は、いまごろどうしているかしらね。おくさんに可愛がってもらってるかしら……あんた、たまには様子を見てきなさいよ」

「だいじょうぶさ。あの子だって、おれの子だ。たたいたって死ぬようなやつじゃない」

社長は、今後顔を出さないで欲しいといった夫人の言葉を忠実に守り、決して会社の拡張資金の融通をたのみに行こうとはしなかった。

もちろん、彼だって会社の拡張を考えないわけではなかった。いや、それどころか、彼にはかのダンプカーのごとく雄大な夢があったのである。

会計課長にはだまっていたが、彼は夫人の全財産があの子のものになる日を心待ちにしていた。ばあさんのとしから見て、あと五年か、長くても十年……その時は実の親だと名乗り出て……。

「とうちゃん」

と会計課長が呼んだ。

「バカ、社長さんていえ。なんだ?」

「ここんとこの計算が合わないんだけど、ちょいと見てくれない?」

「……いま、おれはいそがしいんだ。……そうだ、あすこへ行ってこなくちゃ……」

おれが算術が苦手だってことを知ってるくせに……だいたい少しぽっちの違いなんか、どうだっていいんじゃねえか。いまに財閥になるんだから。

彼は、にわかに兼任の販売課長に変身し、リヤカーにセメント袋をつんで、得意先に出かけて行くのだった。

そのころ息子は、屋敷で算数の問題に苦しめられていた。彼は社長ではないので、いそがしいからという言い訳は通用しなかった。夫人はちゃんとした時間割を作り、毎日六時間ビッチリ、彼に勉強させていた。

「あなたは、こんな問題、前の時はすぐできたんじゃなくって？　思いだせない？」

夫人は、きまって一日に一度は、いらいらしてそういう。だが、夫人の口ぐせであるマエノトキというのが何のことかわからない息子は、ますますキョトンとしてしまうのだった。

ごくたまに、何かの間違いで息子が正しい答えをすることがあった。そうすると夫人は、しばらくの間、幸福感にひたりつつ愛児を見つめる。それから、「ごほうびは何がいい？」と、とろけそうな声を出した。

本当の飛行機でもライオンでも、大金で買えるものなら何だっていい、ほしければ買ってあげるわ、と夫人は意気込んでいう。

そばにいる女中は、そんならいっそのこと電子計算機を買ってもらえばいいのに、と思う。

だが、息子は欲がないというのか、いつもごほうびにほしがるのは、お尻に樟脳《しょうのう》をつけて走るセルロイドの舟だとか、ワタアメだとか、おいなりさまの縁日で買えるものでしかなかった。

息子の十四歳の誕生日に、母子はケーキを前にして坐っていた。

今日は夫人も金紗《きんしゃ》のお召を着、うす化粧さえしていた。しかし、顔色はその着物を着て税務署長に会いに行った時のようにさえなかった。

無理もなかった。夫人が全財産をかけてもいいと思っていたにもかかわらず、いままでにワタアメ等ごほうびに要した費用は、合計二百円にもみたないのだった。息子は、いまだに小学校一年の読本すら満足に読めない。夫人の溜息だけが日を追ってふえていたのである。

息子は母親の気持ちをよそに、ケーキを見て舌なめずりしていた。とうとう、こらえきれず、彼はそっと手をのばしてクリームの部分を指ですくい、口に持っていこうとした。

夫人は、その手をつかまえて、指先を自分でなめてしまい、

「ほら、ローソクがたくさん立っているでしょう。これはあなたのとしの数と同じだけあるのよ。あなたはいくつになったのかしら、かぞえてごらんなさい」

といった。

息子は勘定をはじめた。ゆっくりと、そして何度も数えなおしては時々首をかしげている。これがすめばケーキが食べられると思うのか、いつになく真剣な表情だった。夫人は息子の口もとを見つめて、待った。

やがて、「ぼくわかったよ」と息子がいった。

「そう、いくつだった?」と夫人。息子はニッと笑って、「八つさ」といった。

夫人のふるえる指先がローソクをかぞえだしたのは、何秒かたってからだった。もしや、と夫人は思ったのである。

が、三度かぞえ直した後、夫人は良心的な仕事をした菓子屋の職人をうらんだのだった。夫人は立ち上がって、息子のそばへ行った。

「かわいそうに」と夫人はいった。「あなたは病気なのね。いままで無理に勉強させて悪かったわ。……かんにんしてね。そのかわり、もう今日からは勉強しなくていいのよ」

息子は夫人にだきしめられているので、おどり上がることができなかった。

召使達が、夫人の様子がおかしいと感じだしたのは、それから間もなくだった。

夫人は、息子の勉強をみることはやめたが、いぜんとして息子のそばにつききりだった。

「時々おくさまは、気が変におなりになったのではないかと思われるようなことをなさいました」と一人の召使は後でいっている。「ある日、わたくしは配達された手紙を持って、おくさまのところに参りました。その時も、おくさまは坊ちゃまのお部屋にいらっしゃいました。わたくしが入って行きますと、おくさまは部屋の真ん中で、あたりをキョロキョロ見まわしておられました。わたくしにお気づきになると、手まねきされて、わたくしの耳もとで、『ちょうどいいところへ来てくれたわ。てつだってちょうだい』とささやかれるのでございます。なんのことか、わたくしにはわかりかねました。『おくさま、いったい……』とおたずねしかけますと、おくさまは、『しーっ、わたしがいま鬼なのよ。一緒に探してよ』とおっしゃいました。なるほど、かくれんぼをなさっているのか、わたくしは部屋の中を見まわしました。部屋の中は色々なオモチャ類でゴッタがえしておりました。けれども、わたくしはすぐ坊ちゃまを見つけだしました。部屋のすみにあるティーテーブルの下にかくれていたんでございます。坊ちゃまの体は大そう小柄ですが、それでも木綿のズボンをはいたお尻が、テーブルの下からはみ出していました。よくいう、頭かくして尻かくさずという、あれでございました。それで、わたくしは笑いながらテーブルの下を指さして、『あそこにおられます』とそっと申し上げました。そういたしますと、おくさまは、『え? どこに』とおっしゃって、テーブルの下に目をおやりになり、それからわたくしをごらんになって、『あの子なんてどこにもいないじゃないの』とおっしゃいました。わたくしは妙に思いましたが、とにかく、『こちらでございますよ』といってテーブルのところへ行き、その下を指さしてさしあげました。そういたしますと、おくさまは急にかん高い声でお笑い出しになりました。そして、『あんた、何いってるのよ。そこにあるのは西瓜じゃないの』そう、おっしゃるのでございます。なにしろ、その時は春になったばかりでございましたし、もちろんそんなところに西瓜があるはずはございません。わたくしは、おくさまがふざけていらっしゃるのだと思いました。おくさまは、『スイカ、スイカ、大きなスイカ』と、〝ポッポッポ、鳩ポッポ〟のふしでお歌いになり、テーブルのそばに行かれました。そして、とつぜんそこにあった物差しを手におとりになると、坊ちゃまのお尻を力いっぱいおたたきになったのでございます。坊ちゃまは悲鳴をあげながら、ころがり出てきました。そういたしますと、こんどは坊ちゃまの顔めがけて物差しを……。わたくしは、おくさまのおそろしい剣幕にけおされて、おとめすることもできませんでした。坊ちゃまの額は割れて、真っ赤な血がダラダラ流れだしました。おくさまは、悲鳴をあげてのたうちまわる坊ちゃまを、しばらくぼんやりとながめていらっしゃいました。それから、ふいに坊ちゃまをお抱きになって、ワッと泣き出されたのでございます」

たびたび、そんなことがあったという。

召使達はうす気味悪さを感じはじめ、それと給料の多寡を天秤にかけて考えるようになった。後者が一定であるのに引きかえ、前者は日ましに大きくなっていった。するとと不思議なことに、急に召使達の実家が人手不足になったり、お多福の女中に縁談が持ち上がったりしだした。

夫人の神経は前の息子の葬式のあと以上に鋭くなっていた。召使がくにから来たという手紙を持って話に行くと、その苦心の作を見ようともせず、「やめたいなら、勝手にやめなさい」とつき放すようにいったそうである。

だが、その召使が身のまわりのものをまとめて、ひそかに裏口を出ようとすると、夫人が追いかけてきて、「永い間苦労をかけたわね。本当にごくろうさま」といって、男には亡夫の遺品を、女には自分の装身具を、いずれも彼等が夫人の部屋からくすねて行李の底に入れてあるもの以上に高価なものを、惜しげもなく与えたという。

息子が十六歳になった年の秋だった。

そのころには、もう召使は一人もいなくなっていた。広い、ガランとした屋敷の中で、夫人と息子と二人だけで暮らしていた。訪ねてくる人もなく、近所の人ともまったく没交渉だった。

ある日、近所の人は、はげしい犬の吠え声におどろかされた。高く低く、吠え声はいつまでもやまなかった。人々は家の外に出てみた。

人々は顔を見合わせて、ささやきあった。

「こううるさくちゃ、昼寝も出来ません」

と最近開業した歯医者がいい、

「火事はどこでしょうね」

と八十二歳になるタバコ屋のおばあさんがいった。

が、とにかく屋敷へ行ってみよう、ということになった。吠え声は明らかに夫人の屋敷の方からだったのである。

屋敷に近づき、人々は垣根ごしにのぞいてみた。目付きの鋭い、首環のない犬が、荒れはてた庭に面した窓に前足をかけ、狂気のように吠えつづけていた。

何人かが表にまわって、さびついた門をあけ、玄関の戸をたたいた。が、いくらたたいても夫人は出てこなかった。

そこで力自慢の青年が勇を鼓して垣根を乗りこえ、庭に入った。かなわずと見て犬が尻尾をまいて逃げ去ったあとの窓には、厚いカーテンが引かれてあり、中の様子は見えなかった。が、青年は何ともいえない、いやなにおいが、中からただよってくるのを感じたのである。彼は大声をあげて人々を呼んだ。

やがて、かけつけた警官と共に、四、五人の男が、玄関の鍵をこじあけて屋敷の中にふみこんだ。うす暗い屋敷の中には、かびくさい、しめった空気がよどんでいた。何年間も人の住んでいない家のようだった。人々の野次馬的好奇心はさらに高まった。

人々は大体の見当をつけて、犬の吠えていた部屋に行った。四角四面な警官は、人々を制し、まず礼儀正しく帽子をとって、その洋間のドアをノックした。そして正確に三十秒待ってから、彼はドアをあけた。その瞬間、食物のすえたような強い悪臭におそわれ、人々はしきいぎわでたじろいだ。今度は一般市民達の方が礼儀正しくなった。彼等はいっせいに警官に先をゆずった。

前にニワトリ泥棒をつかまえた経験のある警官は、愛妻が洗濯してくれたハンカチで鼻をおおいながら、真っ暗な部屋の中へ入って行った。床の上に何かおいてあるらしく、警官は二、三度つまずいたが、やっと窓のところへたどりついてカーテンを引きあけた。さしこんだ光と共に、部屋の中の異様な光景が、人々の眼前に浮かび上がった。息子の部屋とおぼしい、その中は狼藉《ろうぜき》をきわめていた。オモチャと紙くずと汚れた衣類とで、部屋中足のふみ場もない。しみだらけの壁には、ところかまわずクレヨンで落書きがしてあった。

部屋のすみに木製のベッドがあった。その上に、人々は異臭の原因となったものを発見したのである。

汚物でよごれたシーツ。そこから鉢のひらいた頭が出ていた。……首すじに紐がまきついていた。

夫人は町の中を歩いていた。

ハンドバッグも持たず、着ている金紗のお召はよれよれになっていた。彼女は二枚の写真だけを、しっかりと両手でにぎっていた。自動車事故で死んだ最初の息子の写真、そしてもう一枚は養子の写真……。夫人はすそのみだれも気にせず、早足で歩きながら、何かにつかれたような目であたりを見まわしていた。

門前に乳母車のおいてある家、物干しに赤ん坊用のものが干してある家を見つけると、夫人は走りよって戸をたたく。

中から出てきた人は、髪をふりみだした老婆の姿を見ると、いそいで銅貨を投げ、ドアをしめてしまう。

夫人はドアにすがりつき、うわずった声でいうのである。

「ちがいます。わたしは、おたずねしたいことがあるだけなのです。おたくの赤ちゃんはいつ生まれたのですか。もしや、二月前の……九月五日の……午前八時三十一分ではありませんか。ね、どうか教えて下さい」

もの

第一の学者がいった。

「私は、このものは古代人が使用した武器の一種であろうと考えます。このものを手に持って相手を殴れば、顔面等に相当の被害を与えることが出来ます。又、相手の攻撃を受けとめるのにも、このものは使用出来ます。おそらく古代人は日常、護身的にこのものを使用したのでしょう」

第二の学者が立ち上がった。

「私は、このものが武器であるとは思いません。このものには、二つの隆起している部分がありますが、その上が少し磨滅しています。この部分からは色々の物質が検出されましたが、私はその中に古代人が好んで食べたという植物バナナの成分があるのを発見しました。古代人は、一種の嗜好物として、この隆起した部分に果実の汁等を塗りつけて、なめたのではないでしょうか」

第三の学者の番がきた。

「私は両先生の御意見にはまったく賛成出来ません。お二人とも、このものにある穴のことに言及なさいませんでした。私はこの穴こそ、このものが何であるかを解明する重大な鍵になると思うのです。私は色々と研究した結果、この三つの穴の位置が、古代人の両眼の間隔と口の位置に、ほぼ一致することに気がつきました。よって私は、このものは古代人が何かの目的の為に顔にかぶった物であろうと思います」

だが、第一の学者も第二の学者も、自説を主張してゆずらなかった。とうとう、結論はでなかった。

やむをえず、タイムマシンが使用されることになった。

しばらくして、一人の古代人がタイムマシンにのせられて、やって来た。

古代人はいった。

「このものが何だというお尋ねですか。これは、このままでは使えませんな。ええと」

彼はあたりを見まわしていたが、やがて自分の腰の所から、植物のせん維で出来ているらしい布をとり出し、手でそれを二つにひきさいた。そしてものを取りあげると、その穴と穴との間を布で連絡し、結びつけた。

彼はそのものの上に足をのせた。その足には、まだ退化していない五本の指が生えていた。その一本と他の四本の間に布の結び目をはさんだ。彼は足を上げて見せた。ものは彼の足に密着していた。

彼は二、三歩あるいて見せて、いった。

「これはゲタというものです」

鏡

ある日、私は鏡を見ていた。

鏡の中には私がいる。鏡の中の私は、私がするのと同じように、笑い、片目をつぶり、舌を出す。

私は、鏡の中の私に向かって、「こんにちは」といった。

鏡の中の私は、私と同じように口を動かした。だが、鏡の中の私は勿論声は出さない。

そこで私は、子供っぽいいたずらを思い付いた。鏡に向かって、「こんにちは」というように、声を出さず、口だけ動かしてみた。

すると、不思議な事がおこった。「こんにちは」という声が、鏡の中から聞こえてきたのだ。

私は外の言葉をいってみた。「こんばんは」も「さようなら」も、私が口を動かしただけで、鏡の中から聞こえてくるのだった。

私は面白くなり、色いろと口を動かしてみた。どんなに長い言葉でも、どんなに複雑な言葉でも、鏡の中の私が、私にかわって、しゃべってくれるのだ。私は、しばらくの間、その遊びに熱中した。

だが、やがて私は飽きてきた。私は鏡をほうり出して、「あー」といって大きくのびをしようとした。

ところが、どうしたことだろう。声が出ないのだ。

私は、もう一度、「あー」といおうとした。だが、やはり声は出なかった。

私は、ふと鏡を手にとって、中の私を見ながら、「あー」と声を出してみた。声が……鏡の中から聞こえてきた。「おはよう」と私はいった。私の口からは声が出ず、鏡の中の私が、「おはよう」と声を出した。

その時からである。私が、裏に鏡をはめこんだシガレットケースを、いつでも持って歩くようになったのは。

私と話をした人の中には、私の声が口からではなく、手に持ったシガレットケースの方から聞こえてくることに気がついた人があるかもしれない。

広　瀬　正

赤坂氏は時間を逆行させる実験を開始した。そこへ、ドアがあいて、赤坂氏によく似た男が入って来て、赤坂氏のそばに立った。赤坂氏は男をチラリと見てから、机の上のメモをとり上げ、大声で読んだ。

「イマスガノアラッティウカム」

赤坂氏がメモを机に置いて、機械に手をのばすと、男も手をのばし、二人は一緒にボタンを押すと、赤坂氏は機械から手をはなし、男も手をはなして机の上のメモをとり上げた。

「ウマクイッタラオナグサミ」

大声で読み、机の上にメモを置いてから、男は赤坂氏をチラリと見た。

赤坂氏はあとじさりしながら、男のそばをはなれ、ドアをあけて出て行った。

赤坂氏は時間を逆行させる実験に成功した。

UMAKUITTARAONAGUSAMI

広　瀬　正

発作

その男は、顔も服装も私にそっくりだった。

とつぜん、変なものにのって私の目の前に現われ、早口でいい出したのだ。

「ゆっくり説明しているひまはない。私は一分後の君なんだ。そしてこれは一分前の世界に行けるタイムマシンなんだ。わかるかい?」

彼の額には、じっとりと汗がにじんでいた。彼は一生懸命何かを思い出そうとしている様子だったが、

「そうだ。君は、いま僕がいっていることを、全部おぼえておかなければいけない。わかるだろう? そのわけが……」

彼の表情は真剣そのものだった。私にも段々事の重大さがのみこめてきた。私達は、たがいに相手の気持ちを探るように、じっとにらみあっていた。

彼は二、三度腕時計に目をやった。

「時間だ。早く、のるんだ」

最後に彼がそういった時、私はもうちゅうちょせずにタイムマシンにのった。自分の腕時計を見ながら始動ボタンを押した。

目の前で、世界がぐるりとまわった……。

一分前の私が、びっくりした顔で立っていた。

――こいつは、まだ何も知らないのだ。だが早く説明して、一分後にはタイムマシンにのせて出発させねばならない。

すぐ、私はいった。

「ゆっくり説明しているひまはない……」

一分前にいわれたことを必死に思い出しながら、私は言葉をつづけていった。途中から相手の顔が次第に青ざめていくのがわかった。

そして私は一分後に、なんとか彼をタイムマシンにのせて送り出すことが出来たのだった。

それから三日ばかり、私は仕事が手につかず、ぼんやりとすごした。悪夢のような二分間の出来事が、私の神経をすっかりつかれさせてしまったのだ。

四日目になって、私はやっと気をとりなおして仕事をはじめた。

ところが、彼が又現われたのだ。一分前行きのタイムマシン。いやおうなしの息苦しい二分間。前の時ほどあわてずにすんだが、私のうけたショックはかえって大きかった。私は恐ろしかった。ある予感がしたのだ。

その予感はあたった。三日後に又現われたのだ。

それからというもの、平均三日おき位に必ずやって来るようになった。一度、十日ばかり来なかったことがあった。だが、私がほっとしたのもつかの間、十日目にはちゃんと現われ、次は何と一時間後にぶっつづけに現われたものだ。

私は、もう仕事どころではなかった。いつ彼がやって来るかわからない。食事の最中にも現われるし、寝ている時でさえやって来るのだ。

しかも、もうおたがいに事情がすっかりわかっているにも拘わらず、彼はいつも初めてのようにゴタクをならべる。いじわるく文句まで少しずつ変えて。

たとえようのないわずらわしさ……不愉快ないらだたしさ……。

私は、いっそのことタイムマシンにのるのをやめてみようかと思った。だが、その場合どんなことが起こるかわからない。私はなかなか決心がつかなかった。

ある日、彼はついに私と違った服装で現われた。私は彼の言葉を聞きながら、一分間で、彼と同じ服に着替えをすませねばならなかった。

そのあとで私は、これ以上こんなことをつづけていたら体がもたない、もうどんなことが起こってもいい、この次にやって来たら、きっぱりとタイムマシンにのるのを断ってやろう、と覚悟をきめた。

そして、私は彼の来るのを待った。はじめて、彼の来るのを待ち遠しく感じた。

いく日も、彼は現われなかった。

絶対に断るのだぞ……私は繰り返し自分にいいきかせ続けていた。

五日目に、やっとタイムマシンが現われた。

そこには……誰ものっていなかった。

おうむ

最後のボルトをしめ終わると、博士は背の高いロボットをいとしげに見上げた。

「さあ、これでお前もわし達と同じように話すことが出来るぞ」

博士の考案した新型の発声装置が、ロボットにとりつけられたのだった。

博士は電源のスイッチを入れた。体内の装置が働きだしたことを示す赤いランプが、ロボットの額にともった。

「さて、発声をためしてみよう」

と博士はつぶやいた。

――まず、こっちのいうことを復唱させてみるか。

博士はロボットの胸にある二つのボタンのうち、左の方をおした。

そしてロボットの正面に立ち、

「おたけさん」

といった。

「オ、タ、ケ、サ、ン」

とロボットはゆっくり復唱した。

――テンポがおそいな。油をささなければいかん。

博士は油さしをとりだして、二、三カ所注油してから、又ロボットと向かいあった。

「本日は晴天なり」

「ホンジツハセイテンナリ」

ロボットは、よどみなくいった。

――うん、今度はいいぞ。発音も正確だ。

博士は満足そうに大きくうなずいた。

――さて、次は、こちらの問いに答えさせるとしよう。

博士は、今度は右側のボタンをおした。

――念の為、同じことをいってみるかな。

「おたけさん」

と博士はいった。

ロボットは何もいわなかった。

ロボットの口もとを見つめていた博士は、だがうれしそうな顔をした。

――このロボットはおたけさんではないから返事はしないのだ。合格じゃ。

博士は、つづけた。

「本日は晴天なり」

「イナ、ホンジツハウテンナリ」

博士は窓の所に行って、のぞいてみた。外は、しとしとと雨がふっていた。

――うん、ますますいいぞ。では、もう一問追加だ。

博士はロボットの所にもどって、いった。

「君はだれだ?」

するとロボットは答えた。

「キミハ、ハカセダ」

ちがいない……だが少し妙だな、と博士は思った。回路がどこかはずれているのだと気付き、博士はロボットのうしろにまわり、後頭部にあるフタをあけた。回路の故障を見つけ、修理がすむと、博士はもう一度質問をくり返した。ロボットはちゃんと、「ボクハ、ロボットダ」と答えた。

――さあ、それでは、いよいよ自由意思による活動をさせてやろう。

博士はロボットのへその所にあるボタンをおした。

ロボットは動き出した。トレーニングをするように、しばらく部屋の中を行ったり来たりした後、ロボットは博士の前に来て立ちどまり、いった。

「サテ、ハッセイヲタメシテミヨウ」

——なるほど、わしの真似か。

博士が笑いながら見ていると、ロボットは博士の胸に手をのばした。金属製の指でそこをさぐり、博士のちっぽけな乳首を探しあてて、おした。博士はくすぐったいのを我慢して、するがままにまかせた。

——中々芸が細かいわい。記憶力も理解力も大したものだ。

ロボットは博士の発声テストを開始した。

「オタケサン」

その言葉を予期していた博士は、すぐ、

「おたけさん」

と、いってやった。

ロボットは満足そうにうなずき、次にとりかかった。

「ホンジツハセイテンナリ」

「本日は晴天なり」

博士はロボットの意にそうよう、一生懸命ハッキリといった。

だがロボットは、

「ドウモ、ハツオンガワルイナ。トーホクナマリガアル」そうつぶやき、博士がいつもするように、あごの所に手をやって、一寸《ちよつと》考えていたが、「ヤハリ、ナオサナケレバダメダ」

博士の二倍の大きさを持ち、四倍の力を持つロボットは、ゆっくりと博士の方に寄って来た。

ロボットは博士のわきを通りぬけ、壁の書棚に近づくと、一冊の分厚い本をとり出し、もどって来た。

本を博士にさし出し、ロボットはいった。

「アシタマデニ、ゼンブヨミナサイ」

博士は本の題名を見た。

『標準語発音辞典』とあった。

タイム・セッション

ジャズ評論家として夙《つと》にその名を知られるK大学教授浜野先生は、かつての教え子の一人が、やっと発明しましたといってタイムマシンを持って訪ねて来た時、ひと通り説明を聞き終わると、

「ちょっと僕に使わせてくれないか」

といった。

先生は、タイムマシンを使えば、今は亡きチャーリー・パーカーの演奏をなまで聞くことが出来る、と考えたのだった。

先生は学術会議の出席などで、戦後何回も渡米したが、そのたびに、ひまを見ては、各地で著名ジャズプレイヤーの演奏を聞いて来た。だが、最初に渡米したのがバードの死の直後であり、とうとう彼のなまの演奏に接する機会がなかったことを、先生はかね

がね残念に思っていたのである。

タイムマシン使用の承諾を得ると、先生は早速ヨソユキに着替え使用上の注意を聞いて、機上の人となった。

博覧強記の浜野先生は、バードがいつ、どこで、どんな曲を演奏したか、すべてソラでいえるほどだった。先生は何のためらいもなく、時間座標と空間座標のダイヤルの目盛りを次々と合わせていった。

「では行って来るよ」

先生は手をふって別れをつげ、始動レバーをひいた。

次の瞬間、先生はもう……そこにいた。

雑踏するニューヨークの繁華街、行きかう人びとの頭ごしにチャーリー・パーカーと大きく書かれた看板を見て、先生の胸は感激にうち震えた。

先生はいさんで切符売場に行った。だが、ポケットの財布に手をやった時、先生はハッとしてそこに立ちすくんでしまった。財布の中の聖徳太子が、この国では古代東洋人の絵姿以外の何の価値もないことに気がついたのである。

〈ジーザス・クライスト！〉

先生は英語で舌うちをした。——折角ここまで来たのに……さすがの浜野先生もオロオロするばかりだった。

するとその時……突然横あいから一人の男が現われ、いきなり先生の手に何かにぎらせた。先生はあわてて手の中を見た。手の切れるような十ドル紙幣だった。おどろいて先生が目を上げた時には、男の姿はもうどこにも見当たらなかった。

〈これぞまさしく〈ヘヴンズ・ギフト〉

先生は心の中で手刀を切った。この際、今の男のせんさくはやめ、とりあえずこの十ドル札を使わせてもらうことにしよう……先生はおサツをにぎりしめて、切符売り場の前に立った。

そして、それからの数時間、先生は予期にたがわぬバードのすばらしい演奏を心ゆくまで楽しんだのである。

演奏が終わり、満ち足りた思いでそこを出ると、先生は二ブロックほど先にある質屋に向かっていそいだ。先生の頭の中では、もう、これからしなければならない事について、一つの考えがまとまっていた。

入口に真鍮《しんちゅう》の玉が三つぶらさがっている質屋で、先生は、前に渡米した時に買った腕時計と交換に、二十ドル手に入れた。それから又もどって、駐車場においてあったタイムマシンにのりこんだ。

ダイヤルの目盛りを、空間座標はさっきの位置からほんのわずかずらし、時間座標はさっきの丁度一分後に合わせた。

先生はレバーを引き……タイムマシンを降りた。切符売り場の前でポケットの財布をおさえてオロオロしているもう一人の自分のそばに寄り、すばやく札をにぎらせた。そのもう一人の自分が、あたりを見まわした後、切符を買って中に入って行くのを見さだめると、先生はもう一枚の十ドル札を持って切符売り場に近づいた。

そして、浜野先生はふたたび別の席でバードの演奏を心しずかに鑑賞したのであった。

さて、以上の話を読まれた読者の中には、先生が最初にバードの演奏を聞いたあと、どうしてすぐに質屋のありかが分かったか不審に思われた方があるかもしれない。

実は——これは先生に内緒でお教えするのだが——先生は前に渡米した時、その質屋に行った事があるのだ。

先生のあの腕時計は、その時、その質屋で買った質流れ品だったのである。

人形の家

「ああ、これが新しい作品だね。よく出来ているなあ」

小さな模型の家を前にして、わたしは嘆声を発した。

彼は満足そうである。模型製作が、彼の唯一の趣味なのだ。あまり体が丈夫でない彼は、いつもひまさえあれば、家にとじこもって、コツコツと何かを作っている。今までにも飛行機や機関車等、たくさんの精巧な模型を作ったが、今度のこの作品には、とりわけ、力を入れたらしい。

屋根の瓦は、一枚一枚丹念に作ってあり、適当な古びさえついている。ポーチの横の花壇には、小さな花までさいている。

わたしたちが今いる、この家が、実物と寸分の違いもなく、おとぎ話に出て来る小人の家のように、そこに再現されているのだ。わたしは、いつまでも、あきずにながめていた。

と、彼がマッチの棒をとり出し、その先で二階の、ちょうどこの部屋にあたる所の窓をあけた。

「中を、のぞいてごらん」

彼にいわれて、わたしは、小さな窓から、中をのぞいた。

「人がいる！」

わたしは思わず、さけんだ。

この部屋とそっくりに出来た部屋の中に、豆粒ほどの人形が二人、椅子に坐っているではないか。しかも、よく見ると、人形には、ちゃんと服まで着せてあるのだ。人形の一人は、緑色のシャツを着て、グレイのズボンをはいている。そう、今日の彼の服装、そのままである。

すると、こっちは、もしや……。わたしは、もう一人の人形に目を移して、ギクリとした。その人形は、着ている服が、わたしの今着ている一張羅《いっちょうら》と同じだけでなく、体つきまで、よく写真で見るわたしに瓜二つなのだ。わたしは背すじがゾーッと寒くなった。

「ぼくたちと、そっくりだ。まるで、生きているようだ」

かすれた声でそういってから、わたしは唾をのみ、無理に作り笑いをした。彼は人形の出来栄《できば》えが、わたしにショックを与えたらしいと知ると、いたずらっぽい表情になり、おどけた調子で、しゃべり出した。

「生きているようだって？　いや、もしかすると、人形はよく出来たので、本当に呼吸し出したのかも知れないぜ。……人形たちは、今何しているんだろうな。やはり、ぼくたちと同じように、模型の家を見て、人形の人形の話をしているんじゃないかな」

「…………」

「そうだ。いい考えがある。人形が何をいっているか、聞いてみようじゃないか」

彼はおどるように部屋のすみに行って、そこにあるアンプのスイッチを入れた。

わたしは、あわてていった。

「君、やめようよ。そんなこと」

わたしは、あわてていった。そういわずにはいられなかった。

が、とめるひまもなく、彼は小型のマイクを、人形の家の窓に、さし入れた。

その時、部屋の中が急に暗くなった。そして、わたしの背後に、何かの気配を感じた。

わたしは、ふり返って見た。

あけはなたれた窓から、巨大なマイクロフォンが、わたしたちめがけて、せまって来た。

星の彼方の空遠く

その小さな遊星に人間が住んでいるのを知った時、探検隊の人々は、大きな驚きに打たれた。

「この遊星は人跡未踏と思われていたのに……。まったく人類の開拓精神の旺盛さには、頭が下がるな」

双眼鏡を目にあてたまま、隊長がつぶやいた。

隊員達は、砂丘の下の小さな小屋を、感慨をこめて見つめた。

「住んでいるのは二人だけのようだ。早速、行ってみるとしよう」

隊長は、そういうと、先に立って砂丘を下りはじめた。

間もなく一同は小屋の前に着き、隊長がドアをノックした。

待ちかまえていたように、すぐドアが開き、五十年配の男が顔を出した。ひげでうずまった顔を、笑いでくしゃくしゃにしている。男は一同を中に招き入れると、ふしくれだった手をさしのべて、一人一人と握手した。

「みなさん、ようこそいらっしゃいました。地球の人にお会いするなんて、本当に久しぶりです。さあ、どうぞ、おくつろぎ下さい。すぐお食事の支度をしますから……」

男は、まめまめしく棚から食器類をとって、テーブルの上にならべはじめた。

隊長は、ふと思いついて、声をかけた。

「さっき、遠くから拝見したのですが、こちらには、お二人住んでいらっしゃるようですね。もう一人の方は……」

「おお、うっかりしとりましたな。あれは、わたしの相棒ですて。ただいま、ご紹介いたします。おい……」

男は名前のようなものをどなった。

小屋の裏手から返事が聞こえた。裏手に通じるドアが開き、一人の男が入って来た。やはり五十年配の、ひげだらけの男で、隊長達の方へ進みよると、一人一人と握手をかわした。

「みなさん、ようこそいらっしゃいました。地球の人にお会いするなんて、本当に久しぶりです。さあ、どうぞ、おくつろぎ下さい。すぐお食事の支度をしますから……」

男は、まめまめしく最初の男を手伝い出した。

ひげばかりでなく、二人は顔かたちも、しぐさも実によく似ていた。

隊長達の顔に微笑が浮かんだ。本当に仲のいい双子の兄弟だ。

隊長は最初の男のそばに行き、それを口にしてみた。

「ご兄弟で？」

「ええ、まあそんなものです」男は皿をならべる手を休めず、微笑して、いった。「なにしろ、永い間一緒に苦労しましたからなあ。いまじゃ、本当の兄弟以上の愛情を、お互いに感じとりますわい」

「ご兄弟じゃない、といわれる。しかし、よく似ておいでですなあ」

心に感じたことをすぐ口に出す性質の隊長は、そういって、大げさに手をひろげ、感心してみせた。

「そりゃそうですとも……」男は、もう一人の方へあごをしゃくり、「こいつはロボットですからな」

ともなげにいった。

「ロボット……」

隊長も、隊員達も、思わず一せいにつぶやき、あとから来た男を見つめた。

隊長がいった。

「そうでしたか。でも、本当によく出来ていますね。あなたをモデルにして作らせたわけですな。いったい、どこの……」

男が隊長の言葉をさえぎった。

「作らせたのではありません。わたしが自分でこしらえましたのじゃ」

「ほう、ご自分で……」

隊長は、しばらくの間、穴のあくほど、相手の顔を見つめていた。

「失礼ですが、正直いって、びっくりしました。あなたは、お見受けしたところ、技術者のタイプではないし、それにこんな……」隊長は部屋の中を見まわし、「なんの設備もない所で、よくこんな精巧なロボットが出来ましたな。まったくよく出来ている……」

「おほめにあずかって恐縮です。ええ、まあずいぶん苦心はしましたが……」

男はいつくしむような視線をロボットにやった。

隊長も隊員達も、あまりの出来栄えに、直接目を向けるのがなんとなくはばかられ、チラリチラリと横目でロボットをぬすみ見ていた。

男が隊長に顔を向けた。

「わたしみたいなものでも、ひまにあかして基本から勉強し、年月さえかければ、この位のものは出来ますよ。そう、ざっと五百年もかかりましたかな、こしらえるのに……」

ロボットが隊長に顔を向けた。

「わたしみたいなものでも、ひまにあかして……」

タイムマシンはつきるとも

五助は、ある日タイムマシンを手に入れた。

タイムマシン、すなわち航時機、過去でも未来でも、すきな時代へ即座に行けるという至極便利な機械である。

五助がどうやってその重宝な代物を手に入れたか、どなたも知りたいことだろう。

まだどこの月賦屋もタイムマシンは扱っていないようだし、第一タイムマシンが発明されたというニュースも聞いたことがない。すると未来の世界からの密輸品じゃないかって？　いや、そんなものがあったにしても、その性能から見て、値段はキャデラックやベンツの比ではないだろうから、とても五助ごときのポケットマネーで買えるわけはない。

じつは、五助は未来からの時間旅行者が用足しに行っているすきに、ちょっと失敬してしまったのである。

いうのを忘れたが、五助の苗字は石川である。彼は先祖の名を辱《はずかし》めないよう、日夜家業にはげんでいるが、いまだにパッとした仕事をしたことのない、いわば平凡なコソ泥だった。

五助は最初、それがタイムマシンであることに気がつかなかった。横町の角にエンジンをかけたまま、とめてあるのを見た時、妙な恰好《かっこう》の自動車だなと思ったが、あたりに誰もいなかったし、ついいつものくせが出て、フラフラとドアをあけて乗りこんでしまったのである。

中の様子も、なんとなくおかしかった。

(まずいな、こういう変わった車は、足がつきやすい)

五助がそう思い、あきらめて外へ出ようとした瞬間、足音が聞こえてきた。車の持ち主にちがいない。五助は夢中でハンド・ブレーキをはずし、アクセルをふみこんでしまった。

ものすごいショックを五助は感じた。

(しまった、ふみこみすぎた)

五助は、あわてて足をゆるめた。幸いエンストはしていなかった。

しかし、車は元の場所からちっとも動いていない。

(何かを、おれは忘れているんだ)

五助はますますあわててダッシュボードを見まわした。

メーターの下に押しボタンが二つある。TとSと書いてあり、Tの方が押されてあった。五助は、そのSの方を押してみた。

アクセルをふむ。車は動き出した。

(しめた……)

五助は、どこで車を盗み、どこをどう通って家へ帰ったか、まるで覚えていない。彼は、はじめて大物を手に入れた喜びに有頂天になっていた。

五助は近所の同業者のガレージに車の保管をたのみ、アパートに帰った。

階段を上って行くと、隣の部屋にいるホステスのナオミとばったり会った。

「あら、五助さん、お久しぶりね」

「え?」

さっき出がけに彼女の部屋へ寄り、一緒にインスタントラーメンを食べたばかりなのに、何をねぼけたことをいってるんだろう。

「どこで浮気してたのさ、ひと月も……」

「ひと月?」

「しらないっ」

ナオミは真っ赤な爪の先で五助の頬をつっつき、バタバタと階段を下りて行ってしまった。

五助は爪のあとをさすりながら、狐につままれたような気持ちで部屋にもどった。

ドアをあけると、五助は新聞の山につまずいた。

五助は商売柄、新聞だけは毎日かかさず目を通すことにしていた。だが、そこにあるのは、とても一日や二日では読みきれそうもない新聞の量だった。

五助は電灯をつけ、一番上のやつをとり上げて見た。

日付けは六月十五日だった。

（六月？………）

今日は五月十七日である。日付けの印刷を間違えるなんて、トンマな新聞社だ。

五助は全部の新聞の日付けをしらべてみた。五月十七日の夕刊から、六月十五日の夕刊まで、すべての日付けがそろっていた。

（こりゃ、いったいどうしたことだ……）

五助は新聞の山の上に坐りこみ、考えこんでしまった。

五助は三日三晩考えつづけた。

五助は空想科学小説の愛読者だったので、最初の一日で、あれがタイムマシンであることがわかった。はじめにアクセルをふんだ時、おれは未来の世界……一月先の世界へ飛んで来てしまったのにちがいない。

次の一日は、ガレージに出張して、タイムマシンをつぶさに観察した。五助は空想科学小説の愛読者だったので、その構造も扱い方もすぐ理解してしまった。あの押しボタンは、Tが時間航行でSが空間航行を表わしていることもわかった。つまりSのボタンを押した時には、普通の自動車と同じに使える、便利なものなのだ。

最後の一日は、又新聞の山にもどって、このすばらしい機械を使って何をしようか、と考えた。五助は空想科学小説の……作家ではなかったので、「もし、タイムマシンに乗って過去の世界へ行き、結婚前の両親を殺したら、いまの自分はどうなるか」などというくだらないことは考えなかった。彼は商売にタイムマシンを利用することを思いついたのである。

ドロボーをする場合、金品を盗むこと自体は、そんなにむずかしい仕事ではないことを五助は永年の経験で知っていた。ただ、そのあと、いかにして司直の追及から逃れるかが、古来同業者達を苦しめてきた問題なのだ。

タイムマシンに乗って逃げればいい、それが五助の達した、いとも明快な結論だった。過去でも未来でも、全然関係ない世界へ行ってしまえば、そこのおまわりは、その盗難事件のあったことを知らないわけだから、絶対安全だ。

五助は早速具体案をねった。どこへ泥棒に入るかは、すぐ決まった。それは丁度タイムマシンを失敬した晩に入るつもりでいた、あるソバ屋だった。

五助は前から色々としらべて、その日ソバ屋に二十万円という大金が現金であることを知っていた。だが、途中でタイムマシンに出っくわしたので、脱線してしまったのだ。でも、あの日にやらないでよかった、と五助は思った。おれは足がおそいから、帰りにつかまってしまっていたかもしれない。しかし、今度はタイムマシンがあるから大丈夫だ。

待てよ、と五助は考えた。あのソバ屋の二十万円は、翌日問屋に支払うための金だった。だから、いまから行っても金はもうない……そうだ、五月十七日にもどればいいんだ、そのためにもタイムマシンは使えるじゃないか。五助は武者ぶるいした。

五助は愛用のモテル社製玩具ピストルをポケットに入れ、壮途についた。

五月十七日の深夜……五助はソバ屋の近くでタイムマシンをおりた。

仕事は簡単だった。ピストルをつきつけるとソバ屋のおやじは真っ青になり、五助のいうなりに金庫のふたをあけた。内ポケットに二十万円入れて、ソバ屋を出る時、おかみさんらしいのが裏口から飛び出して行くのが見えたが、五助は気にもとめなかった。

五助は意気揚々と愛機のところにもどった。が、少し手前でギクリとして立ちすくんだ。誰かが乗っているのだ。ブレーキをいじっている。

泥棒だ、と気がついた時、タイムマシンはパッと消えてしまった。

(しまった、やられた)

五助は呆然として、タイムマシンのあった空間を見つめた。

タイムマシンをとられてしまっては、どうしようもなかった。五助は内ポケットをおさえたまま、走り出す気もおこらなかった。

(ちょっとソバ屋へ入っているすきに……すばしっこいやつだ)

パトカーのサイレンが聞こえてきた。

(いったい、盗んだのはどこのやつだろう)

パトカーが五助のわきでとまり、警官がおりて来た。

(そ、そうだ。いまのやつはおれにそっくりだった。……あいつは、あの時のお、お……)

「観念しろ」

警官がいい、手錠が鳴った。

地球のみなさん

先生は書斎の机に向かっていた。

机の上には、何かむずかしそうな横文字の本が開かれてあった。

強い近視の眼鏡をかけた先生の目は休みなく本の行間を追い、肉体労働をしたことのない貧弱な手が一定の間隔をおいて頁を繰っていた。

身じろぎもせず読書にふける先生のはげ上がった額が、窓からさしこむ午後の陽ざしの中に、白い。

「あなた、また来ましたよ。あの子が……」

耳もとで声がし、先生はおもむろに顔を上げた。

「来たか。このごろでは私の大学の時間割をすっかりおぼえてしまって、ちゃんとうちにいる時に来るな」

「ま、そんなのんきなことをおっしゃって……こううるさくちゃ、かないませんわ。今日はキッパリと断って下さいね」

奥さんは先生の机の横に立った。先生はパタリと本をとじ、

「でもお前、子供のいうことをいちがいにウソだときめつけるのはよくない。また何か私の研究に役立つことがあるかもしれない」

「それは最初の時だけですよ。あの時は、たしかにあの子のおかげであれを……」

先生は奥さんと一緒に、壁の額を見上げた。

金色の線でふちどられた表彰状が、そこに入っていた。真ん中に片仮名がならんでいる。その上半分は先生の名前と同じだった。

「……だけどですよ。そうそう植物の新種がころがっているはずもないし、それに、このごろあの子の持ってくるものはインチキばかりじゃありませんか。三本足のカエルだとか、黄色いカブトムシだとか……あのカブトムシをあたしがシンナーで拭いてみせた時のあの子の顔、おぼえていらっしゃるでしょう」

「………」

「もう、おこづかいをやるのは、よして下さいよ。あの子には、あの時ちゃんと充分なお礼をしてあるんですから……あなたみたいに、いい気になってお金をやっていたら、かえってあの子をウソつきに育てるようなもんですよ。あの子の為を思うんだったら、

もう決して、いうなりにおこづかい……」

「わかった、わかった、そうするよ」

先生は、いくぶんムッとした様子で立ち上がった。

＊

「ああ、おじさん、こんちは」

玄関の坊やは先生の顔を見ると、うれしそうな声をあげた。ジーンパンツにガムのかすがこびりついている。

「やあ……今日は何を見つけたんだい？」

先生はいいながら片手を出した。早く話をすませてしまいたいのだろう。

「ううん、今日はちがうんだ……」坊やはかぶりをふり、「……ぼくね、いまエンバンを見て来たんだよ」

「エンバン？」

「そうさ」

先生は一瞬坊やの顔を見つめていた。それから、つぶやくように、

「なるほど、円盤か、こりゃ新趣向だな。なるほど……」

「ね、おじさん、早く行ってみようよ。まだいるかもしれないよ。学校の向こうんとこ

なんだ。おじさん宇宙人と話してみれば……」

「宇宙人……か」

先生は微笑した。

「うん、きっとまだいるよ」

「ああ……でもね、おじさん、いまちょっといそがしいんだ。だから、また今度にしよう」

坊やはしかし、かさねて先生を誘おうとはしなかった。

「……うん」

すなおな子である。

「でも、せっかくわざわざ教えに来てくれたんだから……」

先生はポケットに手を入れた。

坊やはじっと先生の手を見つめている。今日は百円かな、それとも……。

だが、先生はハッと気がついたように手をひっこめ、居間の方をチラリと見た。そこで奥さんが聞き耳をたてているにちがいないのだ。

先生はエヘンとせきばらいした。

「とにかく、今日はいそがしいから……」

坊やはキョトンとして先生を見た。

先生はいいにくそうに、

「また、こんど……ね」

坊やは、二、三度目をしばたたき、

「お、おじさん、おじさんは、じゃあ、ぼくのいったこと、ウソだと思ってんだね」

「いや、べつにウソだなんて……」

先生はヘドモドといった。

「いいよ。もうこんどっから何も教えてやんないから……おじさんのケチ」

「…………」

「うーんと……そいから、そいから……エンバンの宇宙人にいいつけてやるからいいよ。あすこにケチンボのおじさんがいるから……うーんと、エンバンで行って食べちゃえって……食べちゃえって、いってやるから……イーッだ」

坊やは、すてゼリフを残して出て行った。

ドアがバタンと大きな音をたてて、しまった。

＊

先生は書斎にもどり、机の前の椅子に坐った。机の上の本を開く。

しばらくの間、先生は本の内容を頭に入れようと努力している様子だった。が、先生の手は一向に頁を繰る動作を起こさなかった。

先生は時々壁の表彰状を見上げる。そして目をふせる。悲しそうな表情だった。

一度、奥さんが何かいいたげに入って来たが、先生の雲行きが良くないのを見ると、

「ちょっとお買い物にいってきますからね」

といって、出て行ってしまった。

三十分あまり、先生はモソモソやっていた。

少し陽がかげってきた。奥さんはまだ帰って来ない。

先生は、ふと目を上げた。何か音がしていた。……ブーンという、かすかな連続音。

だが、先生はすぐ目を本にもどした。飛行機にちがいない。軽い音だからヘリコプターか……。

音は次第に大きくなった。真上の方に来た。

先生は又、顔を上げた。ひきつれたような笑いが浮かんでいた。

「まさか……」

と先生は声に出して、いった。

その瞬間、天井でドサッと音がした。それきり、ブーンという音がとまってしまった。

先生は立ち上がった。顔色が変わっていた。

窓際へ行くと、先生は窓を全部しめた。最後の窓で、先生はしたたか指をはさんだ。

叫び声をあげる余裕もなく、玄関の方へかけだして行った。

＊

「変なうなり声がするんです」と、かけつけたパトカーの警官に、奥さんはオロオロ声でいった。「わたしが買い物から帰ってみると、全部カギがかかってて……強盗かも……うちの人、だいじょうぶでしょうか」

警官は、すでに玄関へ行ってドアに耳をおしあてていた。彼は奥さんの顔を横目で見、耳をはなした。唇をなめると、ドアに体当たりをかまし、家の中にとびこんで行った。

奥さんは、おそるおそるそのあとにつづいた。……うなり声のする書斎。彼女はしきいぎわでアッと立ちすくんだ。二、三度たてつづけに唾をのんだ。

「あなた……」

と奥さんは、やっとそれだけいった。

先生は書斎の中央にすっくと立っていた。ふりみだした髪の毛。ゆるんだネクタイ。眼鏡はどこかへふっとび、血走った目が空をにらんでいた。そして、口からは奇妙なうなり声が……。

先生は奥さん達を見、うなるのをやめた。口をひらいた。

「地球のみなさん、こんにちは」と彼はいった。「私は遠い星から参りました」

奥さんも警官も口がきけなかった。呆然と先生の口もとを見つめていた。そこへパタパタと足音がしてきた。

例の坊やだった。彼は書斎に入って来ると先生を見てニッコリし、それから奥さんを見上げた。

「おばさん、ぼくの飛行機がこのうちの屋根におっこっちゃったんだ。とってくれない?」

にくまれるやつ

なるほど、人に憎まれそうなやつだとおれは思った。

上目遣いにおれを見ている目は三白眼てやつだ。その下の皮膚がハンモックみたいにたるんでやがる。それほどの年でもないくせに。それから、あごもだ。色は真っ黒、それも陽焼けじゃなくて地色だ。体格はわりといい。が、典型的な胴長のタイプだから、立ち上がればきっと五尺あるかなしのチンチクリンだろう。

おれがそれだけ観察し終わる間に、敵もおれの風体から、とるべき手段を察したようだった。

が、おれのこの黒ずくめの服装が伊達《だて》でない証拠に、おれの手は相手の指が机上のインターフォンのボタンにふれるより早く、バンドにさしてあるレミントン36口径をぬき出し、相手の胸にねらいをつけていた。前の日にはかってみたが、正確に〇・三秒の早業だ。

やつの右手は空中で急ブレーキがかかり、そろそろと引っ込められていく。目玉の開き方は、あのサイズではマキシムだろう。

おれは左手をポケットに入れて、名刺代わりの品をとり出し、手品師がカードを客の方へとばす時みたいに、パチンとはじいた。

やつはおれの顔を見つめたまま、それをひろった。やつの目が、カードとおれの顔を四、五回往復した後、おれの顔で止まった。おれはあごをしゃくってみせた。

やつは手をインターフォンにのばした。ニコチンで染まった人差指が、だらしなく震えてやがる。

おれがカチリと拳銃の撃鉄をあげ、やつがカードを見ながらインターフォンにいった。

「わたしは、お客様と、大事な用談があるから、三十分ほど誰も入れないでくれ……」

おれは舌打ちした。まるで学芸会みたいなセリフまわしだ。

「かしこまりました」

インターフォンから聞こえた、とりすました女の声は、しかし何も感づいた様子はない。オッパイが洋服を着たあの秘書のことだ、おれのことを頭から新聞記者だと信じているんだろう。

インターフォンを切り、やつはのぞみの綱をたたれて、がっかりした様子だ。が、目玉だけが、せわしく机の上を見まわしている。

おれは拳銃のねらいをつけたまま、部屋のすみへ行き、そこにある電話のコードを引きちぎった。

コードはギュッという音を出し、やつがギクリと体をふるわせた。その音が、やつの恐怖を急激につのらせたらしい。

「い、いったい、君はなにがほしいんだ?」

おれが机の正面にもどると、やつは両手をにぎって机の上にのせながら――そうするように例のカードに書いてあるんだ――かすれた声を出した。両肩が大きく波打っている。

大分血圧が高いとみえる。このままほうっておいても、ショックでポックリいっちまいそうだが、おれはとりあえず質問に答えることにした。

おれは拳銃を正確に十三回、目にも止まらぬ早さでまわし、それからやつの眉間にねらいをつけて腕を水平にのばした。

銃口からほんの三〇センチほどの所で、やつの充血した目が三角になった。

「ま、待て……」

やつは酸素の欠乏した金魚のように、二、三回口だけパクパクやった。まるでヨゴレの出目金だ。

「……だれかにたのまれたんだな。そうだろう、きみは……だれだ、だれにたのまれた」やつはあえいだ。そして、わめいた。「山田か？　三六興業の……」

山田さんときた。奥さんの方なら、よくうわさを聞くが……。

「それとも海山組の社長か。あいつとは地下鉄工事人夫のヘルメットにつける、留金を入れる紙袋の入札のとき、だいぶあれしたからな。え、海山か？」やつはおれの黒眼鏡をじっとうかがっていたが、とつぜん、ふりしぼるような声を出した。「そうだ、あいつだ。あいつが、こないだのことを根にもちやがって……。そうだ、明王不動産の成田だ。な、そうだろう？」

おれは拳銃の銃口で、帽子のひさしをずり上げた。殺し屋ってのは、部屋の中でも帽子をかぶってるもんなんだ。

おれは、又、相手にねらいをつけた。

「し、しかし、オレはあいつからうらみを買うようなことは何もしてない。いや、ほんとだ。あのことで被害を受けたのは、むしろアタシの方なんだ。こっちでやつを殺したいくらいだ。やつが君をボクの所に差しむけるなんてまったくさかうらみってもんだ。な、そうなんだよ、悪いのはあいつの方なんだ」

人間いざとなると随分早口でしゃべれるもんだ。

が、おれは映画みたいに、両手をひろげ、肩をすくめてみせた。関係ない話だ、おれには。

「そうか、君は要するに……。で、やつは君にいくら払うといったんだ、え？」

やっと話が本筋に入ってきた。おれは机の前の椅子をアベコベにして、それにまたがり、机の上にあるシガレットケースから一本ぬいて口にくわえた。

タバコですむもんなら何十本でも持ってって下さい、という顔をしてから、やつはいった。

「いくら……成田は出すっていったんだ？」

おれは、卓上のガスライターをとって、タバコに火をつけた。

「……十万ぐらいか？」

おれはライターをながめた。ゴキゲンな品だ。おれはそれをポケットにしまった。

「じゃ、十五……いや二十万……」

おれはタバコの煙を環にして、やつの顔に吹きつけてやった。

「じゃ三十万？」

部屋がしめ切ってあるので、環がうまく出来る。

「五十？」

今度の環は一番よく出来た。ユラユラとのぼって行き、やつの頭の上でとまっている。ちょっとした西洋の神様だ。ヨゴレの……。おれはニヤリとした。

「そうか、五十万か……いや、いいとも、いいとも、それじゃわしは七十……いや八十万君に進呈することにしよう。八十万……な、それでいいだろう。八十万てや大金だ。そんじょそこらのサラリーマンにゃ、ちょっとやそっとで稼げる金じゃない。あたしゃなんとかして、それだけ都合をつけるから、一つ手を打ってくれ。さあ、そのハジキをひっこめてくれよ、な……」

おっさん、若い時にバナナのタンカ売《ばい》をやったことがあるな、とおれはふんだ。買う方にも、しお時ってものがある。おれは壁の棚にあるジョニーウォーカーの瓶の方へ、あごをしゃくってみせた。

じっさい、こんなにうまくいくとは思わなかったんだ、自分でも。ぬれ手にあわで、八十万だもんな。

おれは又、やるつもりだ。あの手なら、警察につき出されたって大したことはない。おれはひとこともしゃべらないのに、相手が勝手におどろいて、一人でさわぎ立てただけなんだから。おれは、ただ拳銃をつきつけただけさ。

このごろのオモチャのピストルは出来がいいから、助かる。あれだけ目の前につきつけても、分からないんだからな。

要するに問題は、身におぼえのありそうな相手をえらぶことだ。が、今度からはそれも大して苦労はない。あの時、やつは自分に殺し屋をさしむけそうな候補者を三人もあげてくれた。やつのセリフじゃないが、憎んでるやつってのは憎まれてるやつなんだ。おれは一人一人あたってみるつもりだ。そうしたら、お得意さんが又、ふえることだろう。

みんなで知ろう

『あと二分七十三秒で、あなたのお好きな番組がはじまりますよ』

サーヴィス・ロボットにいわれ、アルピはあわてて自動マッサージ台の上に起き上がった。

「そうだったな。では急いでここを片づけてくれ」

『そうでした。では急いでここを片づけます』

ロボットは、アルピの目にはめてある立体マンガ眼鏡をはずして、壁の、上から五十六番目の抽出しにしまい、彼の口にとめてあるポカポーラのパイプを巻き取った。それから、彼の体を抱き下ろして、マッサージ台を窓のそとに捨てた。

それらの仕事をロボットは丁度十秒ですませてしまったので、番組がはじまるまでの二分半ほどの間、アルピは何もすることがなくなってしまった。

「椅子を出してくれ」

と彼はロボットにいった。ロボットの気のきかなさは毎度のことなので、べつに腹も立っていなかった。

『はい、椅子を出します』

ロボットが壁のボタンを押し、床から琥珀色《こはくいろ》のプラスチック製の椅子がとび出した。

アルピは、古道具屋で高い金を出して買った、その古代の椅子がとても気に入っていた。

適当な高さの肘掛がついており、てのひらの当たる所だけが金属で出来ている。古代の習慣である死刑に用いられたものだそうだが、坐り心地はなかなかよかった。

アルピは椅子にふかぶかと坐り、正面の壁を見つめた。その何もついてない壁の色は、午後からはピンクになるようにしてあった。アルピの好きな色である。人の心を落ち着かせる色だ、とアルピは思っていた。

しかし、いまアルピはそれほど落ち着いていなかった。彼は貧乏ゆすりしながらいった。

「たのしみだな、はじまるのが」

ロボットが泰然と答えた。

『たのしみです、はじまるのが』

『みんなで知ろう』という番組だった。学術的な内容にもかかわらず、嗅視聴率はかなり高く、人気番組の一つに数えられている。

古代ニホンの遺跡が発掘されてセンセーションをまき起こしたのは、昨年の十四月のことだったが、そこで発見された古文書は、その後著名な考古学者ガタピ氏の手によって、着々と復元、判読が行われていた。『みんなで知ろう』はその結果を逐次、氏自身が発表、解説していく、週一回の異色連続番組なのであった。

回を重ねるにつれ、古代の文化について、いままで知られていなかった事実が、次々と明るみに出た。そして従来の歴史のテープに幾多の誤謬《ごびゅう》があったことを、人々は知らされたのである。

「四十七士の復讐は」と第三回の時に、ガタピ氏はいった。「これまでいわれていたカマクラ時代ではなく、エド時代だったのです」

そして復讐のため殺されたのは、コーノ・モロナオではなくキラ・コーズケだったというのである。

たちまち、学界は蜂の巣をつっついたような騒ぎになった。保守的な歴史家や考古学者がガタピ氏の説をすなおに受け入れるはずはなかった。彼等は先祖伝来の由緒ある古テープを携えてガタピ氏邸に乗り込み、湯気をたてて難詰し、所説の撤回を要求した。中には、ガタピ氏をサギ呼ばわりするものさえあった。

しかし、ガタピ氏はあわてなかった。氏は一週間後、第四回の番組を公開にし、学者達の反論に一つ一つ反証をあげながら、明快に答えていった。その時、氏は最後に、とどめを刺すようにこういい、学者達を完全に沈黙させてしまったのである。

「カマクラ時代にテッポーはなかったはずです」

この日を境に、ガタピ氏及び『みんなで知ろう』の人気はとみに上昇した。世界中の人が、次にはどんな新事実が発表されるだろうかと固唾《かたず》をのんで待つようになった。そして、ガタピ氏の出演料は回を追うごとに高くなっていったのである。

それだけにガタピ氏も刻苦精励した。氏は阿修羅のように判読のピッチを上げ、機関銃のようにその結果を発表した。

それは、単に従来の歴史の語句や年代を修正するだけに止まらなかった。未知の事件、そして、意外な新事実……。

いままでメイジ王の写真だと思われていたものが、じつはアラシ・カンジュローという男のものであることも判明した。「アラシ・カンジュローは、おそらくメイジ王の影武者のごとき存在だったのでしょう」とガタピ氏はいった。

この時は、それほど大したさわぎは起こらなかった。わずかに博物館が、メイジ王の写真の下にある名札をアラシ・カンジュローに書きかえるために半日休館した程度だった。

それから第六回の時に、「この古文書はニホンのもので、他の地方のことはあまり詳しく書いてないので、確言はできませんが」と前置きして、ガタピ氏はこんなことをいった。

「中期にエスパニヤのコロンブスという人が、アメリカ大陸を発見したと伝えられています。しかし、私はコロンブスの発見したのはアメリカではなく、インドの一部だったと思うのです。なぜならば、今回の古文書には、アメリカという国は最初から大勢のインド人が住んでいたということが書いてあるのです。ですから、つまりコロンブスは新しい大陸を発見したと早合点して、アメリカという名前をつけた。だが、実際には、そこは前からインドの領土だった。これが本当なのではないでしょうか」

まことに理路整然、反駁《はんばく》を加える余地などどこにも見当たらなかったのである。

この時も証拠品として、鳥の羽根を頭部につけたインド人の平面写真が披露されたが、ガタピ氏はつねに、当時の写真を電子処理で復元したものや、綿密な考証による想像図なぞを適当に織りまぜながら、親しみのある口調で、平易に解説していく。それも、この番組に人気の出た一つの要素だったようである。

ことに、古代の服装を再製したものを、美人のモデルに着せて解説するようになってから、女性のファンが急激に増加した。

植物の繊維、あるいは蚕のマユから作った衣服は非常に美しく、この時代の人の芸術感覚のよさを物語っていた。いまと違って、気温調節の行われていない時代なので、彼等の衣服は体温の保持もかねているらしく、時には厚く、時には薄くなるのであった。

その薄い方の衣服、ことに暑い時に水を浴びるための服装の解説がはじまるに及んで、この番組はさらに大勢の男性ファンを獲得した。

この時代の衣服に使われている繊維は、ヨーロッパから製法が伝わった、羊の毛を原料とするものを含めて、すべて水をはじく力を持っていなかった。そのため、彼……彼女等は、水に入る時、あろうことか全裸に近い姿になるのであった。

学術番組ということで許されたのだそうだが、生身のモデル嬢——篤学《とくがく》の士であるガタピ氏はロボットの使用を頑としてこばんだという——が、身にごくわずかの繊維をつけただけで恥ずかしそうにポーズするのだから、アルピならずとも歴史の研究に熱中せざるを得ない。

ことに前回登場した水浴び用の衣服は、第二回世界戦争直後のもので、胸と腰のまわりだけの、それもほとんどあるかないか分からないほどの小さな面積のものだった。

「ビキニ様式と称するものであります」

とガタピ氏はいったが、美女の素肌から発散する、しびれるような芳香に、アルピはもう少しで電気椅子から転げ落ちてしまうところだった。

この分では、そのつづきはおそらく……アルピは期待に胸をおどらせて、今日の放送を待ちかまえていたのである。

「まだか」

とアルピはロボットにきいた。

『まだです。あと四十三秒』

ロボットは正面を向いて直立したまま、答えた。

「もうスイッチを入れといたら……君の時計は、まさかおくれてやしまいね」

『ロボットに間違いはありません！』

「そうか」

ロボットにどなられ、アルピはだまった。

待っている間、彼は先週のおさらいをしておくことにした。

モデル嬢は、あの時アルピの目の前ほんの二歩位の所に立っていた。右手を腰にあて、恥ずかしそうに目をふせて……。素敵な体だった。ビキニ様式の水浴服の上方部分から豊かな乳房がこぼれおちそうにのぞいて、その下の胴がキュッとくびれて、その少し下に恰好《かっこう》のいいおヘソが見えて、それから……。

『十秒前』

とロボットがおごそかにつげた。そして、ロボットはしずしずと壁のスイッチに近づいた。

アルピは息をころして、待った。

正面のピンクの壁がとつぜん、奥行きのある、広いクリーム色のステージに変わった。同時にテーマ音楽が流れ出した。古代音楽〃ロックンロール〃である。遅いテンポの優雅なメロディ……アルピは陶然となった。「正しくはロック・アンド・ロールといい、岩と巻物というほどの意味であります」とガタピ氏が前に説明していた。まさしく、大岩の上に絵巻物がおいてある光景を連想させるような荘重な音楽であった。

女性が四人忽然《こつぜん》とステージに現われ、アルピはギクリとした。が、いつも最初に出てくる、フリソデを着た少女達であった。彼女達は両手両足をふってオドリという儀式をはじめる。ものすごい肉体の酷使だが、訓練の結果、彼女達は最近では一分近くもつづけられるそうである。彼女達のハアハアという息づかいが聞こえ、アルピは少し気の毒になった。左はしの子なぞは顔面蒼白になっている。

だが、そこへ主役のガタピ氏が姿を現わし、彼女達はぶっ倒れずにすんだ。彼女達はオドリをやめて引っ込み、ガタピ氏はアルピの前に進み出て、にこやかにあいさつする。

〈みなさん、こんにちは。又『みんなで知ろう』の時間がやってまいりました。今日は私ガタピがお相手をいたします〉

ガタピ氏は、そこで上体を前に倒す古代の儀式をやる。首のまわりをきつくしめたネクタイという襟飾りが苦しそうである。

でも、今回はセビロ服だから、まだいい。ガタピ氏はいつも、その日に説明する時代の服装をして現われるのだが、この前センゴク時代をやった時なぞ、ナンバンテツワリハマグリ形式という闘争用の帽子の重みにたえかね、とうとう番組を途中で中止してしまったほどである。

〈先週は、当時の水浴びの服装について説明しましたが……〉

そらきた、とアルピは緊張した。

〈キリスト紀元の一九六〇年代にはいっても、水浴用の衣服は大して変化せず、ビキニ様式以上の新型は現われておりません。それで、この問題はもう打ち切ることにしまして……〉

アルピは〝ハトがマメデッポーを食べた時〟と古代のたとえにあるような顔をした。

〈……今回は当時の世界情勢について説明することにしましょう〉

水浴びの服装と世界情勢じゃ大分違いがあるな、とアルピは思った。

〈……アメリカ国とソビエト国の対立は……〉

頭に一本も毛の生えていない男の写真が現われていた。クーシチョヴというソビエト国の大統領だ。アルピは腹が立ってきた。男性が脳天の皮膚を露出したところで、いったい何になるというのだ。アルピは、ガタピ氏の顔をにらみつけた。

が、もちろんガタピ氏はアルピの顔が見えないから、なおも悠然としゃべりつづけている。人間をのせた人工衛星の打上げ……黒人の叛乱……。

なんだ、おれの知っていることばかりじゃないか、とアルピは又にらんだ。

すると、ガタピ氏は多少恐縮のていで、

〈大体この辺からは、従来の歴史のテープにもほとんど誤謬は見当たりません。つまり一九六八年に原……〉

「おい、もう消してくれ」アルピはロボットにどなった。「ばかばかしい、普通のテープと同じか」

ロボットはスイッチを切ってから、おそるおそるいった。

『いいんですか、今日が最終回なのに……』

「最終回だったのか」アルピはつぶやいた。「……そうか、このキリスト文明は、このあと間もなく終わるんだったな」

『ええ、この文明の終焉は、キリスト紀元……』

「分かった分かった」とアルピはさえぎった。「さあ、又マッサージ台を作ってくれ」

タイムメール

私はいま、たいへん困っている。何か作品を書かねばならないのだが、ある事情のため、どうしても書くことができないのだ。

しかし、どんな事情があろうと、責任は責任。「書けませんでした」ですむものでないことは、よくわかっている。

そこでとりあえず、作品を書くことができない理由をつぎに書き、それでページを埋めさせてもらうことにした。ご了承願いたい。

じつは、私は一年ほど前から、作品を書くのに、ある特殊な方法を用いている。そのおかげで、この一年間、作品のアイデアに困ったことは一度もなかったのである。

私は、ひょっとすると、ほかにも同じ方法を使っている人がいるかもしれないと思い、

二、三の作家にそれとなく尋ねてみたことがある。得られた答えはいずれもノーだったが、私はいまでも、仲間がいるという考えを捨て切れずにいる。みんな、それをかくしているのだ。私だって、いままでひたかくしにしてきたのだから……。しかし、こうなってはもう、私はかくしているわけにいかなくなった。

話は一年前にさかのぼる。ある日、私は一通のダイレクトメールを受け取った。人気作家でもない私のところに来る郵便物は数が知れているから、私はダイレクトメールのたぐいも、すべて開いてみることにしている。で、そのときもそうした。

ざっと目を通してみて、私は、これは占いの新種だなと思った。まず、「あなたは未来を知りたいと思いませんか。タイムメール社は、あなたに未来の情報をおとどけします」とあり、そのあと、これは占いや予言ではなく、科学的な未来予報であることをうたっている。

科学的といったって、どうせ心霊世界がどうのこうのというのにきまっている。三日後までに仕上げねばならない小説と格闘している最中だった私は、少なからず腹が立った。くずかごに捨ててやろうと思い、印刷物を封筒にもどそうとした。と、最後に小さく印刷された但し書きが目にとまった。

「社会に混乱を起こすおそれのある情報、たとえば、宝くじの当選番号、競馬の結果といったものは、お取り扱いをいたしません。その他のものでも、当社の判断により情報提供をおことわりする場合がありますことを、あらかじめご承知願います」

そのつぎに、「裏面をごらんください」とあるので、私はその言葉にしたがった。

裏面は値段表だった。「一月後」から「二十年後」まで、最初の一年間は月きざみ、そのあとは年きざみで、情報の値段が出ている。それは等比級数的に高くなり、はじめのうちは千のけたなのが、二年後は私の全財産でも足らないほどの金額になり、五年後以降は天文学的な数字になっている。

人間というのはふしぎなもので、こういう値段表を見せられると、いちばん安いのを買わなければ損をするような気がしてくる。私は、一月後の情報を一つだけ買ってみることにした。しばらく考えたすえ、私は同封の振替用紙の通信欄にこう書いた。

「一月後に発売される雑誌に出ている私の作品を至急お送りください」

翌朝、私は振替用紙を郵便局へ持って行った。そして家に帰ってみると、タイムメール社から郵便が来ていた。またかと思ったが、前の日より封筒が厚ぼったいので、一応開いてみた。

中身は、雑誌のページを切り取って綴じたものだった。最初に私の名が出ている。それは題名も内容も、私がいま書きかけている小説と同じものだった。ただし、前半の部分は、私が書きかけているものより推敲《すいこう》が加えられ、はるかに完成度が高い。

読み終わったとき、私はやっと気がついた。これはタイムメール社から来たタイムメールであり、タイムメール社はほんとうにタイムメールを扱っているのだ。そして、タイムメール社はタイムメールを扱っているのだから、注文書がとどく前に注文品が配達されても、ふしぎではないのだ。

私はさっそく書きかけの小説を破り捨て、タイムメールで来た作品を原稿用紙に引き写して雑誌社へ送った。同時にタイムメール社と二年契約を結んだ。

それ以来、私は作品のアイデアに困らなくなった。雑誌社から注文があると、その締め切り前に、かならずタイムメール社から、一月後に出るであろう、その雑誌の切り抜きが送られてくる。私はただ、原稿用紙にそれを引き写せばよいのだ。

引き写すといっても、その切り抜きは、私自身の作品である。だから、その作業は、つぎつぎと湧いてくるアイデアを書き綴っているような感じで、創作欲も充分満たされる。自分でも、ふしぎなくらいだった。

あるとき、送られてきた切り抜きに誤字があった。もちろん私は、原稿用紙に写すとき、正しい字に直して書いた。が、一月後に発売された雑誌を見ると、切り抜きの通りの誤字になっていた。私は、校正をした編集者を責める気はなかった。そこに誤字が現われるのは「既定された事実」なのだから。

そんなわけで、今回も私はタイムメールを心待ちにしていた。本来なら、もうとうに、一週間前にとどいているはずだった。私は最初、郵便事情のせいで遅れているのだろうと思った。タイムメールは、どういうしかけになっているのか、最終的には郵政省のルートにはいり、郵便屋さんが配達してくれるのである。もちろん私は、タイムメール社に電話もかけてみた。が、「当社はただいま夏休み中でございます」というテープの声が返ってきた。まったく、私はついていない。

とうとう、きょうの締め切り日が来てしまった。もう自分で作品を書くよりほかないと思い、机の前に坐ったのだが——。

ここまで書いたところへ、いまタイムメールがとどいた。見ると、ふせんがついている。ふせんにここの住所が書かれてあり、その下の封筒に、あて名印刷機で印刷されているのは、聞いたこともない……いや、私は思い出した。それは、こんど私が引っ越そうと思って二、三日前に下見をしに行ったアパートの所番地なのだ。おそらく、そこへ引っ越した「未来」の私がタイムメール社に転居通知を出し、「一月後」のタイムメール社は、新住所あてにタイムメールを出したのだ。アパートの管理人は私の名刺を持っているので、ここへまわしてくれたのだろう。

とにかく、これで助かった。私はさっそくタイムメールの中身を取り出して、原稿用紙に写すことにした。

それが、この作品なのである。と書いてある、と書いてある、と書いてある、と書いてある、と書いてある、と書い……。

付録　『時の門』を開く

ハインライン先生、はるかなる東洋の島国から、お便りを差し上げます。

ぼくはSFが大好きで、先生の御作はいつも興味深く読ませていただいています。中でも日本の『SFマガジン』一、二月号に掲載された『時の門』は、説明文に、「これを読むとだれでも、どこかにハインラインのロジックの誤魔化しがあるのに気がつく、にもかかわらずそれを指摘することができない」とあるのがカチンときて、いつものように斜め読みをせず、慎重に行間を追いました。

それから、お友達のイトゥ君に原書を借り、字引をひきながら一生懸命読みました。

そうしたら、読めば読むほど混沌《こんとん》としてわけが分からなくなってしまいました。

そこでぼくは、この作品のトリックに関係があると思われる文章だけを抜き出して、箇条書きにしてみました。

（なんのことはない、『時の門』のガイコツです。でも、さすがに先生のお作りになったものだけあって、ガイコツだけでもすごく立派ですね。作るのにずいぶん苦労しました）

そして、このガイコツをもとにして図表（第一図、第二図）をこしらえました。

その結果、分からないのはどの辺か、ということだけはやっと分かってきました。以下、それを書きますから、折り返し御教示下されば幸いです（ぼくには高等数学等というむずかしいものは分からないので、その点よろしく）。

×　×　×

一、ボブの部屋へ環（第二図の第八の門）が現われる。
二、ジョウが現われる（第一図、第二図のA点）
三、ジョウが帽子を環（第?の門）へ投げこむ（B点）
四、第三の男が現われる（C点）
五、電話a（ボブ自身から）
六、電話b（ジェヌヴィエーヴから）
七、ボブ環（第一の門）の中に弾きとばされ『門の間』に行く（D点）
八、ボブ気がつき、ディクトールに会う。
九、ディクトールに小部屋に連れて行かれる。ディクトール出て行き（第三の門をE点に据える為か…18参照）もどって来てボブに茶碗の液体を飲ませる。ボブ眠る。
注―ここで三十六時間経過。
一〇、ボブ目をさます。すぐディクトールが現われて、窓のある部屋に案内、食事しなから説明する。

一一、二人『門の間』に行く。ディクトール計器を調整する（第八の門）

一二、ボブ門（第八）をくぐり抜け自分の部屋へもどる（A点…2参照）もう一人の自分に会いジョウと名乗る。

一三、ボブ帽子を門（第?）へ投げこむ（B点…3）

一四、第三の男が現われる（C点…4）

一五、電話a（5）

一六、電話b（6）

一七、第一号門（第一）の中に消える（D点…7）

一八、ボブ門（第三）をくぐり抜ける（E点）

一九、『門の間』には誰もいない。帽子を探したがない。一段高くなった演壇の裏側へ行くと、ディクトールと鉢合わせしそうになる（ディクトールは予測されるF点に対し門を調整―第四の門―していたのであろう）

二〇、問答の後、ディクトールが「さあ、来たまえ。仕事がある」という（第二図、X点）

二一、廊下をぬけ小部屋に行くともう一人の自分（第一のボブ）が寝ている。

二二、二人『門の間』へもどる。ディクトール操縦装置を調整（第七の門）ボブ反射鏡

をのぞくと、二つの人影が見える（第一図A、Cの間であろう。23、24参照）

二三、ディクトール映像を消し、ボブにリストを渡す。問答の後、ディクトール操縦装置の上へかがみこむが、ボブの拳固《げんこ》におどされ、壇からはなれる（ディクトールは装置を動かさなかったわけである）

二四、ボブ門（第七）をくぐり抜け、自分の部屋へもどる（C点…4、14）第一号とジョウに会う。

二五、電話a（5、15）

二六、電話b（6、16）

二七、第一号門（第一）の中に消える（D点…17）

二八、ジョウ門（第三）の中に消える（E点…18）

二九、ボブ髭《ひげ》をあたり、色々と考える（二十分以上）

三〇、電話c（ジェヌヴィエーヴから）「……甘い言葉を囁いておきながら二時間後に怒鳴りちらすなんて……」

三一、腕時計をデスクの置時計に合わせる。四時十五分。

三二、電話d、受話器を台架からはずしてしまう。

三三、ボブ門（第四）のそばへよる。足音が階段をのぼり、廊下づたいにやってきて、部屋の前でとまる。

三四、ボブ門（第四）をくぐり抜ける（F点）
三五、『門の間』はがらんとしていた。操縦函の周囲をまわり、ドアの所へ行くと話し声が聞こえた。「さあ来たまえ。仕事がある」（X点…20）二つの人影が廊下を……。
三六、かれらが完全にいなくなるまで待たねばならない。かくれ場所は操縦函しかない。あれはだめだ。かれらがすぐもどってくる（22参照）
三七、だが、ボブはあるプランを思いついて函へ入る。装置を動かそうとしているうち、ポケットからリストが出てくる。最初のプランを変更して『門』を動かすことに専心しようとする。帽子を見つけてかぶる。
三八、やっと反射鏡をつけると、自分の部屋が見え、二つの人影が認められた。
三九、ボブは三つの色玉だけを動かして『門』を大学の中庭へ据える（第五の門）
四〇、ボブはいそいで函を出ると、あたふたと自分の時代へもどって行った（O点）
四一、学生協同組合で小切手を現金にかえ、同じ建物の書籍部で十分かかって四冊の本を買う。大学図書館へ行き五冊の本を借りだす。二十四時間借りだす許可を得るには多少の押し問答を必要とした。質屋へ行ってスーツケースを二個買う。楽器屋へ行くと、四十五分をかけて、レコードをえらぶ。電蓄か手まわし式かで、ここでも又店員と押し問答の後、後者を手に入れる。
四二、タクシーで中庭へ戻ると門（第五）がない（第四のボブが53で十年過去―第六の

門―に調整した為である）

四三、運転手に時間をきく。二時十五分。

四四、自分の下宿に近い交叉点の角のガソリンスタンドへスーツケースをあずける。二ストリートはなれたジェヌヴィエーヴのアパートまで歩いて行き、彼女に会う。出てきた時に腕時計を見ると、三時半。

四五、ガソリンスタンドまで歩いてもどり、自分の部屋に電話する（電話a、5、15、25）

四六、四時十分まで待ち、重いスーツケースと苦闘しながら下宿屋へむかう。建物へ入ると階上で電話のベルが聞こえた（電話d―32）腕時計を見ると、四時十五分。

四七、階下のホールで三分間待ったのち、骨を折って階段をのぼり、自分の部屋の前まで行く（33）

四八、ドアの鍵をあけて中に入る（『SFマガジン』の訳にはただドアをあけてとあるが、原文にはアンロックとある。つまり、多少の時間がかかったわけだ）

四九、部屋はからっぽで、門（第四）はまだそこにあった。いそいで、スーツケースをしっかり摑んだまま、またぎ抜ける（G点）

五〇、『門の間』には人の気がなかった。

五一、スーツケースを門のそばへ置く。一つのスーツケースの端が大きく失くなっているのに気づき、吐き気をもよおす。
五二、顔の汗をぬぐって操縦函へ入り、調整する。
五三、反射鏡を見ながら、時間装置をゼロからすこしずつ動かし、十回目の冬が過ぎたころ、どこか遠くで話し声がきこえるのに気づく（反射鏡からは音は聞こえてこないはずだから、これは『門の間』へ戻りながら話している第二のボブとディクトールの声―22―であろう）
五四、空間装置を大いそぎでゼロにもどし、時間装置はそのまま―十年過去―に合わせておいて、函をとびだす（第六の門）、、
五五、スーツケースを門の向こう側へ放り（原文にはスゥイグ・ゼムとあるからこの訳はおかしい。放ったのでは58、59と矛盾してしまう）自分も一緒にくぐり抜けた。
五六、十年前の『門の間』でボブは操縦函へ入る。
五七、さっきと同じ方法で、反射鏡の中の光景を十年前方へ進めながら、空間装置をゼロにすえたまま慎重に探索していった。
五八、中々うまくいかなかったが、最後に、、、、、、、スーツケースを提げた彼自身の姿をとらえる。その彼はまっすぐ視野の中へ進んできて、大きくなり、消え去る。彼は自分自身が門から踏み出してくるのを半ば期待しながら、壇の縁ごしにのぞく。だが門からは何も出てこなかった。

五九、ほとんど時をうつさず、ディクトールと別の版の彼が反射鏡に姿をあらわす。彼はすぐにその場の状況を思い出す。それはボブ第三号で、これからディクトールと口論ののち、二十世紀へ脱出しようとしているのだ。

註—このあと、ボブが宮殿の外へ出て元首になったり『ハイ・ワンズ』や『時の門』の謎をとこうと苦心したりするくだりが長々と続くが、この辺は、最後の方で手帳が二冊あったかどうか、しきりに不思議がる場面と同様、むしろ本筋には関係なく、ただ物語にオドロオドロしき色どりをそえるのと、読者の注意をそらす為の効果をねらったものと思われる。よって、第八

第１図　（ボブの部屋の時間経過による）

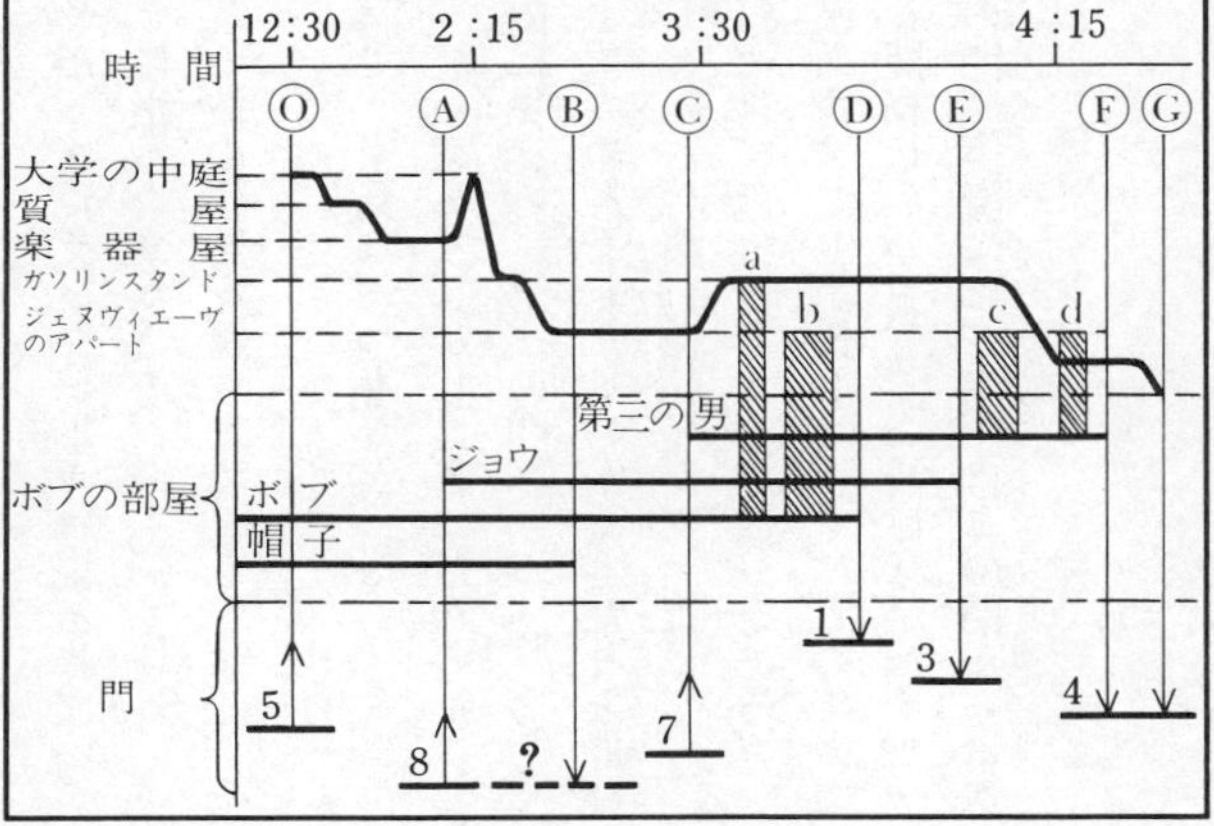

章までとばす。

六〇、未来における最初の十年が終わりに近づくが、まだディクトールは現われない。役人に、髭をはやした人間がいたら逮捕するように指示をあたえる。
六一、ボブは、三万年の過去にさかのぼって、昔の彼の住居を探りあてようとする。それは時間のかかる仕事だった。
六二、下宿の部屋を探しあてる。が、そこは空室で、家具は一つもなかった。
六三、もう一度、一年前に合わせる。彼の部屋、彼の家具、しかし人影はなかった。
六四、いそいで時間をもどす。三人の人影が室内に見える（第一の門）
六五、操縦函の外で、どすんと音がする。床の上に人の形をしたものがぐったりと伸びていた（D点、7、17、27）その近くには、ぺしゃんこに潰れた帽子があった。
六六、ボブ自身がディクトールであったことに気づき、色々と考える（数分とある）
六七、若い自分を送り返すときのために、時間装置をすこし調節して、その日の午後二時頃へもどしておかねばならない。彼は小区分を探査したのち、若い彼自身がたった一人で机に向かっているところを発見する（第二の門、実際には、ボブはこの門からは送り返されていない）
六八、手帳の不思議。
六九、床の上の男が起き上がる（七時半）

七〇、めでたし、めでたし。

×　×　×

では、ぼくの疑問の点を一つ一つ書いていきます。

まず第一図をごらん下さい。この図面は間違っていないと思うのですが、どうもA点とC点の間が長すぎるような感じがします。あの底ぬけ騒ぎがはじまったのは二時十五分ごろであることは、作品の中に書かれています。そして第三の男が現われたのは（C点）電話a（ボブが三時半にジェヌヴィエーヴのアパートを出、二ストリート歩いてからガソリン・スタンドでかけています）のかかってくる直前です。

この間、二時間以上。それにもかかわらず、ボブとジョウは、ほんの三頁ほどの分量の問答しか、かわしていないのです。いったい、これはどういうわけでしょう。

第一、ボブ（あるいはディクトール）は、さわぎがはじまったのが二時頃であると、どうして知っているのでしょう。ボブが腕時計を見たという記述はありません。

すると、二時頃というのは、ボブの単なる推測で、実際にことの始まったのは三時すぎだったのではないでしょうか。それ以外に解釈のしようはありません。

次に第二図にうつりましょう。

ぼくの書いたこの図では『門の間』に四人のボブ（ディクトールをふくめると五人）

『門の間』の時間経過による

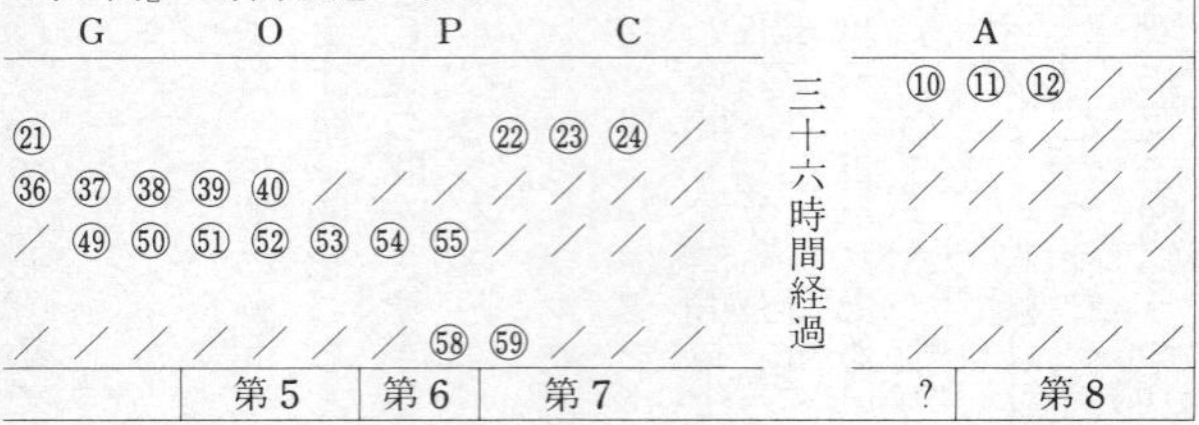

が、ほとんど同じ時間に共存しています。

この中で問題になるのは、第三と第四のボブが37～40と49～50の間でダブっているにもかかわらず、第三号は第四号の出現を見ていず（34～40）第四号も「『門の間』には人の気がなかった」（50）といっている点です。

すると、あるいは第四号は『門の間』の全然別の時間へ行ったのではないか、つまりぼくの書いたこの図表は間違っているのではないか、ということが考えられます。

しかし、十年前の『門の間』から反射鏡で観測しているボブが、第四号（スーツケースを提げているのは第四号だけ）が門をくぐったすぐあとで、第二号（先生は第三号と書いておられますが、これはどういう勘定でしょう。このボブが下宿へ行って「第三の男」になるわけですが『門の間』においては、第二号だと思うのですが）とディクトールが『門の間』へ現われるのを見ています。（59）

又、第四号自身、出発の直前（53）に、第二号とディクトールのらしい話し声を聞いています。

第2図

					D						E			X
ボブ第1号	／	／	／	／	⑦				⑧	⑨				
ボブ第2号	／	／	／	／	／	／	／	／	／	／	⑱	⑲		⑳
ボブ第3号	／	／	／	／	／	／	／	／	／	／	／	／	㉞	㉟
ボブ第4号	／	／	／	／	／	／	／	／	／	／	／	／	／	／
ディクトール	㉑	㉒	㉓	㉔	㉕	㉖	㉗	㉘	㉙					
10年前よりの観測	／	／	／	／	／	／	／	／	／	／	／	／	／	／
門					第1		第2			第3		第4		

それに、第三号はX点で第二号に話しかけるディクトールの声を聞き、第二号は第一号の寝ているのを見ています(21)したがって、五人はやはり、この図の通り、『門の間』に共存しているわけです。

そこでぼくは、こういうことを考えました。操縦函は壁際にあって、裏から出入りするようになっており、てっぺんには何もないが、背丈はかなり高い(このことは方々に書いてあります)また、かくれ場所になり得る、ということが36にあります。第三号は37から39まで、第四号は52から54まで、それぞれ操縦函に入っています。それで、お互いに相手に気付かなかったのではないでしょうか。

第四号が鞄を門のそばへ置いたり、一つのスーツケースの端がスパッと切れているのを見て吐き気をもよおしたり(51)している間に、第三号は函の中で帽子と手帳を発見し、門の調整をすませます(37〜39)そして二人は操縦装置のわきをまわって出るのと入るのと、丁度タイミングよく、すれちがったのに違いありません。ことに第三号はあたふた(アンセレモニアスリー）と自分の時代へもどって行ったので、門のそばにスーツケースが置いてあるのにも気づかなかったのでしょう。きっと、そうですね、ハインライン先生。

次の疑問は第二図の第五の門です。

ボブ第三号は、大学の中庭へ行けるように、この門を自分で調整しています。その時彼は操縦装置の色玉（空間）だけを動かし、白玉（時間）を動かしてはいません（39）。それなのにボブが反射鏡を点けると、まず二つの人影が見えます。この時、門はまだ彼自身が『門の間』へ来る時のまま（第四の門）の筈だから、これは変です。反射鏡には、第一図のG点のあとの、誰もいない部屋が見えていいわけなのですが……。

そして、さらにボブは色玉だけを動かして門を大学の中庭にすえ（39）くぐり抜けます。その時の、もとの時代での時間は41、42、43から逆算すると十二時半ごろということになります。

G点の時間は四時十五分ごろ、二つの人影が見えるのは二時から三時半位までの間（あるいはDE間で四時ごろ）そしてO点が十二時半、白玉を動かしていないのにこの三つの時間のくいちがいは、なぜでしょう。

第三号はあわてていたので、服の袖か何かが白玉にさわって、知らない間に時間操縦装置を動かしてしまったのでしょうか。そう考えるより仕方ないでしょうね。

では、いよいよ最後の問題にとりかかりましょう。ぼくには、どうも先生の「ロジッ

ク の誤魔化し」というのは、この辺にあるように思えてならないのですが……。

第二図をごらん下さい。一番上の欄にアルファベットがならんでいます。が、Bだけ見当たりません。そうなのです、ぼくはBを書こうと思ったのですが、適当な場所が見当たらなかったのです。

B、つまりジョウが門の中に帽子を投げ入れた点です。この時の門がどの門かが、問題なのです。

第一図だけを見て考えると、ジョウは自分のくぐり抜けて来た門、すなわち第八の門に帽子を投げ入れたように思えます。しかし『門の間』の時間経過から考えると、この第八の門は一番最後の門で、D点あたりからは実に三十六時間以上たってから据えられているのです。したがって『門の間』のD点に帽子を出現させ得るわけはありません。

一方、『門の間』でディクトールがはじめて帽子を見つけたのは、門を三万年前の自分の部屋に据え、三人の人影を見つけた直後です（65）。操縦函の外でどすんと音がし、のぞいて見るとボブがのびていました。その近くに、ぺしゃんこにつぶれた帽子があったのです。

帽子は、ボブ第一号と一緒に『門の間』へ来たのでしょうか。いや、そんなことはありません。ボブの下宿でジョウが帽子を投げ入れたのは、第一号が門の中にはじきとばされるずっと前なのですから……。

では、帽子はディクトールが見つけるずっと前から、『門の間』に来ていたのでしょうか。

しかし、ディクトールがボブの部屋に映像を合わせたのは若い自分が殴りとばされる直前の瞬間だったのです。そして『門の間』のディクトールは、その時まで昔の住居をさぐりあてようと、しきりに操縦装置をいじっていました。時間のかかる仕事だった、とあります。一九四二年あたりを探し(61)やっと下宿に門を据え(62)一年前に合わせ(63)いそいでもどして(64)三人の人影を見つけた(第一の門)のです。ですから第一の門を据えるまで、B点はおろか、その時間の近辺には一度も門は据えられていないのです。

いったい、帽子はどの門に投げこまれたのでしょう?

そして、帽子はどうしてD点に出現したのでしょう?

何からまい解決の道はないでしょうか。帽子をどうやってうまく『門の間』のD点に出現させるか——あ、そうだ、ディクトールがいる。それから門だ。

門、門——うーむ——ちょっと待って下さいよ。ディクトールは三十六時間たって、第八の門からボブ第一号を送り出した(A点)あと、門をそのままにして、しばらく待つ。すると帽子が門からとび出して来る。そこでディクトールは操縦装置を動かして、空間装置をゼロにし、時間装置は『門の間』のD点の少し前に据える。そして門に帽子を投げこむ。

そうです。そういうぐあいにすればいいのです。

すべてはピッタリと、この小説の通りにいくでしょう。

ただ問題はディクトールがそのことに気づき、ぼくが書いた通りにしたかどうかです。

ぼくはその点が心配なのです。先生の作品には、ディクトールがそうしたかどうか、書いてありません。そこに、ぼくの大いなる疑問があるのです――大いなる疑問が！

解説

筒井康隆

全集第6巻の、この『タイムマシンのつくり方』には、広瀬正の初期のSF短篇のほとんどが収録されている。

初期、という言いかたはおかしいかもしれない。広瀬正が「殺そうとした」という中篇推理小説を書いて「宝石」の新人二十五人集に登場した昭和三十六年から、SF長篇『マイナス・ゼロ』を出版し世に認められた昭和四十五年までの約十年間を初期というなら、それから四十七年三月の彼の死までの、約一年半という短い期間が後期ということになってしまうからである。あるいはそうした初期、後期という区分は、一人の作家の、作家としての年代を区分するやりかたとしてはあまりにマスコミ的でいやらしいのかもしれない。

しかし少なくともぼくには、そうした区分しかできないのである。同じ作家としてぼくには、ひとりの作家の内面に、出世作発表前と出世作発表後とでは、特に小説を執筆する態度に大きな変化があったであろうことを容易に推察できるからだ。しかも出世作

『マイナス・ゼロ』が同人誌上に連載され、完結していながら、五年間も、出版してくれる出版社がなくて世に問うことができなかったというのだから、創作意欲という点でも出世作発表前、発表後に大きな違いがあった筈なのだ。特にその五年間、石川喬司の謂う「長い鬱屈《うっくつ》した日々」、彼は小説を何も書いていないのだ。即ち初期というのは、実は十年間ではなく、五年間であったということになる。

こだわるようであるが、広瀬正の作家としての年代区分を整理してみよう。

昭和三十六年——昭和四十年

「宝石」新人二十五人集登場とほとんど同時にSF同人誌「宇宙塵」に参加。短篇二十篇余を書く。四十年、「マイナス・ゼロ」を「宇宙塵」に連載。

昭和四十一年——昭和四十五年

空白の期間。

クラシック・カーのモデル製作、テレビ番組や週刊誌の色ページの構成など。

昭和四十五年——昭和四十七年

SF長篇を次つぎと発表。『マイナス・ゼロ』『ツィス』『エロス』の三篇が連続三回、直木賞候補作となる。

おわかりのように、初期と後期が五年間の空白期間をおいてはっきり分かれている。したがって年代を厳密に区分するなら、三つに分けなければならないのだ。

初期――短篇時代。または同人誌時代。
後期――長篇時代。または直木賞候補作家時代。
空白期

なぜぼくが広瀬正の年代区分にこれだけこだわったか、ご理解いただけると思う。初期五年間のほとんどすべての短篇を収録したこの巻の重みを感じていただきたかった為である。その重みはぼく自身の体験とも重なりあっているために、ぼくには特に重く感じられるのだが、以下、発表順に各作品にふれながら、そのことを書いていこうと思う。

広瀬正のSF処女作は「もの」である。掲載されたのは「宇宙塵」三十六年七月号だから、「宇宙塵」に入会してすぐに書いたものであろう。「もの」発表前後のいきさつについては星新一もこの全集の1の解説に書いている。また、ぼくも『'60年代日本SFベスト集成』にこの「もの」を収録しているが、その時の解説に、こう書いている。

「ぼくが広瀬正の作品を読んだのはこの作品が初めてである。(中略)当時ぼくの出しているSF同人誌『NULL』と交換の形で送ってもらっていた『宇宙塵』誌上で読んだのだが、こんなスマートなものをSF同人誌で読めるとは思っていなかったのでたいへん喜んだものである。この時ぼくは二十七歳で、まだナンセンスに目醒めぬワン・ポイント・SFを書いている頃だったから、これを読んだ衝撃がぼくの進路決定にある種の示唆をあたえたことはほぼ確実だ。

その後、作者とは『宇宙塵』の例会などで顔をあわせ、面識もできた。彼は次つぎと短篇や『マイナス・ゼロ』の原形である長篇を『宇宙塵』へ発表しはじめたが、ぼくにとっては、それから十年後、傑作長篇『マイナス・ゼロ』決定版が出版されるまで彼を『もの』の作者として把えていて、そこから脱け出すことができなかった。処女作の印象が強いものであるという常識以前に、『もの』という作品の特異性が強烈だったためである。当時、星新一もこの作品を激賞していたように憶えている。

『もの』は、ゲタを持ってきたところが日本的であると同時にスマートでもあり、また洒落《しやれ》のめしてもいるのだが、こういった要素は彼の作品のすべてに共通するところで、純粋の都会人としての彼のセンスがいちばん光り輝やく部分なのである」

星新一が褒《ほ》めたこともあってか、当時よくショート・ショートを掲載していた「ヒッチコック・マガジン」に「もの」は転載された。だがこれは「結果的に彼のためには、気の毒なことになったのではないかと、後悔しないでもない」と星新一も書いているように、彼のすべての才能を、タイムマシン物ショート・ショートに向けさせてしまうことになった。その年の「宇宙塵」十月号に広瀬は、SFファンの間に論議を呼ぶことになった「Once Upon A Time Machine」を発表している。これはタイムマシン物というジャンルのSFの中でしばしば問題とされる「親殺しのパラドックス」を扱い、そのひとつの解決策を示したものであった。タイムマシンで過去にさかのぼり、自分の親、または先祖を殺した場合、自分はどうなるかというもので、自分が消滅したら親も先祖も殺せない筈だというパラドックス。これを歴史の自己補修作用という考え方を持ちこんで解決したこの作品は、当時のSFファン（その中にはのちのSF作家たちやまた広瀬正自身も含まれている）が集って八ミリ映画に仕立てたほどの評判を得た。

しかし、いくら評判がよくてもそれはあくまでSFファンダム内部だけのことであった。次第に深くタイムマシン論理に没入していく広瀬正の作品は、商業誌の編集者たちからは「SF仲間だけにしか通じないアイディア倒れの代物」として見られることになる。

一方、当時のSF作家志望のファンにとって、当時の商業誌は「ワン・アイディアによるショート・ショートしか採用してくれない」雑誌ばかりであった。事実そうであったことも確かなのだが、星新一がショート・ショートによって華麗にデビューし、活躍しはじめているところから、すっかりそう思いこんでしまったという傾向もなくはない。薄っぺらな同人誌の、少ない貴重なページに載せやすい作品という制約もあったろう。勢い、鬼面人を驚かす態のアイディアを競いあうことになる。ぼく自身も、とにかく商業誌に載らぬことには話にならないというので、ずいぶんショート・ショートを書いたものだ。ぼくもそうであったが広瀬正も、どちらかといえばショート・ショートを書くタイプの作家ではなかった。この時期、自分の資質に反してショート・ショートを書いた人はずいぶん多かったように思う。

広瀬正はその後も「宇宙塵」に多くのショート・ショートを発表し、そのほとんどが時間テーマの作品だった。

その年の十一月号には、タイムマシンこそ出てこないがやはり時間テーマの「記憶消失薬」を、翌三十七年一月号には、ややドタバタ的なタイムマシン物の「発作」と、ロボット・テーマの「おうむ」と、後年の長篇「鏡の国のアリス」を連想させる「鏡」の、三篇のショート・ショートを一挙に掲載している。前二作の好評で張りきったのであろうか。

翌二月号では、のちの「マイナス・ゼロ」につながっているようなところも見られるタイムマシン物の「計画」を発表しているが、この短篇にさりげなく顔を出した哀愁のようなものに、当時気づいた人はあまりいなかったのではないか。誰もが彼のタイムマシン・テーマの新アイディアに眼を奪われ、じっくりと書きこんでいい味を出せる長篇型作家とは、夢にも思わなかったのではないだろうか。

続けて三月号に載った「タイム・セッション」はタイムマシンで過去のニューヨークへチャーリー・パーカーの演奏を聞きに行く話であるが、これにしても広瀬正は、お得意の時代考証、ペダントリイを駆使し、ジャック・フィニイ式の、ノスタルジアに満ちたもっと長い小説にしたかったのではないかと、むろんこれも今だからこその話であるが、そう思えるのだ。

同年五月号の「あるスキャンダル」は、あきらかに一般読者向けを狙ったサービスたっぷりの作品で、「宇宙塵」に発表した作品すべてが次つぎと商業誌転載とは運ばなかったための焦りと苦心の色が見られる。

この頃、「サンデー毎日」がSF特集をやった。といっても、数人にショート・ショートを書かせただけの特集だが、それでもこんな企画が実現したのは、当時毎日新聞社にいた石川喬司の功績であろう。広瀬正はこれに「人形の家」を書いている。模型制作のプロだった彼らしい作品である。タイムマシン物は一般的ではないと悟ったためだろうか。わかりやすい、ファンタジックな小品である。

同年六月号の「宇宙塵」には、フレドリック・ブラウンの影響があきらかにうかがえる時間テーマのSF落語「UMAKUITTARAONAGUSAMI」を発表している。このタイトルなどにも、彼のモダニズムがあふれていて楽しい。

「宇宙塵」同年十月号に発表された「化石の街」は、四、五十枚ほどの、いつもよりはやや長いめの短篇で、ここではじめて広瀬正の、思考実験性、論理性が顔を出している。テーマもやはり「時間の経過の極端に遅い街」を描いているから「時間」だということがいえる。彼の時間への執着がうかがえる。ぼくにも「お助け」というこれに似た作品はあるが、時間の性質に関してこれほどの考察は行っていない。

翌三十八年、広瀬正は「ヒッチコック・マガジン」に四月号、五月号、六月号と連続登場している。この頃にはぼくも、しばしば「宝石」にショート・ショートを載せてもらっていたが、多くは同人誌「NULL」からの転載だった。眉村卓にすすめられ、一緒に原稿を持ち込みに東京まで出かけたり、送ったりしたものだが、たいていは没になった。だから広瀬正の連続登場は、ずいぶん羨ましかったものだ。東京に住んでいれば、原稿持ちこみがいつも出来るのになあ、と、思ったりした。広瀬正のこの三篇が、依頼原稿なのか持ち込み原稿なのか、はっきりしないが、おそらく持ち込み原稿だったのではないか。ちょうどこの頃、星新一がぼくに、「筒井さんぐらいになれば、もうどんな原稿を持ちこんでも載せて貰えるでしょう」と言った事実がある。つまりこのころは、すでに流行作家である星新一でさえ、まだ持ちこみ原稿をやっていた節があるのだ。SF作家にとっては、このころは持ちこみ原稿が常識だったのである。原稿依頼などは「コース」「時代」などの学習誌以外、滅多になかったといってよく、その状態はぼくにとっても、他の多くのSF作家にとっても、さらに五、六年続くのである。広瀬正も、ぼく同様に、だいぶ没になった原稿がある筈と、ぼくは睨んでいる。掲載された三篇の中に彼のお得意のタイムマシン物は一篇もない。一般読者に難解なタイムマシン物を、何度か没にされたか、故意に避けたかであろう。四月号の「星の彼方の空遠く」はあきらかに星新一の影響が見られる宇宙もの。五月号の「地球のみなさん」は、先生と奥さんと坊やの関係に面白い味を出していながら、無理をしたためか結末の切れがよくない。六月号の「にくまれるやつ」になってくると、雑誌の性格に合わせて書いたらしいことが歴然としている上、SFですらない。この辺の広瀬正の作品を見ていると、ぼく自身、なんとか掲載して貰えるような作品を書こうと四苦八苦していたあの時代を思い出し、胸苦しくさえなってくるのだ。

ちょうどこの時期、広瀬正は潜水の息つぎをするかのように、お得意のタイムマシン物を「宇宙塵」五月号に書いている。タイトルが、彼の、報いられることの少ないタイムマシン物への執着を示しているかのように感じられる「タイムマシンはつきるとも」という象徴的なものだ。「タイム・セッション」の裏返しのアイディアで、水を得た魚のようにのびのびと書いていて、切れ味がいい。

この年の夏、「宝石」が別冊でSF特集をやった。当時SFを書いていた人たちのほとんどの作品が掲載されていて、われわれは快哉を叫んだものだが、結局はミステリー界の一部で話題になっただけのことだった。ぼくもこれに書いたし、広瀬正も書いた。タイムマシン物でこそないが、時間テーマの傑作「オン・ザ・ダブル」であった。

初期の広瀬正が最後に「宇宙塵」に発表した短篇は十月号の「みんなで知ろう」である。これは形こそ未来テーマだが、実は歴史テーマの佳作である。未来から歴史を振り返ってみるというアイディアのSFは、日本ではまだ、誰も書いていなかった。

「宝石」「ヒッチコック・マガジン」が、しばしばSFを載せ、特集を組んでも、これらの雑誌が倒産寸前で発行部数が少なかったこともあり、まだまだ一般読者はもちろん、出版界のSFへの関心は薄かった。文芸誌の編集者たちにしても、SFといえばショート・ショートかと思う程度の認識しか持っていず、「宇宙塵」や「NULL」などの同人誌を見ても、小むずかしい科学用語だけの、あるいはワサビのきいていないショート・ショートだけの、仲間うちのお遊びだとしか思わなかったであろう。

「SFマガジン」はすでに創刊されていた。だが、編集長の福島正実は文学派であった。彼がSF同人誌に載っている作品を評して「アイディアの骸骨が、貧弱な文章の衣をまとって」いると称したことでもわかる通り、同人誌に書いている連中の原稿はなかなか採用してもらえなかった。ぼくにしても、それまでなんとか商業文芸誌に掲載してほしい気持からショート・ショートの勉強しかしていなかったといってよく、突然そう言われてもSF的アイディアと自己の感性を剝き出しにした文学性との間のいったいどのあたりで折りあいをつけたらよいのかさっぱりわからず、ずいぶんとまどったものである。広瀬正にしても同じ気持であったろうと思う。われわれはそれまで、福島正実が望むような作品を書く勉強は、まったくしていず、今になって思えば広瀬正にしろ、眉村卓にしろ、ぼくにしろ、そういった才能がなかったわけではなくて、むしろその才能をのばす機会を、まったく持っていなかったのであった。また、あたえられてもいなかった。

長篇型の広瀬正などに特にそうだったわけだが、彼自身は自分が長篇型の作家であることを、このころ、自覚していたであろうか。

翌三十九年、広瀬正は「SFマガジン」三月号に、「異聞風来山人」で初登場した。編集長福島正実の性格から考えて、依頼原稿とは思えないから、やはり持ちこみ原稿だったのであろう。あるいは「一度、書いてみてください」程度の会話があったのかもしれない。「異聞風来山人」は平賀源内を扱ったタイムマシン物である。平賀源内は未来人ではなかったか、という議論は当時のSFファンの間で比較的盛んだったので、ごく一般的なアイディアと思われ、意外性を尊ぶマニアやファンにはあまり受けがよくなかったようである。むしろ広瀬正は、一般読者へのSF教育というか、啓蒙的な意図でもってこれを書いたのではなかったかと思う。小説の出来具合にしても、やはり長篇型作家の彼には四、五十枚の短篇というのは、ショート・ショート以上に不向きだったのであろう。『マイナス・ゼロ』の如く時間の流れの重みを味わわせることなく、結末もさらりとしたものになってしまい、せっかくの考証部分とはやや異質なものになっている。

この年の五月、別冊「宝石」に、広瀬正は異様な雰囲気を持つ傑作「鷹の子」を書いている。まことに陰惨な話で、読み返すたびにぞっとするのであるが、ここにも広瀬文学のひとつの極が含まれている。SFではないが、非日常的な物語から必然的に生まれてくる冷酷な結末の、仮借なき描写である。産んだ子の時間にこだわる夫人の姿が、作者の一面を示しているようで、今となればまことに暗示的な作品だ。

「SFマガジン」六月号にも、広瀬タイムマシン物の「敵艦見ユ」を発表している。「異聞風来山人」同様、歴史に題材を得ているが、ここには歴史への干渉という新しいテーマが見える。結論は、「過去への干渉」同様、やはり歴史の自己補修作用であり、こうした広瀬正の一種の運命論は、いったいどこから出て来たのであろうか。時代考証は前作よりも詳細になり、広瀬らしさが濃くなっている。

これらの作品を、「SFマガジン」編集長福島正実はどう評価したのであろうか。もはや作者も編集者も故人であり、どちらにも確かめようがないからあまり無責任なことは言えないが、のちの長篇群の如き時間の重みをあまり感じさせず、タイムマシン論理と時代考証の多いこの二短篇は、あまり福島正実の気に入らなかったのではないかと、これはその頃のぼくの短篇に対する彼の評価からも類推して、そう思えるのである。まさか「アイディアの骸骨」とは思わなかったであろうが、「貧弱な文章の衣」のかわりに論理と考証で武装した、文学性の薄い作品と判断したのではなかっただろうか。以後、広瀬正は「SFマガジン」に一度も登場していない。

「SFマガジン」だけではなく、広瀬正は「宇宙塵」にも、他の商業誌にも、短篇を書かなくなってしまった。つまり彼の初期の短篇としては「敵艦見ユ」が最後なのである。

ショート・ショートや短篇ではとても自分の書きたいことが書けない、と、本来長篇型の作家である広瀬正は、もうこのころから思いはじめていたに違いない。処女長篇「マイナス・ゼロ」も、すでに書きはじめていた。いや、このあたり、事情がよくわからないこともあって話が前後しているかもしれないが、もしかすると「マイナス・ゼロ」はもう完成していた、とも考えられる。

この前年の三十八年、すでに今日泊亜蘭《きょうどまりあらん》の『光の塔』を出していた東都書房が、東都SFと銘打って眉村卓の長篇SF『燃える傾斜』を出版した。いい長篇であれば本にしてもらえるというので、ぼくもずいぶんはりきって長篇を書きはじめた。前後して広瀬正も「マイナス・ゼロ」を書いていた筈だ。東都の担当者に原稿を渡したのは、広瀬正が先であったような記憶がある。ぼくも、未完ながら出来たところまで四百枚を見せた。だが、これは文章がひどいというので採用してもらえなかった。もっと乾いた文体で格調のある文章を、というこの人の意見は耳に痛かった。

没を言い渡されたその場で、ぼくは広瀬正の長篇のことを訊《たず》ねた。やはり採用しなかった、とのことであった。担当者のことばによれば「宇宙塵」編集長の柴野拓美が、だいぶ側面から口ぞえしたとのことであった。「これは実は、たいへんいいものなのです」と、柴野氏は言ったらしい。

「いいものです、と言われたってねえ」そう言って担当者は、やや軽蔑気味の苦笑を洩らした。

それっきり広瀬正が何も書かなくなり、五年間も沈黙してしまったのは、この「マイナス・ゼロ」不採用の件が相当大きな衝撃だったからではないか、と、ぼくには思える。東都SFの担当者氏がぼくに没を言い渡した時の仮借ない口調から、やはり同じように広瀬正にも歯に衣着せぬ言い方で不採用を宣言したに違いないと推測できるからである。面と向かって作品の、特に長篇の、根本的欠陥を指摘された時の作者の衝撃がいかに大きいかは、ぼく自身絶望してその原稿を淀川へ投げこんだ経験があるため、よく理解できるのである。

私事にわたるが、ぼくがその時広瀬正同様、SFをあきらめてしまわなかった原因は、たまたま平行して「宇宙塵」に連載していた中篇「幻想の未来」が好評だったのと、他の人たちよりだいぶ遅れてではあるが、ぼつぼつ「SFマガジン」に書かせてもらうことができるようになっていたためだ。しかし広瀬正にとって、すでにショート・ショートや短篇をいくつも商業誌に発表したにかかわらず、なんの評価も得られなかった以上、「マイナス・ゼロ」は、起死回生といえば失礼かもしれないが、試行錯誤のチャンスだったのであろう。ぼくでさえ「SFなどという、こんな実りの少ない、原稿が活字になるチャンスの少ない、そして報われることのあまりに少ないものは、やめてしまおうか」と何度も思ったのだから、彼がそう思わぬわけはなかった筈だ。

しかし彼は、柴野拓美のすすめもあったのだろうが、「マイナス・ゼロ」を「宇宙塵」

に、翌四十年、十回に分けて連載している。しかし、ファンダム内の人気投票では一位を獲得していながら、出版各社からはやはりなんの反響もなかったのである。五年後、どういういきさつでか河出書房の編集者龍円正憲の眼にふれるまでは。

解説し残した三篇、「二重人格」と、「タイムメール」と、「ザ・タイムマシン」はいずれも広瀬正が「マイナス・ゼロ」によって直木賞候補になり、世に認められてのちの作品である。「二重人格」は四十六年の「推理」八月号に掲載されたもので、半村良の傑作「夢の底から来た男」に似た雰囲気を持つ多元宇宙SF。もはや枚数を気にせず、のびのびと、じっくり書きこんでいる。この作品、急に人気作家になり、以前の自分のそれとがらり急変した情勢にとまどっている作者の心境が昇華されているようで面白い。

「タイムメール」は「科学朝日」同年十月号に発表したショート・ショート。いささかマニア向けと思えるこの作品を、彼は遠慮することなく書いている。

同じころ「宇宙塵」十月号、十一月号に分載した「ザ・タイムマシン」にしても、もはや商業誌への転載など気にすることなく、堂々の論陣を張っている。自信ができてくるところも違ってくるものか、と、つくづく思わされる。

この巻には、広瀬正の唯一のエッセイである『「時の門」を開く』が付録として掲載されている。これは「SFマガジン」三十八年一月号、二月号に分載されたロバート・A・ハインラインの中篇「時の門」を分析し、その数カ月後に「宇宙塵」へ発表したもので、そのいきさつは本文でおわかりであろう。「時の門」はタイム・パラドックスに挑戦した、たいへん難解な作品であるが、ここでちょっと、そのあらすじを紹介しておこう。でないと、本文の分析の綿密さが読者にはおわかりになるまいと思う。

主人公ボブ・ウィルスンは下宿の一室で学位論文を書いていた。うまく書けず苦しんでいるうち、タイプライターのキーのひとつが動かなくなり、調整しようとした。と、背後で誰かの声。「ほっときたまえ。どうせ嘘っぱちの論文なんだから」

ボブはぎくりとして振り返った。そこには、どこかに見憶えのある男が立っている。どうやって部屋に入った、という問いに男は答えた。「あれを抜けてさ」

男が指さした壁ぎわには、空間に環が浮かんでいた。強く眼を閉じた時のような色あいの、大きな環だ。

「あなたは誰です」というボブの問いに、男は「ジョウとでも呼んでもらおうか」と答える。さらにその環が「時の門」であり、未来に向かって踏みこめるといい、ボブの帽子をとり、円環の中に投げこんで見せる。帽子は消えてしまった。

今すぐその環をくぐり抜けることが、ボブにとって千載一遇の好機なのだと説きながら、ジョウが、尻ごみするボブの腕をつかんだ時、環の中からまた、もうひとりの男があらわれ、ジョウに「放してやれ」と命じる。

その男は、ジョウととてもよく似ていた。ボブの前で、男はジョウと言いあいをはじめる。その時、電話が鳴る。ボブが出ると、かけてきた相手の男は、「君がそこにいることを確かめたかっただけだ」といい、名も言わずに切ってしまう。

続いて、また電話がかかってきた。今度はボブの女友達ジェヌヴィエーヴからだった。彼女はボブに「あなたがわたしのアパートに帽子を忘れていったので」電話をかけたのだと言い、ボブが全然記憶にない、「今日の午後、二人でとりかわした約束」のことを喋り出す。どうやら結婚の約束をしたらしい。

ジェヌヴィエーヴから逃がれたくなったボブは、電話を切り、ジョウに、「いつでも出かけますよ」と言う。ジョウは喜んだが、三人目の男は、とんでもないといってボブを引きとめようとする。揉みあいになり、殴りあいになる。三人目の男の一撃がボブに命中し、ボブははじきとばされ、環の中へとびこんでしまった。

ここまでが八章あるうちの第一章である。あとはもっと簡単に書こう。

「時の門」をくぐり抜けてぶっ倒れているボブを、ディクトールと名乗る中年の男がのぞきこんでいた。「ここはどこです」とボブが訊ねると「ノルカアル宮殿の『門の間』さ」と答え、三千年の未来だ、ともいう。

ディクトールはボブをつれて長い廊下を歩き、小部屋に案内し、一杯飲みたいというボブにスコッチに似た酒を飲ませる。薬が入っていたらしく、ボブはたちまち眠ってしまった。

眼ざめると気分爽快。ディクトールがやってきて朝飯を食おうという。食堂からは緑の田園風景が見え、食事は豪勢、女中はふたりともすごい美人だ。ディクトールはいう。「この世界を征服するのは、二十世紀の人間にとって意のままだ。なぜなら人類文化は、今や跡形もないからだ。やってみるかね。儲けは山分けだ」

ふたりの美人を見てボブの心は決まった。

「やりましょう」

「だがそのためには、やってもらわねばならん仕事がある」そういってディクトールは、ボブをまたもとの門の間につれて行く。そして、もう一度門をくぐれと言う。「そこにいる男を説得し、門をくぐらせてくれればいい」

ディクトールは壇上の計器を調整した。空間と時間の操縦装置なのだ。「行け」という声で、ボブは時の門をくぐる。

なんとそこは、ボブの下宿の一室。ボブの部屋で、ボブがタイプライターに向かい、論文を書いている。ボブは、あっ、と気がつく。あのジョウという男は、自分だったのだ！

ここで第一章と同じ話になる。ボブの視点が変わっただけだ。ボブは自分に向かってジョウだと名乗り、証明するため帽子を門の中に投げ、尻込みする自分をつれて行こうとする。そこへ例の三人目の男があらわれ、同じ会話が進行する。電話が二度かかり、殴りあいになる。すべて第一章と同じ。だが今度はボブは、三人目の男も自分なのだということに勘づいている。

第一章同様、第一のボブが門の中へはじきとばされた後、第二と第三のボブが言いあう。第三のボブは「あのディクトールの目的は、われわれをこの堂々めぐりの鎖から抜けられなくすることにあるんだ」と言う。そこで第二のボブは、ではディクトールの真意を直接確かめようと言い、第三のボブがとめるのもきかず、またもや門の中へ入っていく。

門の間には人影がなかった。自分が投げこんだ筈の帽子もない。うろうろするうち、操縦装置のうしろから出てきたディクトールと鉢あわせしそうになる。ボブが、どうしてこんなばかげた繰り返しにぼくを巻きこんだのかといって難詰すると、ディクトールはさまざまに説明を試みる。しかしボブにはわからない。結局ディクトールは「さあ来たまえ。仕事がある」といい、ボブをつれて廊下を歩き、ある小部屋のドアを開く。そこは最初にボブがつれて来られた部屋で、中ではボブ自身が眠っていた。過去のボブだ。

連続関係をボブに納得させると、ディクトールはまたボブを門の間につれて帰り、もう一度二十世紀へ戻ってくれという。つまり三千年後である今の世界を支配するのに必要な品物を、二十世紀から持ってきてほしいのだといって、リストを渡す。

リストを渡される前にボブは、ディクトールと一緒に操縦装置へのぼってみた。前代未聞の代物だ。おはじき大の色玉が四つ、それぞれ空間や時間の操縦装置で、門を任意の場所、時間へ動かすためのものだという。門の外の光景を映し出す反射鏡もついている。ボブが覗《のぞ》くと、そこは自分の部屋で、二つの人影が見えた。

ディクトールが「あんたを降ろす場所をどこにしようか」と言いながら操縦装置に手をかけようとした。ボブは触るなとどなり、拳固をふりあげ、ディクトールを操縦装置からおろす。そして、今度こそこの堂々めぐりに終止符を打たねばと思い、またもや門をくぐり、自分の部屋に出る。

そこにはもう二人のボブがいた。一人が、尻込みするボブの腕をつかみ、門をくぐらせようとしている。ボブは自分が今、三人目の男になっていると知る。またしても同じ会話と同じ事件の進行である。電話が二度かかり、殴りあいになる。第一のボブが門の中にはじきとばされ、第二のボブと第三のボブが言いあい、第二のボブが門の中に入っていく。

ひとり残ったボブは、やっと事件が片づいたと思い、風呂に入り、髯を剃り、仕事に戻ろうとする。するとジェヌヴィエーヴから電話。彼女はさっきボブがそっ気ない返事をしたことで怒っている。喧嘩になる。「あんな蜜のような甘い言葉を囁いておきながら、二時間後に怒鳴りちらすなんて、どういうつもりなの?」結婚の約束までしたことを彼女は匂わせる。

憶えのないボブが言い返し、彼女は怒って電話を切ってしまった。またしてもこの世界にいや気がさし、ボブの中に、三千年後の未来世界のことが頭をもたげる。論文は書けない。締切は明朝十時だ。時計を見ると午後の四時十五分。徹夜したって書けないだろう。電話が鳴る。ジェヌヴィエーヴからだろう。ボブは受話器をはずしてしまう。

ふと見ると、門はまだそこにあった。と、廊下に足音。ジェヌヴィエーヴがやって来たなと思い、それでふんぎりがついてボブはまた門の中へとびこんでしまう。

門の間はがらんとしていたが、「さあ来たまえ。仕事がある」という声がして遠ざかって行く二つの人影。ついさっきの自分と、ディクトールだ。だとすると二人はすぐ戻ってくる筈だ。隠れる場所はない。よし、操縦装置で門を別の時間・場所に動かし、出て行けばよかろう。

操縦装置は函の中にある。函を手さぐりしていると、自分の帽子があった。ディクトールが置いたのだろうと思い、頭にのせ、さらにさぐるとディクトールのらしい手帳。これはポケットに入れ、三たびさぐると反射鏡が点いた。やはり前と同じ自分の部屋で、そこには二つの人影が見える。

もう、そこへ割りこんでいきたくないので、彼は場所を移動させる色玉だけを動かして、門を大学内の、眼立たない中庭にセットし、あたふたと自分の時代へ戻っていった。

大学構内を横切ると、ボブは学生協同組合の書籍部へ行き、マキァヴェリの『君主論』だのヒットラーの『わが闘争』だの、リストにある品物のうちの四冊の本を買い、書籍部にない本は大学図書館で借りる。それから大学を出て、近くの質屋でスーツケース二個を買い、片方に本を詰め、次に町でいちばん大きい楽器店でレコード多数と、手まわし式蓄音機を買い、これをもう片方のスーツケースに詰める。すべてリストに書いてあった品物である。

大学の中庭に戻ると、なんと、門が消えていた。時間は二時十五分。そうだ、この時間には、門はボブの部屋の中に出現している筈なのだ。タクシーでガソリン・スタンドまで乗りつけ、スーツケースをガソリン・スタンドで預ってもらい、その近くにあるジェヌヴィエーヴのアパートへ行く。(ここのところ、ハインラインは描写を省略しているが、当然ボブはジェヌヴィエーヴに甘い言葉を囁き、結婚の約束をし、肉体関係を結んだのであろう)彼女のアパートから出たのが三時半。

ガソリン・スタンドでスーツケースを返してもらい、そこの公衆電話から自分の部屋に電話をする。自分が出る。ボブは自分に「君がそこにいることを確かめたかっただけだ」と言い、電話を切る。

四時十分、二個のスーツケースを持ってボブは自分の下宿へ向かった。建物に入ると階上の自分の部屋で電話が鳴っている。四時十五分だった。しばらく待ってから、彼は自分の部屋に戻った。部屋はからっぽだが、門はまだ、そこにあった。大いそぎで、門をまたぎ抜ける。

門の間には誰もいなかった。絶好のチャンスだ。ボブはすぐまた出発できるように鞄を門のそばへ置いた。だがその時、片方のスーツケースの端が大きく欠けていて、『わが闘争』が裁断機で切ったように半分すぱっと切れているのに気づき、ひや汗をかく。今までに、もしも門の端にひっかかっていたとしたら、自分のからだもこうなっていたかもしれないのだ！

ボブは急いで操縦装置をあやつり、時間と空間の操縦装置をゼロに合わせる。すると門は消えてしまった。時間装置を少しだけ動かすとふたたび門があらわれる。反射鏡には門の間の内部が映っている。（この場合、門を抜けたらやはり門の間へ出る筈だというのであるが、本当にそうなるかどうか、ぼくにはわからなかった）

次に時間装置を動かして門の彼方を十年過去に調整する。それからスーツケースを持ち、門をくぐる。出たところは十年過去の門の間である。そこにある操縦装置を使い、門の彼方（やはり門の間）を十年未来へ進めようとする。やがて二個のスーツケースを持った彼自身が反射鏡に映り、さらにディクトールと、これからディクトールと口論して二十世紀へ脱出する筈のボブが映る。

ボブは操縦装置からはなれ、宮殿の中を、出口を求めて歩きまわる。と、やがて眼前に田園風景。つまりここは、ボブが脱出を夢見ていた未来世界なのだ。おとなしい住民たちをレコード音楽で手なずけ、二十世紀から持ってきた『君主論』などの書籍を利用し、たちまちボブはこの未来世界の元首におさまってしまう。住民たちのことばは、門の間から持ってきたあの手帳に記されていた。

あと十年の間に、この世界へディクトールが出現する筈、と、ボブは考える。彼を出し抜いたわけだから、彼があらわれたのでは具合が悪い。ボブは役人に、髭をはやした人間を見つけたら捕えるようにと命じておく。だが、ディクトールはあらわれず、十年経つ。その頃になるとボブは、自分自身が住民たちからディクトール（元首の意）と呼ばれ、ディクトールと同じような髭をたくわえているのだが、まだ、自分がディクトールなのだということに気づかない。

十年め。ボブはまた門の間へ行く。ディクトールが現われないか監視しようとする。操縦装置で門の彼方を自分の下宿の部屋に調整する。と、どすんという音がして十年前の自分がとび出してくる。その近くにはぺしゃんこになった帽子。ボブはやっと、自分がディクトールであったことを発見する。帽子と手帳を操縦席に置き、ボブは十年若い自分をのぞきこむ。彼が起きあがった。

つまり、第二章の始めへと戻ったわけである。そして物語も終る。

「時の門」のあらすじをながながと書いたのは、この「時の門」、ぼくの知る限りでは入手しにくい「SFマガジン・ベスト・NO4」(早川書房)に収録されているだけなので、読者諸氏に、『時の門』を開く」を読む予備知識としてだいたいどういう作品かを知っておいていただきたかった為である。しかし、とても作品の伝える雰囲気や迫力までは表現できなかった。当然のことではあるが。

広瀬はこの「時の門」を、「精緻綿密に分解・分析(小松左京)」し、疑問を提出したわけである。これが「宇宙塵」誌上に発表された時、われわれは広瀬正のタイム・パラドックスへの執着の凄さを思い知らされ、息をのんだものである。どちらかといえば物語の面白さだけに引きずられていれば満足というタイプのぼくなどは、ここまでひとつのことに凝れる作家が存在したことに驚いた。このエッセイ、最初は「小説全集」であるこの全集に収録される予定ではなかったのだが、「これも立派な作品だ」と主張する小松左京の発言で、ここに収録されることになった。ぼくもまったく同感である。というより、このエッセイによって、彼の時間テーマの小説すべてが、いかに厳密な計算の上に構成されたものかが読者にはよりはっきりとおわかりいただけたと思うのである。広瀬作品の面白さが単にストーリイの起伏だけで面白がらせる種類のものでなく、底にこれだけのがっちりした基礎構造を持っていることを、このエッセイによって知っていただけたと思うのである。

広瀬正は、報いられることなき期間があまりにも長かった作家であり、それに比して報いられることがあまりにも短期間だった作家である。この解説でぼくは広瀬の、特に、報いられなかった期間の持つ意味を強調した。このような運命を持った作家が、初期の短篇群を、いかに後期の長篇群へとその煩悶《はんもん》、焦躁、怨念を乗りこえて結実、昇華、徹底させていったか、考えれば考えるほど一人の作家の秘密というものが不思議な、完全には掘り下げ得ぬものであることを思い知るのである。ただ一面だけを考えてもそうなのだから、広瀬正の他の側面にまではとても考察を及ぼすことができなかった。彼の持つ多くの面については、他の解説者諸氏の文をご参照願いたい。

多くの仕事をやり残して世を去った広瀬正の無念さ以上に、われわれの広瀬正を惜しむ気持は大きい。が、ともあれ、ここに広瀬正全集は完結した。広瀬正の霊よ。今こそ安らかに。今こそ安らかに。

（昭和五十二年七月、河出書房新社刊、広瀬正・小説全集6「タイムマシンのつくり方」より転載。）

〈読者の皆様へ〉

本作品集には「気違い」「精神分裂症」「特殊学級」「酋長」「クズ屋」などの精神的障害や身分・職業に対する差別語や、これに関連した差別表現があります。これらは現在では使用すべきではありませんが、本作品が発表された時代には、社会全体として差別に対する認識が浅く、このような言葉、表現が一般的に使われていました。そうした作品の歴史性に鑑み、著者が本作品ではこれらの表現を差別助長の意図では使用していないことは明白であると考えます。また著者が故人のため、原則として全集刊行時のままとしました。

（編集部）

| 集英社文庫 |

マイナス・ゼロ

広瀬正・小説全集・1

1945年の東京。空襲のさなか、浜田少年は息絶えようとする隣人の「先生」から奇妙な頼まれごとをする。18年後の今日、ここに来てほしい、というのだ。そして約束の日、約束の場所で彼が目にした不思議な機械——それは「先生」が密かに開発したタイムマシンだった。時を超え「昭和」の東京を旅する浜田が見たものは？　失われた風景が鮮やかに甦る、早世の天才が遺したタイムトラベル小説の金字塔。

集英社文庫

広瀬正・小説全集・2

ツィス

東京近郊の海辺の町で密かにささやかれはじめた奇妙な噂。謎のツィス音＝二点嬰ハ音が絶え間なく、至るところで聴こえるというのだ。はじめは耳鳴りと思われたこの不快な音はやがて強さを増し、遂に首都圏に波及して、前代未聞の大公害事件に発展していく。耳障りな音が次第に破壊していく平穏な日常。その時、人びとが選んだ道は？　そして「ツィス」の正体は？　息もつかせぬパニック小説の傑作。

集英社文庫

広瀬正・小説全集・3

エロス

もう一つの過去

芸能界に確固たる地位を築いた大歌手、橘百合子。その歌手生活37周年記念リサイタルを前に、ふとしたきっかけで振り返った過去――あの時、もしちがう選択をしていたら、どんな人生だったのか？　回想はデビュー直前の昭和８年に遡り、歌手になることのなかった「もうひとつの人生」が浮かびあがる。そこで見えてきた意外な真実とは。人生の切なさを温かく包む、パラレル・ワールド小説の傑作。

集英社文庫

鏡の国のアリス

広瀬正・小説全集・4

銭湯の湯舟でくつろいでいた青年は、ふと我に返って驚愕する。いつの間にか、そこは「女湯」に変わっていたのだ。何とか脱出した彼が目にした見慣れぬ町。左右が入れ替わったあべこべの世界に迷い込んでしまったらしい。青年は困惑しながら、新しい人生に踏み出そうとするが——。「鏡の国」を舞台に奇想天外な物語が展開される表題作ほか、短編3編を収録。伝説の天才が遺した名作品集。

広瀬正・小説全集・5

T型フォード殺人事件

昭和モダン華やかなりし頃、その惨劇は起きた──。関西のハイカラな医師邸に納車された最先端の自動車「T型フォード」。しかし、ある日、完全にロックされたその車内から他殺死体が発見されたのだ。そして46年後、この車を買い取った富豪宅に男女７人が集まり、密室殺人の謎に迫ろうとするが……。半世紀を経てあきらかになる事件の真相とは？　著者会心の傑作ミステリ中編ほか２編を収録。

集英社文庫

集英社文庫　目録（日本文学）

平岩弓枝	女のそろばん
ひろさちや	現代版 福の神入門
ひろさちや	ひろさちやの ゆうゆう人生論
広瀬隆	東京に原発を！
広瀬隆	赤い楯 全四巻
広瀬正	マイナス・ゼロ
広瀬正	ツイス
広瀬正	エロス
広瀬正	鏡の国のアリス
広瀬正	T型フォード殺人事件
広瀬正	タイムマシンのつくり方
廣瀬裕子	ドロップ
広谷鏡子	不随の家
広中平祐	生きること学ぶこと
ビートたけし	ビートたけしの世紀末毒談
ビートたけし	ザ・知的漫才 結局わかりませんでした
アーサー・ビナード	出世ミミズ
アーサー・ビナード	空からきた魚
福井晴敏	テアトル東向島アカデミー賞
福本清三 小田豊二	どこかで誰かが見ていてくれる 日本一の斬られ役 福本清三
福本清三 小田豊二	おちおち死んでられまへん 斬られ役ハリウッドへ行く
藤木稟	スクリーミング・ブルー
藤沢周	愛人
藤田宜永	鼓動を盗む女
藤田宜永	はなかげ
藤田宜永	愛さずにはいられない
藤本義一・選 日本ペンクラブ編	心中小説名作選
藤本ひとみ	快楽の伏流
藤本ひとみ	ノストラダムスと王妃(上)(下)
藤本ひとみ	離婚まで
藤本ひとみ	令嬢テレジアと華麗なる愛人たち
藤本ひとみ	ブルボンの封印(上)(下)
藤本ひとみ	ダ・ヴィンチの愛人
冨士本由紀	包帯をまいたイブ
藤原新也	全東洋街道(上)(下)
藤原新也	アメリカ
藤原新也	ディングルの入江
藤原新也	風のフリュート
藤原美子	我が家の流儀 藤原家の闘う子育て
藤原美子	家族の流儀 藤原家の褒める子育て
船戸与一	猛《たけ》き箱舟(上)(下)
船戸与一	炎流れる彼方
船戸与一	虹の谷の五月(上)(下)
船戸与一	かくも短き眠り
船戸与一	降臨の群れ(上)(下)
古川日出男	サウンドトラック(上)(下)
古川日出男	gift
ピーター・フランクル	世界青春放浪記

集英社文庫　目録（日本文学）

ピーター・フランクル　僕が日本を選んだ理由《わけ》　世界青春放浪記2
保坂展人　いじめの光景
保坂展人　続・いじめの光景
星野智幸　ファンタジスタ
細川布久子　部屋いっぱいのワイン
細谷正充・編　時代小説傑作選　江戸の老人力
細谷正充・編　新選組傑作選　誠の旗がゆく
細谷正充・編　時代小説傑作選　江戸の爆笑力
細谷正充　宮本武蔵の『五輪書』が面白いほどわかる本
細谷正充・編　時代小説傑作選　江戸の満腹力
細谷正充・編　時代小説傑作選　江戸の商人《あきんど》力《りょく》
細谷正充・編　時代小説傑作選　江戸の鈍感力
細谷正充・編　時代小説傑作選　江戸の漫遊力
堀田善衞　若き日の詩人たちの肖像（上・下）
堀田善衞　めぐりあいし人びと
堀田善衞　ミシェル 城館の人　第一部 争乱の時代

堀田善衞　ミシェル 城館の人　第二部 自然 理性 運命
堀田善衞　ミシェル 城館の人　第三部 精神の祝祭
堀田善衞　ラ・ロシュフーコー公爵傳説
堀田善衞　上海にて
穂村弘　本当はちがうんだ日記
堀辰雄　風立ちぬ
堀越勇　くすりの裏側　これを飲んで大丈夫？
堀越千秋　スペイン七千夜一夜
本多孝好　MOMENT
牧野修　忌まわしい匣《はこ》
槇村さとる　イマジン・ノート
槇村さとる　キム・ミョンガン　あなた、今、幸せ？
槇村さとる　ふたり歩きの設計図
枡野浩一　ショートソング
枡野浩一　石川くん
枡野浩一　淋しいのはお前だけじゃな

松井今朝子　非道、行ずべからず
松井今朝子　家、家にあらず
松浦弥太郎　本業失格
松浦弥太郎　くちぶえサンドイッチ　松浦弥太郎随筆集
フレディ松川　少しだけ長生きをしたい人のために
フレディ松川　死に方の上手な人 下手な人
フレディ松川　老後の大盲点
フレディ松川　ここまでわかった ボケる人ボケない人
フレディ松川　好きなものを食べて長生きできる 長寿の新栄養学
フレディ松川　60歳でボケる人 80歳でボケない人
フレディ松川　はっきり見えたボケの入口 ボケの出口
松樹剛史　ジョッキー
松樹剛史　スポーツドクター
松樹剛史　GO-ONE
松下緑　漢詩に遊ぶ　読んで楽しい七五訳
松本侑子　植物性恋愛

集英社文庫

タイムマシンのつくり方《かた》

1982年7月20日　第1刷
1996年5月20日　第4刷
2008年12月20日　改訂新版　第1刷

定価はカバーに表示してあります。

著　者　広瀬《ひろせ》　正《ただし》

発行者　加藤　潤

発行所　株式会社　集英社
東京都千代田区一ツ橋2-5-10　〒101-8050
電話　03-3230-6095（編集）
03-3230-6393（販売）
03-3230-6080（読者係）

印　刷　中央精版印刷株式会社　株式会社美松堂

製　本　中央精版印刷株式会社

フォーマットデザイン　アリヤマデザインストア　　マークデザイン　居山浩二

ISBN978-4-08-746389-7 C0193